마르지 않는 붓

마르지 않는 붓

1판 1쇄 발행 ︱ 2016년 9월 2일
1판 2쇄 발행 ︱ 2016년 11월 25일

지은이 ︱ 자유칼럼그룹

발행인 ︱ 이성현
책임 편집 ︱ 전상수
디자인 ︱ 드림스타트

펴낸곳 ︱ 도서출판 두리반
주소 ︱ 서울특별시 종로구 사직로 8길 34(내수동 72번지) 1104호
편집부 ︱ TEL 02-737-4742 / FAX 02-462-4742
이메일 ︱ duriban94@gmail.com
등록 ︱ 2012. 07. 04 / 제 300-2012-133호

ISBN 978-89-969287-6-8 03800

마르지 않는 붓

글쟁이들의 한국 사회 읽기

자유칼럼그룹 지음

영원히 마르지 않는 붓-자유칼럼그룹 10주년에

일본의 사무라이 야시키屋敷(저택) 앞에는 작은 모래더미가 있다. 소방용이 아니다. 위급한 일이 생겨 출진할 때 칼을 갈 틈이 없기 때문에 비상 장치를 마련해둔 것이다. 사무라이들은 집을 나설 때 칼을 빼어 이 모래더미를 쑤신다. 그러면 녹이 벗겨지고 날이 선다.

그렇다면 한국의 선비 집에는 무엇이 있을까. 선비들이 거처하는 방에는 문방사우文房四友가 있어 늘 글 쓰는 준비가 되어 있었다. 심지어 책과 문방사우를 그려놓은 민화 병풍은 세계에서 오직 한국뿐이라고 생각된다. 일본의 사무라이들이 언제든 쓸 수 있게 도코노마床の間에 칼을 장식하고 문 앞에 모래더미를 쌓아두었다면 한국의 선비들은 언제든 붓을 들어 글을 쓸 수 있는 지필묵을 쌓아두었다.

칼을 간다는 말은 들었어도 붓을 간다, 펜을 간다는 말을 들은 적은 없을 것이다. 그러나 칼을 오래 쓰지 않으면 녹이 슬듯이 글도 오래 쓰지 않으면 펜에 녹이 슨다. 그래서 참다운 선비, 시대를 사는 선비인 기자들은 늘 칼을 갈듯이 펜을 간다. 은퇴 후에도 기자는 기자로 죽는다. 기자에는 노병이 없다.

여기 자유칼럼그룹이 바로 그렇다. 전·현직 언론인과 각계 전문가들로 이루어진 칼럼 사이트는 한국의 선비정신, 주야로 펜을 가는 모습과 그 뜻을 우리에게 보여준다. 필객筆客 논객論客의 객에서 영원한 글의 주인主人이 된다. 여기 이 자유칼럼은 고정된 신문사가 아니라 스스로 글 주인이 되어 자기 집 앞에 펜을 가는 모래를 마련해둔 것이다. 그것이 바로 자유칼럼 사이트이다.

영원히 마르지 않는 붓을 든 사람, 평생 녹슬지 않는 펜을 들고 살아온 분들에게 경의를 표하며 축하를 드린다.

2016년 8월
이어령 (재)한중일비교문화연구소 이사장
초대 문화부장관

5

우리가 살아가는 세상에 대한 생각들……

내가 발 딛고 살아가는 세상에 대해 이야기하고, 나와 내 이웃의 삶을 글로 남기는 일은 생각만큼 쉽지 않습니다. 특히, 타인에 대해 평가하고 비판할 때는 더욱 그렇습니다. 남에 대해 이야기하기 전에 먼저 내가 걸어온 길은 옳았는지, 내 글에 비추어 내 삶은 부끄러움이 없는지를 돌아보아야 하기 때문입니다.

사회 여러 분야에서 활동해온 사람들이 '자유칼럼그룹'이라는 이름으로 모여 인터넷 사이트를 만들고 그곳에 저마다의 생각을 올리며, 스스로를 돌아본 시간이 벌써 10년입니다. 그 10년 동안 한 사람의 개인에게도, 우리 사회에도 많은 일들이 일어나고, 기쁨과 슬픔과 분노와 즐거움이 교차하는 순간들이 있었습니다. 우리는 그 순간순간의 시간들을 기억하고, 반성하고, 공감하며 글을 썼습니다. 이 책은 그 10년의 기록이며, 나와 내 이웃과 우리 사회와 지구촌이 걸어온 발자취라고 하겠습니다.

글쓴이가 저마다 생각이 다르고, 성품이 다르고, 지나온 삶과 경험이 다르기에 모두 무릎을 치며 고개를 끄덕일 수는 없을 테지만, 색깔과 냄새와 모양이 다른 한 편 한 편의 글들이 모여 우리가 살아온 세월을 돌아보게 하고, 우리가 살아갈 미래를 그려보게 할 수 있다면, 더없이 큰 보람일 것입니다.

여기에 실린 글들은 모두 경어체로 되어 있습니다. 매일 인터넷 사이트에 글을 올리고 메일로 띄우면서 하루를 시작하는 독자들의 아침 식탁에 좋은 양식이 되었으면 하는 바람 때문입니다. 갈수록 거칠어져가는 우리 사회의 분위기를 순화하는 데 도움이 되었으면 하는 바람도 없지 않습니다.

자유칼럼그룹이 10년의 길을 걸어오는 동안 성원해주고, 동행해주신 많은 분들께 감사드립니다. 특히 매일 자유칼럼을 읽고, 격려와 비판을 아끼지 않으신 모든 독자들께 진심으로 감사를 드립니다.

2016년 8월
자유칼럼그룹 공동대표
김영환 김흥묵 방석순 임철순

1 우리가 살아가는 세상

2 생각의 창고

3 세계 속의 대한민국

4 기억나는 그 사람

5 과거, 현재, 그리고 미래

재두루미 ⓒ 김태승

1
우리가
살아가는
세상

귀룽나무 ⓒ 박대문

편
견
의

세
상

김홍묵(2014. 11. 13)

　　　　　　　　　　　축구 경기에서 페널티킥을 하는 선
수들은 어느 쪽으로 공을 찰까요?

　이스라엘 학자 마이클 바엘리Michael Bar-Eli는 페널티킥 상황을 오랫
동안 관찰했습니다. 그 결과 선수들의 3분의 1은 골의 중앙으로, 3분
의 1은 왼쪽으로, 나머지 3분의 1은 오른쪽으로 찬다는 것을 발견했습
니다.

　그렇다면 골키퍼들은 어떻게 반응할까요?

　예상 외로 골키퍼의 2분의 1은 왼쪽으로, 나머지 2분의 1은 오른쪽
으로 몸을 날렸습니다. 공의 3분의 1이 골의 중앙으로 날아온다는 분
석 결과가 있는데도 골키퍼들이 중앙에 멈춰 서 있는 경우는 극히 드

물었습니다. 왜 그럴까요?

명청이처럼 팔만 벌리고 중앙에 멈춰 서 있는 것보다는, 틀린 방향으로라도 몸을 날리는 편이 더 나아 보이고 심리적으로 덜 괴롭기 때문이라고 합니다. 비록 아무 소용없는 헛짓이 되더라도 골키퍼가 몸을 날리는 이유입니다. 이른바 행동 편향action bias입니다.

대비되는 개념으로 부작위 편향omission bias이 있습니다. 어떤 일을 함으로써 발생하는 자신의 개인적 피해보다, 어떤 일을 하지 않음으로써 발생하는 사회적 피해를 가볍게 생각하는 인간의 특성을 일컫는 말입니다. '부작위不作爲'란 마땅히 해야 할 일을 일부러 하지 않는 것을 뜻합니다.

부작위 편향은 어떤 행동을 하든 안 하든 폐해를 불러올 수 있는 경우에 주로 나타납니다. 그럴 경우 사람들은 대부분 안 하는 쪽을 선택합니다. 그 이유는 일을 저질러서 생기는 폐해보다 안하는 편이 왠지 덜 해로운 것처럼 보이기 때문입니다. 혼자보다 여럿이 같은 일을 할 때 힘의 강도가 떨어지는 사회적 태만social loafing과도 일맥상통합니다.

세무서에 세금을 신고하지 않는 부작위는 세금 관련 서류를 위조하는 작위보다 덜 나쁘게 느껴집니다. 둘 다 결과는 같은데도 말입니다. 다만 행동 편향은 어떤 상황이 불분명하고 모순적이고 불투명할 때 작용하는 반면, 부작위 편향은 대부분 판단이 가능한 상황에서 나타납니다. 행동으로 보여주는 것보다 행동을 거부하는 것은 눈에 덜 띄기 때문입니다.

독일 작가이자 지식 경영인 롤프 도벨리Rolf Dobelli는 저서 《스마트한 생각들》에서 많은 교육을 받고 교양을 쌓은 사람들이 스스로는 논리적이고 합리적인 결정을 내린다고 믿고 있지만 실제로는 그렇지 않은 경우가 더 많다고 지적했습니다. 의식적이든 아니든 편견 편향 환상 확신 오류에서 벗어나지 못하고 있기 때문입니다.

미모의 판매원에게 현혹되어 계획하지도 않았던 물건을 사는가 하면(호감 편향: liking bias), 권위 있는 전문가의 말을 과신하고(권위자 편향: authority bias), 성공의 원인은 자기 자신에게 돌리고 실패의 원인은 남이나 외부 요인으로 돌리며(이기적 편향: self-serving bias), 자기 경험 또는 자주 들어 익숙해진 것들을 가지고 세상사를 재단하는(가용성 편향: availability bias) 경향이 있다는 것입니다.

뜨거운 부뚜막에 앉았다 혼이 난 고양이가 차가운 부뚜막을 보고도 기겁을 하듯 징크스를 믿거나(연상 편향: association bias), 새로운 정보들은 우리가 갖고 있는 기존의 이론이나 세계관, 그리고 확신하고 있는 정보들과 모순되지 않는다고 판단해 받아들이지 않고 걸러내는가 하면(확증 편향: conformation bias), 과정의 질은 도외시한 채 결과만 보고 어떤 사안을 평가하려고 합니다(결과 편향: outcome bias).

편견 또는 편향은 한쪽으로 치우친다는 뜻입니다. 그래서 편견을 좋게 보는 사람은 없습니다. 심한 편견을 가진 사람조차도.

― 편견은 무지의 자식이다. _해즐릿
― 편견에 의한 세론世論은 늘 커다란 폭력으로 버티어진다. _제프레
― 누구나 자신의 시야의 한계를 세계의 한계로 간주한다. _쇼펜하우어

— 편견과 인습에 얽매인 인간들이 권력을 잡으면 자기들의 위치를 확보하고, 다른 사람들을 배척하려고 한다. _고흐

독설가 버나드 쇼George Bernard Shaw는 어느 날 조각가 로댕Auguste Rodin의 작품이라면 닭살이 돋을 정도로 싫어하는 인사 몇 명을 초대했습니다. 그러고는 한 장의 데생을 보여주며 "최근에 구한 로댕의 작품"이라고 소개했습니다. 손님들은 그 말을 듣자마자 앞다투어 혹평을 했습니다.

그러자 쇼는 기다렸다는 듯이 "아차! 이것은 로댕이 아니라 미켈란젤로의 작품이었는데……." 하고 겸연쩍은 표정을 지었습니다.

손님들의 표정과 심사는 어땠을까요?

박상도(2014. 10. 3)

                지금은 자취를 감췄지만 창덕궁 앞
에 역문관이라는 곳이 있었습니다. 장안에 이름 있는 사람들이 줄을
서서 사주를 보던 곳입니다. 이 역문관의 주인인 류충엽 씨가 쓴《제왕
격 사주 굶어죽는 팔자》에 '사주유전'이라는 글귀가 나옵니다.

  평소 알고 지내던 아주머니가 딸의 사주를 보여주었는데 그녀가 살
아온 삶의 신산을 알고 있었던 류충엽 씨는 속으로 그녀의 딸만이라도
'사주가 좋았으면' 하고 바라며 사주를 풀어봤는데 안타깝게도 그녀와
별반 다르지 않았다는 것입니다. 반면 이제는 부귀영화를 그만 누려도
좋을 사람들이 찾아와서 자식이네 손주네 하며 작명을 요청하며 내미
는 사주는 왜 그리도 하나같이 좋은지 모르겠다는 것입니다.

사주가 유전되는 이유는 종자 때문일까요? 부모의 좋은 유전자를 물려받아서 부귀영화를 대대로 누리며 살 수 있다면, "부자는 삼대를 못 간다"는 말이 나왔을 리 없습니다. 그런데도 '사주유전'이라는 말이 실감 나는 이유는 우리가 살고 있는 현재의 모습과 너무도 일치하기 때문입니다. 가진 자는 더 많이 갖게 되고 못 가진 자는 더 궁핍해지고 있는 현실을 바라보고 있자면 "왕후장상王侯將相의 씨가 따로 있는 것이 맞나 보구나!"하는 한탄이 나옵니다.

우리 사회도 개인의 능력에 의해 계층 간 이동이 수월했던 시기가 있었습니다. 도시화와 산업화로 고도성장을 이루던 시기에는 사회의 계층 간 이동이 왕성하게 이루어졌습니다. 부두에서 하역 작업을 했던 노동자가 굴지의 재벌이 되었고 호떡을 구워 팔던 청년은 대통령이 되었습니다. 무에서 유를 창조하여 우리를 이만큼 살게 해준 앞선 세대에게 고마운 마음을 가져야 하는 것은 당연한 도리입니다. 하지만 개천에서 용이 나던 시대가 이분들의 세대에서 끝이 난 것은 매우 유감입니다.

《21세기 자본론》으로 세계의 주목을 받고 있는 프랑스의 경제학자 토마 피케티Thomas Piketty는 부의 불평등은 돈이 돈을 버는 속도 즉, 자본수익률이 경제 성장률보다 거의 항상 높기 때문에 발생한다고 보고 있습니다. 그 결과 부자는 더 부자가 되고 가난한 사람은 계속 가난에 허덕이게 된다는 것입니다. 그리고 부가 부를 쌓게 되면 신계급사회인 세습자본주의 시대가 도래하게 되며, 이 세습자본주의는 능력주의 가치를 훼손해 건강한 자본주의를 좀먹게 한다는 것입니다.

한국을 방문했던 프란치스코 교황Pope Francis은 "살인하지 말라"는 십계명을 오늘날에는 "경제적 살인을 하지 말라"로 바꿔서 이해해야 한다고 말했습니다. 부끄러움도 모르고 탐욕스럽게 변해가는 세상에 대한 일침입니다만 '송파 세 모녀 사건'과 같은 경제적 살인에 해당하는 아픔을 겪은 우리에게는 뜨끔한 경고로 다가옵니다. 최근 한국 노년층의 자살이 네 배나 급증한 것도 경제적 살인을 방치한 결과입니다. 현 정권이 '경제 민주화'와 '민생'을 외치고는 있으나 아직까지 서민들 가계의 주름살이 펴지지는 않는 것 같습니다.

그런데 경기가 풀리고 경제가 원만히 돌아가게 된다면 서민들의 고단한 삶이 좀 나아질까요? 사실 정부의 발표대로라면 지난 몇 년간 우리 경제는 완만하게나마 성장해나간 것으로 되어 있습니다. 하지만 "살림살이 좀 나아지셨나요?"라고 물어보면 "그렇다"고 대답할 사람들이 많지 않은 이유는 경제 성장의 과실이 고르게 분배되지 않았기 때문입니다. 정부가 몇 년째 서민 경제 활성화를 외치는데도 서민 경제에 찬바람만 분다면 정부의 힘보다 더 큰 무엇인가가 정부의 의지를 가로막고 있는 것은 아닌지 생각해봐야 할 것입니다. 혹시 브레이크 없는 질주를 계속하고 있는 신자유주의에 편승한 생각들이 정부의 의지를 가로막고 있는 것은 아닐까요?

우리는 거대 자본의 힘이 국가의 운명을 좌지우지할 수 있는 시대에 살고 있습니다. IMF 구제금융 시기를 겪으면서 우리는 이를 여실히 느낄 수 있었습니다. 중세 시대에는 영주의 아들은 영주가 되었고 농노의 자식은 농노였으며 왕의 자식들은 귀족이 되었습니다. 그리고 이러한 질서는 하늘이 정해준 당연한 결과로 여기에 이의를 제기하는 것은 신에 대한 모독이었습니다. 하지만 오늘날엔 권력과 신분의 세습을 용납하는 곳은 지구상에 몇 곳 남아 있지 않습니다.

오늘날 우리는 권력의 세습은 악한 것으로 판단하면서 부의 세습은 당연한 것으로 인정합니다. 그런데 현실을 한 꺼풀만 뒤집어보면 거대한 부는 그 자체가 거대한 권력인 세상에 우리는 살고 있습니다. 대통령의 아들은 자동으로 대통령이 될 수 없지만 재벌의 자손은 재벌이 됩니다. 게다가 대통령은 임기가 정해져 있지만 재벌은 회사가 존재하는 한 종신입니다. 그동안 우리 사회는 권력에 대해서는 수많은 희생을 치러가며 견제 장치를 많이 만들어냈습니다. 그런데 상대적으로 금력에 대해서는 관심을 갖지 않았습니다.

피케티는 글로벌 자본세와 최대 80퍼센트에 이르는 누진적 소득세를 통해 부의 재분배가 이루어져야 한다고 주장합니다. 하지만 이렇게 기술적인 접근만으로는 신자유주의의 달콤함에 젖어 있는 가진 자들의 저항을 극복하기 어려울 것이 불을 보듯 뻔합니다. 피케티의 꿈이 이뤄지기 위해서는 사람들의 생각이 변해야 합니다. 역사는 지금도 전진합니다. 그리고 그 방향을 누구도 예측할 수는 없습니다만, 미래의 어떤 날에 우리 후손들이 "옛날에는 부가 세습되던 말도 안 되는 시대가 있었대." "야, 그때 사람들은 도대체 무슨 생각을 하고 살았던 거지?" 하며 우리를 비웃을지도 모릅니다.

돈
이
돈
하
면
나
라
가
죽
는
다

신현덕(2016. 5. 19)

지난 15일은 세종대왕이 태어나신
지 619돌이 되는 날이었습니다. 일부에서는 대왕 탄신을 기리는 행사
도 있었습니다만 마침 일요일과 겹쳐 조용히 지나갔습니다. 그저께 세
종대왕이 태어난 통의동을 지나갔습니다. 《조선왕조실록》에는 준수방
俊秀坊이라고 기록된 곳입니다. 고증을 거쳤는지는 알 수 없지만 자하
문로 인도에 이 부근이 '세종대왕 나신 곳'이라는 표지석이 세워져 있
습니다.

표지석 옆에 대왕의 말씀을 몇 가지 적어두었습니다. 그중에서 "큰
일을 당하여 너무 두려워해 술렁거릴 것도 없고, 또한 두려워하지 않
아 방비를 잊어서도 안 되는 것이니 이 두 가지를 요랑하여 알맞게 처

리하라"(세종 31년 9월 2일 칙사 영접례, 군사 상제, 변란시의 방비책 등에 대해 논의하다)는 말이 눈에 들어왔습니다. 국난 같은 변고를 당하더라도 허둥대지 말고 차분하게 대응하며, 또 일을 얕잡아 보고 대비하지 않아 변을 당하지 말고 미리미리 대비하라는 말입니다.

세종의 이 말이 우리에게 시사하는 것이 참 많습니다. 세종은 집권 25년 섣달 그믐날, 중국과 왕래가 일시 단절되는 시기에 우리만의 독특한 음소 28개를 찾아냈다고 공포했습니다. 글자 훈민정음입니다. 다음 날인 정월 초하루 매년 해 오던, 중국 황제에게 인사하던 망궐례望闕禮를 세자에게 대행시킵니다. 그리고 죽을 때까지 참석치 않습니다.

그리고 6개월 뒤 조세제도를 연분年分 6등, 전분田分 9등으로 전면 개편합니다. 해마다 흉년과 풍년에 따라 6단계로, 수리와 비옥도 등 논의 상태에 따라 9단계로 나누어 세금을 징수하는 것이지요. 쉽게 계산해도 54단계의 차등 조세 징수 제도를 실행했습니다. '어제御製(왕이 만든) 훈민정음'에서 밝힌 것처럼 백성들에게 혜택을 베푸는 정치를 시행한 것입니다. 이보다 1년 앞서서는 중국을 능가한다는 천체의 운행과 위치를 측정하는 혼천의도 만들었습니다.

세종의 그런 통치는 지금도 계속되어야 마땅합니다. 그런 뜻으로 한국은행은 1만 원짜리 지폐 앞면에는 세종의 숭고한 뜻을 고스란히 담았습니다. 그 첫 번째가 백성을 위해 만든 세계 최고의 글자인 훈민정음을 이용하여, 최초로 창작한 《용비어천가》 2장을 실었습니다. 현대어로 해석하면 "뿌리 깊은 나무는 바람에 흔들리지 않고 꽃이 좋고 열매가 많이 달린다. 샘이 깊은 물은 가뭄에 마르지 않고 내를 이뤄 바다로 간다"라고 합니다. 그리고 뒷면에는 혼천의를 올렸습니다.

이때만 해도 1만원권은 화폐의 여러 기능을 제대로 하는 것 같았습니다. 대학교 1학년 경제학개론 시간에 담당 교수는 "돈은 돌아야 돈"이라면서 "인체로 치면 혈액과 같아 많아도, 적어도 안 된다"고 했습니다. 그러던 것이 5만원권이 나오면서 사정이 급변하기 시작했습니다. 자그마한 혈전이 생기더니, 그것이 점차 커지고 있습니다.

"돈이 스스로 '무거워지고 세지는' 돈하면 안 된다"는 경고였는데, 그것이 현실로 나타나 걱정이 커집니다. 아니 선량한 일반 서민에게는 두려움으로 다가오기까지 합니다. 언제 혈관이 막혀 죽을지 모르는 상태가 되었습니다.

한국은행 통계에 따르면 지난달 우리나라 화폐 발행액의 77.8퍼센트가 5만원권입니다. 그 화폐가 유통되는 비율(실제 자료가 없어 담당자가 일러준 자료에서 계산함)이 겨우 30퍼센트대 초반입니다. 2015년 1월에는 17.6퍼센트까지 떨어지기도 했습니다.

묘하게도 2016년 들어서는 이 돈이 돈하지 않고 잘 유통되고 있습니다. 기현상입니다. 1월에는 33.2퍼센트이던 것이 2월에는 40.1퍼센트로 껑충 뛰었고, 3월에는 더 올라 45.1퍼센트, 4월에는 55.6퍼센트가 유통이 되었습니다. 그런데 이 숫자를 우리 서민들은 정말 잘 압니다. 지난 4월에 국회의원 선거가 있었습니다.

한국은행권에 발은 달렸어도, 추적할 지피에스GPS는 없습니다. 자동차에는 내비게이션과 블랙박스가 흔하게 달렸는데도, 우리나라 은행권 특히 5만원권에는 없습니다. 5만원권의 유통 궤직을 투명하게 보여줄 방법이 꼭 필요한데, 이를 실행할 수 있는 정부, 국회 등 누구도 나서지 않습니다.

그러다 보니 가장 나쁜 경우로, 한국은행이 발행한 화폐 총액의 60퍼센트 가량이 유통 과정을 추적하는 것이 불가능하게 되었습니다. 다시 말해 지하로 스며들어 세금을 징수할 수 없습니다. 심각하게 말한다면 범죄에 관련되었거나 탈세에 이용되고 있습니다. 실제로 엄청난 거액이 마늘밭에 묻혀 있었고, H백화점 물류창고에 처박혀 있었습니다.

이런 폐해를 막기 위한 방법은 많습니다. 외국의 사례를 보면, 스웨덴에서는 화폐 자체를 없애기 시작했습니다. 우리도 탈세를 막기 위해 이미 모든 주류酒類 거래를 카드로 하고 있습니다.

이번 일을 계기로 삼아 국민들이 20대 국회가 이 일을 어떻게 처리하는지 지켜보았으면 좋겠습니다.

현대 사회의 노블레스 오블리주

안진의 (2011. 9. 14)

　　　　　　　노블레스 오블리주noblesse oblige란
사회적 지위에 상응하는 공공정신을 지칭하는 단어로 '가진 자의 도덕
적 의무'라고 말합니다. 영국의 앤드루 왕자Prince Andrew가 포클랜드
전쟁에 전투헬기 조종사로 참전하거나, 다이너마이트의 발명과 기업
화로 거부가 된 알프레드 노벨Alfred Nobel이 그 유산을 모아 노벨상 재
단을 만드는 등, 이러한 사회 지도층의 행위를 노블레스 오블리주라고
합니다.

　우리나라에도 이런 전통이 있어왔습니다. 신라 시대 귀족의 자제인
화랑이 남들보다 앞서서 전투에 참가한 사례나, 12대 300년을 이어온
경주 최부자 집의 가훈인 육훈六訓에 나타나는 검약과 상조의 정신은

모두 한국식 노블레스 오블리주의 원형입니다. 지방 행정관의 도리에 대하여 적은 다산 정약용의 《목민심서牧民心書》 또한 지도층의 솔선수범과 모범을 주된 내용으로 하고 있으니 노블레스 오블리주의 정신을 담고 있다고 할 수 있습니다.

노블레스 오블리주가 필요한 이유는 한 사회의 발전을 위하여 사회적 지위가 높은 계층이 스스로 그 특권을 박탈함으로써 계층 간의 차이를 극복시킨다는 의미가 있습니다. 그러나 이 용어에는 현대 사회와는 맞지 않는 점이 있습니다. 그것은 노블레스 오블리주라는 용어가 본질적으로 특권층의 존재를 전제로 하고 있으며, 우리 사회가 위계화된다는 점에서 문제가 있는 것입니다.

따라서 이러한 개념은 다른 의미로 해석하는 것이 필요합니다. 권력과 부를 가진 소수의 선행만이 환대받고 평범한 사람의 봉사는 주목받지 못하는 사회가 되어서는 안 됩니다. 진정한 현대 사회의 노블레스 오블리주는 모두의 것이어야 하는 것입니다.

결국 노블레스 오블리주는 일상화되어야 하며 일반화되어야 합니다. 일상화란 노블레스 오블리주의 실천이 특별한 사안이나 사건에 한정되는 것이 아니라, 삶 속에서 일상적으로 발현되어야 함을 의미합니다. 일반화란 특정 계층에 한정된 의무가 아닌 대부분의 모든 사람들이 자발적으로 참여함을 의미합니다.

우리는 추석을 보내었습니다. 추석은 인정을 나누고, 잊고 있었던 인정을 복귀시키는 날이었습니다. 그러나 정작 추석에도 일을 하는 사람들이 있었으며, 추석을 혼자 지낸 사람들도 많았고, 한가위 축제를 벗어나 소외된 사람들이 적지 않았습니다.

이제 도시 생활이 확장된 상태에서 추석의 의미는 새롭게 모색되어야 할 것입니다. 그리고 이웃의 어려움과 슬픔을 헤아리고 손을 내밀어 줄 따뜻한 인정이 필요합니다. 추석을 보내고 다시 일상으로 돌아온 사람들이 지금이라도 인정을 나누는 공동체로 일상적이며 일반적인 노블레스 오블리주를 펼쳐나갔으면 좋겠습니다.

지하철 역내 급경사의 에스컬레이터에서 노인을 부축하는 일도, 지적 장애인들이 대중교통을 이용할 수 있도록 돕는 일도, 노인석에 노인들이 앉을 수 있도록 안내하고 자리를 봐드리는 일도, 나에게 작은 것이 상대에겐 큰 의미가 될 수 있습니다.

평범한 것이 가장 위대한 것이고 사소한 것이 대단하게 됩니다. 결국 일상적으로 개인의 자발적인 참여에서 나오는 노블레스 오블리주는 우리 사회를 더욱 건강하게 만들어줄 것입니다.

뜻밖의 국제화

김수종(2007. 4. 25)

베트남 아가씨를 며느리로 맞아들인 집안을 본 적이 있습니다. 낯선 땅에 시집 온 지 1년도 안 돼서 배는 남산만 하게 불었는데 서툰 한국말을 써가며 문화 배경이 전혀 다른 가족과 친지들에게 적응하려고 안간힘을 다하는 모습이 그렇게 안쓰럽게 보일 수가 없었습니다.

최근 내가 아는 집안에 혼사가 있었습니다. 제주도에 사는 40대 총각이 멀리 중국 흑룡강성에서 신부를 맞아들였습니다. 노총각과 젊은 신부가 모두 싱글벙글하는 모습이 보기에 참 좋았습니다. 남녀 간의 사랑은 제쳐놓고, 같은 언어를 쓴다는 것만으로 중국 조선족 여자는 베트남 여자보다 한국 적응 능력이 훨씬 뛰어날 것 같았습니다.

우리는 개방화와 세계화의 시대를 살고 있습니다. 그러나 소득 수준이 높은 부유층 및 도시 중산층과 소득 수준이 낮은 도시 영세민 및 농민층에게 다가온 개방화와 세계화의 현실은 아주 다른 것 같습니다.

도시 중산층에게 세계화는 문물에 대한 개방이라고 할 수 있습니다. 상품, 자본, 정보 및 지식, 서비스의 자유로운 이동과 해외여행 등 선택의 다양성입니다. 그러나 영세민, 특히 농촌 사람들에게 다가온 세계화는 반갑기는커녕 꿈에도 생각하지 못했던 당혹스러운 변화를 안겨주고 있습니다. 전통적 농촌 사회에 불어닥친 변화는 국제결혼에 의한 가족 구성원의 급격한 변화입니다.

대법원이 호적을 기준으로 공개한 '국제 혼인 현황'에 의하면 2006년에 결혼한 8쌍 중 1쌍이 국제결혼이라고 합니다. 그런데 국제결혼의 76퍼센트가 한국 남성과 아시아권 여성의 결혼입니다. 말하자면 장가못 가는 농촌 남성들과 아시아 처녀들 간의 결혼입니다. 전남, 전북, 경북 순으로 국제결혼이 많은 것을 보면 더욱 이런 현상은 뚜렷합니다. 이 비율만으로도 놀라울 정도입니다만 당분간 이런 국제결혼은 늘어날 추세라고 합니다.

이것은 도시 중산층 사람들은 거의 감지하지 못하는 우리 농촌의 큰 사회적 변화입니다. 앞으로 4~5년 지나면 초등학생의 4분의 1이 혼혈 어린이들로 채워질 농촌 지역도 있다고 합니다. 게다가 중소기업이 위치한 도시 공단 지역에는 외국인 근로자들이 40만 명 이상 거주하고 있습니다. 대부분의 근로자들이 돈을 벌고 고국으로 돌아가겠지만 우리가 상상하는 것 이상으로 많은 숫자는 불법 체류와 국제결혼으로 한국 사회에 편입될 것입니다.

그런데 국제결혼이 파경에 이르는 경우가 늘어나고 있다고 합니다. 이것은 개인의 불행이기도 하지만 사회적으로도 큰 문제가 아닐 수 없습니다. 더욱이 우리가 지금 실감하지 못하는 것은 이들 사이에서 태어난 혼혈 어린이들의 한국 사회 적응 문제입니다. 우리는 미국에서 벌어지는 인종차별을 비난하지만 사람이 오랜 문화와 인습에 의해 형성된 편견에서 벗어나는 것은 대단히 어렵습니다.

버지니아공대의 참극을 불러온 조승희 씨의 총격 사건을 여러 가지 측면에서 볼 수 있지만, 이민 온 어린이가 느껴야 했던 인종적 스트레스를 간과할 수 없다고 봅니다. 우리 사회도 한국전쟁과 그 후 미군 주둔을 통해 적잖은 혼혈아가 나왔습니다. 지금까지 이들이 큰 사회 문제가 된 적은 없습니다. 조용한 유교적 전통사회의 영향이 컸을 것입니다. 그러나 우리 사회는 그런 절제가 사라지고 있습니다. 혼혈의 숫자가 많아지면 모든 게 달라질 것입니다. 이들을 선량한 한국 국민으로 키우지 못하면 갖가지 사회 문제가 유발될 것입니다.

신문마다 다민족 사회에 대비해야 한다는 주장을 펴는 것을 볼 수 있습니다. 말은 쉽습니다. 미국이야 이민 국가니까 그렇지만 식민지를 지배했던 유럽 국가들이 인종 갈등 문제로 겪는 고통은 그들이 대비하지 않아서가 아니라고 봅니다. 세계사를 한번 훑어봐도 사람의 이동과 그 때문에 일어나는 갈등이 당대에 고통을 줬습니다. 물론 한 가지 안심이 되는 것은 지금 벌어지는 국제결혼 추세가 다민족 사회가 아니라 혼혈 사회를 만들 것으로 보이는 점입니다.

그렇더라도 잠재적 위험은 크다고 봅니다.

북한같이 문을 걸어 잠그지 않는 한 인구의 혼합은 추세입니다. 그렇지만 결혼할 상대를 국내서 찾지 못해 외국 신부를 수입해오는 것은 당대의 불행이자 훗날 많은 문제의 씨앗이 될 수 있다는 점은 우리 사회가 각오해야 합니다.

문화부를 독립시켜라

임철순(2015. 2.12)

　　　　　　　몇 년 전 문화체육관광부 장관이 사석에서 이런 말을 하는 걸 들었습니다. 문화인들의 모임에 가면 문화부 장관님 오셨다고 하고, 체육 단체의 행사에 참석하면 체육부 장관님 오셨다고 반기더랍니다. 그렇다면 관광업계 종사자들은 관광 장관님이라고 부를 법도 한데 그런 말은 하지 않더라는군요.

　문화와 관광은 그렇다 치고 문화와 체육 업무가 한데 잘 어우러지는 일인지는 모르겠습니다. 1994년 말 건설부와 교통부를 합칠 때 '화학적 결합'론이 나왔지만, 문화체육관광부의 한 지붕 세 가족은 그런 차원의 결합을 말하는 것도 어울리지 않아 보입니다. 좌우간 장관은 1년 내내 정신이 없을 것 같습니다.

나는 외환위기 직후 신문사의 기구 통폐합에 따라 네 부를 하나로 묶어 부장으로 일한 적이 있습니다. 문화부+과학부+여성부+생활부= 문화과학부라는 기구였습니다. 미술 담당 기자가 젊은 작가 아무개의 감성적인 터치와 대담한 붓질에 대해 이야기하면 조금 있다가 가요 담당 기자가 김건모의 히트곡에 관한 기사를 들이밉니다. 의학 담당으로부터 새로운 헬리코박터균 치료법에 대해 설명을 듣느라 머리가 아파 죽겠는데, 과학 담당 기자가 다가와 "줄기세포가 거시기 머시기……" 합니다. 그게 끝이 아닙니다. 이 가을 여성복 패션의 경향은 뭐가 어떻고, 이번 주 여행 면의 행선지는 어딘데 어떻게 꾸미고……. 매일매일이 어떻게 지나갔는지 모르겠습니다.

　문화체육관광부 장관의 일이 쉽지 않으리라고 생각하는 것은 어느 것 하나 중요하지 않은 게 없는데도 어느 것 하나 제대로 챙기지 못한 경험이 있기 때문입니다. 그런데 지금 문화부는 그런 조직이나 기구만의 문제가 아니라 '사람 갈등'으로 바람 잘 날이 없는 형국입니다. 차관 시절에도 석연치 않게 그만두었던 유진룡 장관이 지난해 해외 출장 중 해임 통보를 받고 쫓겨나더니 인사를 둘러싼 온갖 잡음이 들리고, 대통령 업무보고를 하는 1월 22일에는 1차관이 출근도 하지 않는 일이 벌어졌습니다. 그러다 결국 사표를 냈는데 배경과 이유가 뭔지 도무지 아리송합니다.

　아무개 차관이 '청와대 인사 개입설'의 배후이며 실세이고, 김진선 평창 동계올림픽 조직위원장이 사퇴한 것도 인사 장난이며 마사회 간부 인사가 어떻고 저떻고, 박근혜 대통령이 "나쁜 사람들이라고 하더라"고 지적한 사람들은 이렇고 저렇고…… 문화체육관광부 사람들은 일은 안 하고 말질 고자질만 하는 것처럼 보입니다. 또 걸핏하면 조직을 개편하는데 누가 더 청와대에 가까우냐에 따라 1차관과 2차관의 담당 영역이 수시로 달라집니다.

이 정부에서만 그런 것도 아닙니다. 이명박 정부 때도 1, 2차관의 업무가 왔다 갔다 했습니다. 그때도 차관이 외부 행사에 다녀오는 길에 경질 소식을 들은 일이 있습니다. 조선 시대의 육조六曹를 기준으로 하면 문화부는 예조禮曹의 고갱이인 셈인데, 인사가 난맥인 데다 고위 공직자에 대한 최소한의 예의와 배려도 없습니다.

지금 문화체육관광부는 얽히고설킨 업무에다 심성마저 꼬인 사람들이 자리와 먹이다툼이나 하고 있는 곳처럼 보입니다. 9월 개관 예정인 국립 아시아문화전당 운영 주체 결정이 난항을 거듭하고 있고, 3년 앞으로 다가온 평창 동계올림픽 준비는 지지부진합니다. 경기장 건설비를 누가 대느냐 하는 문제로 지자체와 문화체육관광부가 대립하고 있습니다. 제대로 굴러가는 게 하나도 없어 보입니다. 근본적인 문제는 새 정부가 들어설 때마다 타 부처 업무가 붙거나 떨어지는 게 반복되면서 처음부터 이해관계 충돌 요인을 안고 출범하기 때문입니다.

문화부를 별도로 독립시켜야 합니다. 문화부 장관을 문화 업무에 전념하게 해야 합니다. 문화 융성을 부르짖고 세계 속의 한류를 자랑스러워하는 나라의 문화 행정이, 그리고 문화 행정의 행정 문화가 겨우 고작 이런 수준이어서야 되겠습니까? 문화부를 독립시키고 제대로 된 사람을 장관으로 임명해 창의적으로 소신껏 일할 수 있게 해줘야 합니다.

마르지 않는 붓

임기 중이라고 해서 정부 조직 개편을 못할 것도 없습니다. 1968년에 발족된 문화공보부는 노태우 대통령 때인 1989년 12월 말 문화부와 공보처로 분리됐고, 바로 1990년 1월 3일 문화부가 신설됐습니다. 문화부 신설은 노 전 대통령의 임기 시작과 함께 이루어진 일이 아닙니다. 노 전 대통령은 이렇게 문화부를 신설하고 초대 장관에 이어령 씨를 모셔 문화 행정의 기틀을 잡게 했습니다.

그런데 그 뒤 김영삼 대통령 때인 1993년 3월 문화체육부로 바뀌더니 1998년 2월 김대중 대통령 때 문화관광부가 되고, 이어 이명박 대통령 때인 2008년 3월 문화체육관광부로 몸집이 더 커져 오늘에 이르고 있습니다. 새 정부 출범 당시 이 부처에 손을 대지 않은 대통령은 노무현 전 대통령과 박근혜 대통령뿐입니다.

이제 문화부를 독립시켜 성숙한 문화 국가로 나아가야 합니다. 경제부총리 교육부총리만 중요한 게 아닙니다. 문화부총리는 왜 안 됩니까? 문화 진흥을 하기 위해 독자적인 기구를 신설하는 것을 반대하는 사람은 없을 것입니다. 사실은 신설도 아니고 엄밀히 말하면 복원입니다.

백세를 대비하는 중년 남성들에게

신아연(2015. 8. 6)

　　이번 주부터 한 주간신문에 새로 글을 쓰게 되었습니다. 이 신문의 주 독자층은 100세 시대를 준비하는 중장년 남성들로서, 편집자는 제게 그들을 응원, 격려, 배려, 지지하여 자존감을 회복시킬 수 있는 내용의 글을 써달라고 주문했습니다.

　100세까지 살 확률은 남자보다 여자가 더 높은데 굳이 남성 독자층을 겨냥한 이유는 재취업과 창업 등, 은퇴 후 경제 활동에 도움이 될 만한 정보 위주로 꾸리는 신문이기 때문입니다.

　민간 기업의 실제 퇴직 연령을 53세로 잡았을 때 퇴직 후 처음 1~3개월은 재취업에 자신감을 가지고 낙관적 시기를 보낸다고 합니다. 그러다 3~8개월에 접어들면 가족 간의 문제, 구체적으로 부부 갈등이 표

36

면화되면서 의기소침해지는 시기가 된답니다. 아울러 높은 구직 경쟁률과 반복되는 구직 실패로 자신감을 상실하게 되면서 8개월 이후에는 초조와 불안으로 취업에 대한 희망을 점차 잃고 가족에 대한 죄책감, 자기 존재에 대한 회의감에 젖어듭니다. 그 상태에서 1년이 지나도록 일자리를 찾지 못하면 이전 직장과 사회에 대한 분노와 정신적 외상에 시달리며 좌절하고 절망하는 단계에 접어든다고 합니다.

저는 이제부터 일자리를 잃고 낙관과 분노 사이, 의기소침과 불안 초조의 단계에 있는 중년 남성들을 글로 위로하고 아픔과 고민을 공감해야 할 처지에 놓였습니다.

실상 그 신문의 주 독자와 저의 공감대는 중년이라는 나이 외에는 없습니다. 저는 여자이고 정년이라는 금이 그어진 일자리를 가진 것도 아니며, 무엇보다 중년의 몸집을 한국에서 불린 사람이 아닙니다. 이런 제가 누구를 위로할 수 있겠습니까. 더구나 다시금 밥벌이가 절실하다는 분들 앞에서 입만 나불거리고 원고료나 챙기는 꼴이 될까 몹시 저어됩니다. 마치 시집도 안 가 본 사람이 결혼 생활의 지난함을 논한다거나 자식도 없는 사람이 애는 이렇게 키워라, 저렇게 가르치라 할 때의 공허함과 맹랑함이라고 할까요. 밥 없으면 빵 먹으라는 식의 말은 더더구나 가당치 않을 것입니다. 이런저런 이유로 첫 글을 앞두고 고민이 많이 되었습니다. 그 어떤 글보다 진실해야 한다는 각오가 앞섰습니다.

그런데 한 가지 이상한 것은 은퇴 후 새로운 일을 찾는 데 '고작' 1년이 지났을 뿐인데도 낙담과 절망에 겨워 분노까지 스멀스멀 가슴 한편에서 피어오른다는 통계입니다. 그것이 사실이라면 우리 사회가 집단적 조급증에 빠져 있다는 생각이 아니 들 수 없습니다. 단순 이직이나 첫 구직에도 그렇게 '졸갑증'을 낼 필요가 없는 1년이라는 시간을, 은퇴 후 판을 바꿔 새로운 경제 활동을 하려는 상황에서 그 정도는 인내하며 기다리고 견딜 수 있어야 하지 않을까요.

제가 21년을 호주에서 살면서 하나 배운 것이 있다면 우리말에 있는 "바늘허리에 실 매어 쓸까"였던 것 같습니다. 그것도 거기 살 때는 몰랐는데 한국에 다시 오니 비교적 제 자신이 제법 느긋한 편에 속하더라는 거지요.

이제 생의 반환점을 막 돈 중년은 달려가던 곳의 이면, 가던 곳의 반대 방향을 마주할 수밖에 없는 시기입니다. 성적과 관계없이 전반전과 후반전 사이에는 휴식 시간이 주어지듯이, 지금까지는 보지 못했던 생의 뒷면 내지는 전모를 살피며 새로운 50년을 뛰려면 땀을 닦고 신발끈도 다시 조여야 하지 않겠습니까.

오늘 당장 돈이 없어서 밥을 굶는 사람은 이제 우리 사회에 없다고 봅니다. 그렇다면 좀 기다리는 훈련을 했으면 합니다. 기다리면서 이런 것을 좀 했으면 좋겠다고 저는 그 신문에 썼습니다.

내가 도무지 내 인생을 산 것 같지가 않고 남의 인생을 대신 살아준 느낌, 남의 기준에 맞춰 사느라, 남들처럼 사느라, 남의 옷인 줄도 모르고 평생 껴입고 다니며 때로는 원래 내 것인 양, 때로는 불편하기 짝이 없어 당장 벗어 던지고 싶었던 순간들, 내가 가고 싶었던 길, 그래서 지금이라도 되돌아가고 싶고 다시 시작하고 싶은 간절함과 맞닥뜨리게 되는 시간을 한번 가져보자고 말입니다.

자기기만을 떨치고 허영과 허세를 줄일 수 있다면 중년은 가장 빛나는 시기일 수 있다고 저는 생각합니다. 중년 남성의 진정한 자존감과 매력은 여기에서 시작된다고 저는 믿습니다.

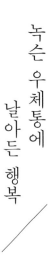

녹슨 우체통에
날아든 행복

방석순(2014. 7. 25)

　　　　　　　　　　　산 아랫마을에 사는 아주머니네 낡
은 철 대문은 갈 때마다 늘 빗장이 풀린 채 빼꼼히 열려 있습니다. "누
가 들여다본들 뭘 하나 보태주고 가면 갔지, 들고 갈 건 없으니까." 호
탕하게 웃는 아주머니의 성격 그대로입니다. 이웃 친구들이 무시로 드
나드니 그쪽이 훨씬 편하기도 할 겁니다.
　옛날 철 대문엔 FM(Field Manual, 현장교범)처럼 우체통이 하나씩 달
려 있기 마련입니다. 대문 바깥쪽에 우편물 투입구가 있고 안쪽에 손
을 넣어 우편물을 꺼낼 수 있게 통을 매단 구조입니다. 다른 집들도 마
찬가지겠지만 아주머니네도 그 우체통에서 편지를 꺼내본 건 까마득
한 옛일입니다. 벌써 오래전부터 대문 바깥 기둥에 다른 우체통을 매

달아놓았었고 얼마 전엔 아예 지자체에선가 우정본부에선가 새로 달아준 우체통이 있기 때문입니다.

　산의 맑은 공기 덕인지 늘 기차 화통 같이 우렁우렁하던 아주머니의 목소리가 어느 날 웬일로 새색시처럼 조용해져 있었습니다. 까맣게 잊고 지내던 철 대문의 녹슨 우체통에 최근 반가운 소식이 날아든 때문이랍니다. 아주머니의 조심스러운 눈짓을 따라 살짝 들여다본 우체통 속에는 조그마한 갈색 깃털의 산새가 경계의 눈을 동그랗게 뜨고 마주 내다보고 있었습니다. 벌써 한 주일 넘게 그렇게 알을 품고 있답니다. 찜통 같은 더위에 바람조차 통하지 않는 우체통 속에서 꼼짝도 않고 알을 품는 어미 새의 모정이라니. 그보다 산이나 숲 속에 둥지를 틀어야 할 야생의 동물이 인가에 찾아들어 알을 품다니.
　사람들이 드나들 때마다 대문이 흔들거려 불안할 텐데도 신기하게 눈만 동그래져서 내다볼 뿐입니다. 아마도 아주머니와는 남들이 이해할 수 없는 은밀한 신뢰 관계가 형성되어 있나 봅니다. 그러고 보니 아주머니도 마치 남들에게 보여주기 아깝지만 안 보여주고는 못 배길 보물이라도 품은 듯한 표정입니다.
　문득 철없던 시절 참새를 잡겠다고 공기총을 둘러메고 얼어붙은 한강을 건너 봉은사 뒷산 숲을 뒤지던 생각이 떠올랐습니다. 직장 다니던 시절에도 한겨울 퇴근길에 동료와 함께 따끈한 대포 한 잔에 참새구이를 안주로 즐기던 때가 있었습니다. 눈을 씻고도 참새를 찾아보기 어려운 요즘 생각해보면 멋쩍고 부끄러운 기억입니다.

사람이 사람을 믿기 어려운 세상에, 아니 짐승보다 사람이 더 무섭다는 세상에 저렇게 사람 드나드는 철 대문 우체통에다 둥지를 튼 녀석들은 도대체 어떤 녀석들일까? 대문께에서 멀찌감치 떨어져 한참이나 기다리는데 이윽고 담장 옆 감나무 가지에 아비 새가 모습을 나타냈습니다. 눈 아래로 새까만 옆얼굴과 등허리, 하얀 뒤통수, 가슴 아래로 배까지 불타듯 붉은 갈색. 딱새였습니다. 대부분 암컷들은 구분하기 어렵게 어슷비슷한 갈색이지만 수컷들은 저마다 확연히 구분되는 화려한 색상을 자랑합니다.

아주머니에게는 그 딱새가 행운의 메신저입니다. 이태 전에도 똑같이 생긴 새 한 쌍이 바로 그 우체통에다 둥지를 틀고 새끼 다섯 마리나 키워서 데리고 갔답니다. 그즈음 손녀딸이 번듯한 직장을 얻었으니 흥부네 제비가 따로 없습니다.

'이번엔 저것들이 또 무슨 기쁜 일을 가져다주려나.'

어미 새마저 잠시 둥지를 비운 사이 들여다보니 콩알보다 조금 큰 새알 네 개가 가지런히 놓여 있었습니다. 조것들이 껍질을 깨고 나오는 날 이 집엔 또 무슨 경사가 벌어질지 모릅니다. 아주머니는 자신에게 찾아드는 그런 소소한 행복들이 바로 딱새가 가져다준 것이라고 믿는 눈치입니다. 그러니 그 조그만 것들이 더욱 귀엽고 사랑스럽게 느껴질 것입니다. 서로 믿고 의지하고 기대하며 한 집에 동거하는 딱새와 아주머니. 시샘이 날 만큼 부러워졌습니다.

나
무
를

심
은

사
람

김영환(2015. 1. 7)

　　　　　　　　지난 연말 우체국에서 탁상 달력을
한 부 얻었습니다. 봉투에서 달력을 꺼내 한 장씩 들춰보니 우정사업
본부 소속 직원들이 찍은 정겨운 풍경 사진들이 한 달씩을 장식하고
있었습니다. 사진을 몇 장 넘겨보자 내가 소중히 여기는 곳도 나오리
라는 직감대로 9월에 실려 있었습니다.
　　몇 년 전 연필 드로잉을 배울 때 "발음이 이상해서 늘 조선족이냐는
소리를 자주 듣는다"고 푸념하던 50대쯤의 노처녀 선생님이 독감에 걸
리자 대타로 나온 분이 복사물을 한 장씩 수강생에게 나눠주었습니다.
넓디넓은 들판에 큰 나무가 한 그루 서 있어 가슴이 확 트이는 바로 그
풍경이었습니다.

"어디죠?"라고 물었지만 강사는 "인터넷 검색으로 뽑은 것이에요"라고만 말했습니다. 원경으로 하늘을 인 산맥이 가로로 끝까지 이어져 있었죠. 안 보였지만 정상에는 말갈기처럼 늘어선 나무들이 있을 법했습니다. 그 앞으로 수십만 평이 될 법한 들판에선 고개 숙인 벼들이 추수를 기다리는 듯했습니다. 바람이 심했는지 간혹 도복倒伏한 벼도 보였습니다. 수강생들은 수종樹種을 놓고 설왕설래했습니다.

그 복사 사진의 농담濃淡을 표현하려고 스케치북에 짙은 6B 연필까지 대면서 궁금증이 생겼습니다. 이런 멋진 나무가 서 있는 곳이 어디일까. 쉬엄쉬엄 이미지를 검색하다가 찾아냈을 때에는 소시민의 작은 감동으로 엔도르핀이 생기는 듯 잠깐 황홀했습니다.

충북 보은군이 1982년 이 느티나무를 보호수로 지정했을 때는 수령을 500년 정도로 추정했다니 아마 조선 성종(재위 1469~1495)조 이전의 일일 겁니다. 우리나라의 많은 마을에 자생하는 느티나무가 많다지만 이 너른 들판 한가운데에 이 한 그루는 꼭 누가 심었을 것만 같았습니다. 북한산 자락에 즐비한 '영세불망'의 송덕비 따위는 결코 아랑곳하지 않았을 어느 청백리가 농민들이 논밭에서 일하다가 더위를 식히라고 심었을까, 아니면 논일 하는 아내나 며느리가 안쓰러운 남정네가 심었을까. 상념이 꼬리를 물었습니다. 마을 사람은 옛날 큰물에 떠내려온 나무가 이곳에 뿌리내렸다는 이야기를 들었다고 말했지만 나는 실망하지는 않았습니다. 정설이 아닐 수도 있는 데다 수백 년을 잘 보존해온 데 대한 고마움도 컸기 때문이죠.

나무 심기에는 이타성과 원대함이 있습니다. 옛 조상들은 딸을 낳으면 혼수로 농을 만들려고 오동나무를 심었죠. 더 선대에는 탁자를 만들기 위해서 은행나무를 심었을지 모릅니다. 이렇게 식목은 당대가 아니라 후손을 배려하는 사업이었습니다. 내가 중학생 때 지금은 경제특구가 된 인천 송도의 뒷산에서 송충이를 잡게 했던 박정희 시대의 국토녹화 사업도 마찬가지죠. 지금 젊은이들은 혹시 우리 산이 옛날부터 지금처럼 푸르렀다고 잘못 알지도 모릅니다.

수백 년 전 이 느티나무를 옮겨 심었거나 보았을 백성들은 훗날 후손들이 만드는 영화와 드라마에 이 나무가 등장하고 달력에는 "오랜 풍파 속에서 그 자리를 지켜낸 한 그루의 느티나무가 한결같은 당신을 떠올리게 합니다"라는 설명이 사진과 함께 실리고 후손들이 성가실 정도로 사진가들의 촬영 명소가 될 것이라고 꿈엔들 생각했겠습니까.

프랑스 작가 장 지오노Jean Giono의 단편소설 《나무를 심은 사람》이 있습니다. 1913년 프랑스 프로방스 지방의 어느 황량한 산야에 한 젊은 여행자가 들르게 됩니다. 숯을 구워 파는 주민들의 이기심과 반목으로 세찬 바람처럼 증오만 남은 텅 빈 마을에서 물을 찾아 고생하던 그를 자신의 집으로 인도한 사람은 50대 홀아비 양치기. '20대가 보기에 남은 일이라곤 죽는 것밖에 없을 것 같았던 이 55세의 사나이'는 누구의 것인지도 모르는 황무지에 다음 날 심을 도토리나무 씨앗을 밤늦게 혼자서 선별하고 있었습니다.

여행자가 1차 대전이 끝나고 돌아와 해마다 그곳을 다시 찾았을 때 황무지는 거대한 녹지를 향하여 바뀌고 있었습니다. 3년에 10만 개의 씨앗을 심을 정도로 30여 년간 오직 땅의 부활을 위한 그의 말 없는 식

목으로 단 세 명으로 줄었던 마을은 마침내 물이 흐르고 자연이 되살
아나면서 인구 1만여 명의 마을로 변했습니다.

산림감시원과 관리들은 "자연이 이렇게 되살아나는 일도 있군" 하
면서 감탄했고 국회의원들도 이 특이한 자연 복원 현상을 시찰하러 함
께 왔지만 작은 개인, '엘제아르 부피에'라는 양치기의 존재는 짐작하
지도 못했으며 자연 복원의 원인을 깊이 캐려고 하지도 않았습니다.
권력은 갖고 있었지만 세상을 바꾼 힘의 원천을 알려고 하지 않았던
거죠. 후일 사람들은 소설의 모델이 있느냐고 물었지만 작가는 없다면
서 나무를 심도록 권장하는 일은 좋은 게 아니냐고만 답했답니다.

사막의 모래바람을 막고자 중국에서 식목 사업을 벌이는 우리나라
사람들이 있습니다. 시도 때도 없이 중국 방향에서 날아오는 황사와
초미세 먼지를 막으려는 거죠. 언제 될지는 모르지만 작은 나무들이
한동안 버텨주기만 한다면 식물 복원력의 승수효과는 엄청날 것이라
고 봅니다.

올해 을미년, 가장 깊이 뇌수에 새겨진 것은 명성황후가 일본군 흉
도들의 칼날에 시해돼 석유로 불태워진 120년 전의 참변입니다. 새해
엔 느티나무를 보러 가는 길에 황후의 생가인 여주 감고당感古堂도 참
배하려고 합니다. 계절은 다르지만 느티나무 스케치도 들고 가서 실경
과 대조해보렵니다. 곧 내비게이션에 '충청북도 보은군 마로면 원정리
488'을 찍을 날을 기대해봅니다.

임철순(2013. 10. 23)

10여 년 전의 일입니다. 노벨 문학
상 수상자를 선정하는 스웨덴 한림원의 관계자가 한국을 찾아왔습니
다. 방한 목적은 정확하게 알려지지 않았지만 한국 문인들은 수상 후
보자 선정을 위해 사전조사를 하러 온 것이라고 굳게 믿었습니다. 이
상을 받는 것이 거의 비원悲願처럼 절실해진 우리에게는 그보다 더 중
요한 손님이 없었겠지요. 한국 문학의 우수함과 어느 나라보다 더 활
발한 문학 시장(특히 시)을 열심히 소개하는 한편 유명 음식점에 모셔
그야말로 칙사 대접을 했다고 합니다.

그 모임이 끝나고 헤어질 때 문학인 A씨가 문학인 B씨에게 했다는
말이 나중에 화제가 됐습니다. A씨는 그때 "이번엔 자네가 양보하게"

라고 했답니다. 내가 먼저 노벨 문학상 후보자(또는 수상자?)가 되는 것 같으니 나보다 나이가 적은 자네는 다음 순서를 기다리라는 뜻이었습니다. 스웨덴 한림원이 아무것도 약속한 게 없는데 '양보' 운운한 이 우스꽝스러운 말은 B씨에 의해 널리 알려졌습니다. 입이 걸기로 유명한 B씨는 "지가 뭔데 나보고 양보하라 마라 해?" 그러면서 A씨를 마구 씹었습니다. 우리 문학인들의 정서와 경쟁 심리를 잘 알게 해준 에피소드입니다.

금년에도 노벨 문학상은 한국을 비켜갔습니다. 지난해 중국 소설가 모옌莫言이 수상했을 때 부러움과 질시의 눈길을 보냈던 우리는 올해 일본 작가 무라카미 하루키村上春樹가 상을 받을지도 모른다는 예측에 더 마음을 졸였습니다. '다행히' 수상자는 무라카미가 아니라 캐나다의 소설가 앨리스 먼로Alice Munro였습니다. 일본에서는 《산케이産經 신문》 디지털 뉴스가 '무라카미 하루키 노벨상 수상'이라는 제목으로 온라인 호외를 냈다가 오보로 밝혀져 망신을 샀습니다. 수상에 대비해 작성해둔 기사를 담당자가 실수로 내보낸 탓입니다. 우리와는 좀 다르지만 일본인들도 노벨 문학상을 고대하기는 마찬가지입니다.

한국 문학인들의 초조감과 조바심은 충분히 이해할 수 있습니다. 일본의 경우 1968년 가와바타 야스나리川端康成, 1994년 오에 겐자부로大江健三郎가 노벨상을 받았습니다. 중국도 2000년에 가오싱젠高行健, 2012년 모옌이 상을 받았습니다. 한중일 '문학 삼국지'에서 중국과 일본은 두 명씩 수상자가 나왔는데 한국은 한 명도 없는 상태입니다. 올림픽 개최 연도는 일본 1964년, 한국 1988년, 중국 2008년으로 한국이 중국보다 20년 빠릅니다. 무역 규모나 각종 경제·사회 지표 등 모든 부문에서 한국이 노벨 문학상의 경우처럼 일본과 중국에 비교도 안 되게 완전히 처지는 것은 없습니다. 그러니 더 약이 오르고 애가 타는 거지요.

게다가 2005년 서울국제문학포럼에 참석했던 오에 겐자부로가 유력 후보자로 지목한 중국의 모옌(2012), 프랑스 소설가 르 클레지오(2008), 터키의 소설가 오르한 파묵(2006) 등은 다 노벨상을 받았습니다. 후보 중 한 명으로 꼽은 한국의 소설가 황석영 씨만 아직 무소식입니다. 황 씨는 작품 8종이 프랑스어로 번역돼 '프랑스에 가장 잘 알려진 한국 작가'입니다. 올해 노벨상 발표를 앞두고 프랑스에서 독자들과의 만남 행사를 했는데, 이번에도 반가운 소식은 역시 듣지 못했습니다.

해마다 노벨 문학상이 발표되는 10월 10일 무렵이면 고은 시인의 집 앞에 민망한 풍경이 빚어집니다. 기자들이 몰려들고, 부담을 느낀 고 씨는 일부러 집을 나가곤 했습니다. 2005년 당시 수상을 하지 못하자 고 씨는 아내를 통해 "국민들 앞에 면목이 없습니다"라는 소감을 밝히기도 했습니다. 그가 후보였다고 확인해준 사람도 없었는데 왜 면목이 없어야 하는지, 아무래도 이상한 말이었습니다.

노벨 문학상은 알프레드 노벨의 유언에 따라 '이상적인 방향으로 문학 분야에서 가장 눈에 띄는 기여를 한 사람'에게 수여됩니다. 하지만 취지에 맞게 정치색이 완전히 배제된다고 단언하기는 어렵습니다. 그런 만큼 우리 문학인들은 더욱 더 세계적이고 인류 보편적인 작품을 창조해내야 할 것입니다. 한국 문학의 세계화 미흡이 노벨 문학상과 인연이 없는 주요 이유라고 생각됩니다.

늘 지적되는 번역 문제도 다시 이야기하지 않을 수 없습니다. 2001년 설립된 한국문학번역원이 해외에 번역 출판한 작품은 10월 현재 28개 언어권 608건입니다. 스웨덴어로 번역 출판된 것은 고은 4종, 이문열 2종, 황석영 2종에 불과합니다. 이에 비해 최근 10년간 수상한 외국 시인 소설가들의 스웨덴어 출판량은 평균 6.6종이라고 합니다.

일반인들은 우리 문학 작품을 더 많이 읽어야 합니다. 한국인들의 한 달 독서량은 문학 서적을 포함해서 0.8권에 불과합니다. 경제협력개발기구OECD 가입국 중 꼴찌라고 합니다. 자국 독자들도 읽지 않는 문학이 세계에 널리 알려질 수 있겠습니까? 게다가 이명박 정부 5년 동안 기초예술 지원 7개 분야 중 문학 분야 지원은 총 관련 예산의 4퍼센트 수준으로 꼴찌였습니다. 박근혜 정부에서도 40억 원 규모의 문학 나눔 사업(문학도서 보급)이 문화부의 우수도서 선정 사업에 통합돼 문학 진흥을 위한 행정이 후퇴한다는 지적을 받고 있습니다.

노벨상 수상 여부가 그 나라의 문학적 성취를 가늠하는 절대적 척도는 아닙니다. 우리나라에서도 머잖아 수상자가 나올 것입니다. 문학인이든 일반인이든 너무 상을 의식하지 말고 문학이 생활화하도록 그 기초와 풍토부터 다지고 내실을 키워가야 합니다. 특히 전 세계에서 유일한 분단국이라는 특수성을 반영한 작품이나 토속적이고 민족적인 작품을 중시하는 경향이 이제는 지양돼야 한다고 생각합니다. 세계의 발전과 통합에 기여하고 인류 보편의 소통과 성숙에 힘을 더하는 '매력적인 문학'이 중시돼야 합니다.

임종건(2009. 10. 26)

통일 한국이 어떤 모습일까에 대한 비전은 관점에 따라 낙원에서 재앙까지 다양합니다. 지난달 골드만삭스의 한국계 연구원이 내놓은 비전은 제법 장미빛깔에 속합니다. 향후 30~40년 사이에 통일 한국은 GDP 6조 달러로 독일과 프랑스 일본을 능가하는 나라가 된다니 미국, 중국 다음가는 경제 대국이 된다는 얘기가 아니겠습니까.

통일을 재앙으로 보는 측면에서는 체제 붕괴, 핵전쟁, 분할 점령, 대량 난민 같은 으스스한 얘기들을 하죠. 현실에선 그런 얘기들이 더 그럴듯해 보이게 마련이죠. 그에 대한 반작용으로 나온 것인지는 모르겠으나 골드만삭스의 보고서는 실현 가능성은 별개로 하더라도 우리의 유쾌한 상상력을 자극하는 소재입니다.

가만히 생각해보면 전혀 근거 없는 얘기도 아닐 듯합니다. 2008년 도 국가별 GDP 순위를 보면 우리나라는 9,600억 달러로 세계 15위입니다. 한때 11위를 기록하기도 했으나 러시아, 브라질, 인도, 호주 등 자원 대국들이 국제 원자재 가격 앙등 바람을 타고 약진함으로써 순위 경쟁에서 밀려났습니다. 북한이 남한 정도의 경제력을 갖췄다고 가정할 때 남북의 경제 규모는 2조 달러대로, 당장 10위 이내 진입이 가능합니다. 허나 현재 북한의 GDP는 200억 달러 수준으로 합쳐봐야 아무런 의미가 없는 수치에 불과합니다.

남한의 경제만 놓고 생각해도 가능성은 엿보이죠. 도시국가인 싱가포르나 홍콩 등을 제외하고 인구 4천만 명 이상, 면적 10만 제곱킬로미터 이상인 국가들과 인구 대비 또는 국토 면적 대비 GDP로 따지면 한국이 중국보다 월등히 높은 것은 물론이요 미국과도 맞먹는 수준이죠. 이들 국가들의 부존 광물자원의 규모를 비교 대상에 포함시키면 사람밖에 이렇다 할 자원이 없는 한국의 성취는 정말 눈부시죠.

하기야 자원이 많았다면 지금의 성과는 불가능했을 거라고 말하는 사람도 있긴 합니다. 하지만 해외에서 98퍼센트의 자원을 끌어다 불과 한 세기 남짓 만에 우리가 이룩한 것은 어느 나라도 따라 하기 힘든 경이로운 성취라는 것이 학계의 정설이죠. 골드만삭스의 보고서도 그런 한국의 저력에 대한 믿음을 바탕으로 한 것이라고 봐야겠죠.

보고서는 북한의 풍부한 광물 자원을 통일 한국이 강대국으로 도약하는 주된 논거로 들었습니다. 2008년 시장 가격으로 북한 GDP의

140배나 된다고 봤더군요. 그러나 북한의 주요 광물 자원인 석탄이나 철광석이나 우라늄 등은 그다지 품위가 높지 않다고 해요. 게다가 중국이 기름값 등 원조의 대가로 장기 선점했다는 얘기도 있고요.

그래서 저는 남북이 합쳐져도 통일 한국의 강점은 광물 자원보다는 여전히 인적 자원에 있다고 보는 편이죠. 북한의 주민에게도 여건만 주어진다면 남한이 이룩한 정도의 경제 발전을 이룩할 능력이 있다고 보는 거죠.

북한의 인력 자원의 우수성은 해방 후 남한의 경제 부흥에 북한 출신 기업인들의 기여가 얼마나 컸었나를 생각하면 금방 알 수 있는 일이죠. 작고한 정주영 현대그룹 회장을 비롯해 무수한 이북 출신 기업인들이 남한에서 산업을 일으켰습니다. 제조업만이 아니라 서비스업종에서도 두각을 나타냈죠. 흘러간 가요 〈굳세어라 금순아〉에 나오는 금순이 오빠가 부산 국제시장의 '장사치'였던 것처럼 전국 도처의 시장에서 온갖 종류의 장사를 해서 큰돈을 번 사람은 또 얼마나 많겠습니까.

또순이의 억척스러움과 왕성한 기업가 정신은 이북 출신들의 특장特長으로 꼽히죠. 남한에서 실향민으로 살아남기 위해서는 그만큼 치열한 삶을 살 수밖에 없었을 겁니다만 역사적으로 북한은 남한에 비해 산업면에서 앞섰던 지역입니다. '개성상인'이 우리나라 상인의 대명사이듯 서비스업도 앞선 지역이었죠. 개화기에 기독교도 먼저 들어와 서구 문물을 앞서 접한 지역이기도 하죠.

그런 북한이 공산화에 이어 쇄국으로 치달아 그 우수한 인적 자원들이 기량을 발휘할 토양을 폐허로 만들었죠. 반면 자본가 탄압과 6·25 전쟁을 거치며 북한의 인력이 대거 내려오면서 남한은 더욱 치열한 경쟁 사회가 됐고, 살길을 찾아 해외로 시장 개척에 나설 수밖에 없었지요. 우리의 우방인 미국, 일본, 유럽은 배를 타고, 비행기를 타고 가야 하는 바다 건너의 먼 나라들이었죠. 반면 북한의 친구는 중국과 러시아로 육로로 갈 수 있는 이웃에 붙어 있었죠. 게다가 냉전 기간 동안 북한의 우방들은 북한의 경제 성장에 도움이 안 됐지요.

제가 북한 체제를 보며 가장 안타깝게 생각하는 것은 북한이 젊은이들을 10년 가까이 병영에 가두어두는 체제라는 점이죠. 인간에게서 창의력이 가장 왕성한 시기를 그렇게 억압적인 상태로 얽매 놓는 나라에 무슨 발전이 있겠어요.

북한 경제가 우리 수준에 도달하려면 많은 시간이 걸리겠죠. 우리가 한 세대에 했다면 북한은 반 세대에 해내도록 도와야 합니다. 우리가 압축 성장을 했다면 북한은 축약 성장을 하도록 해야 합니다.

그것 역시 가능한 일이죠. 저는 그것을 가능케 하는 동인動因을 동족에게서 찾아야 한다고 보죠. 남한의 성장은 주로 일본의 자금과 기술을 원동력으로 삼아서 이룩한 것인데 현재의 만성적 대일 무역 적자가 말해주는 것은 한국 경제에 대한 일본의 예속화 정책의 결과물이라고 볼 수 있죠. 통일 한국의 경제 개발이 남에 의한 북의 예속이 아닌 동반 관계로 추진된다면 경제 성장은 속도와 질의 면에서 상승相乘효과를 기대할 수도 있을 겁니다.

지금 기준으로 통일 한국의 인구는 남한의 4,900만 명, 북한의

2,400만 명을 합한 7,300만 명이죠. 북한은 남한에 비해 면적이 넓지만 인구는 절반도 못 돼 남한 인구의 북한 이주의 여지가 큰 편이죠. 물론 단기적으로는 북한 인구의 남한 러시 현상이 나타날 수도 있는데, 장기적인 관점에서 그렇다는 얘기죠. 그래서 남한의 인구 과밀 구조의 완화도 기대되죠.

남북통일은 사회적인 격변이므로 베이비붐의 기폭제가 돼 우리가 걱정하는 인구 감소에도 돌파구가 될 수도 있다고 봐요. 안정적인 내수 시장을 형성하려면 1억 명 정도의 인구가 있어야 한다는데 한반도는 그 정도의 인구를 수용할 만한 면적이죠. 남북한 인구가 균형을 이루며 1억 명에 이르게 되면 한반도는 일본과 국토나 인구 면에서 비슷해져 최적의 선진국 인프라를 갖추게 됩니다.

북한의 경제 개발에 가장 필수적인 것은 남한의 자본과 기술이죠. 정부 차원의 지원과 함께 민간들의 참여도 불가결한 요소죠. 대북 투자를 천문학적 숫자를 앞세운 거대 담론으로만 말할 것은 아니라고 봅니다. 저는 평소 남북통일이 되면 백두산 자락에 커피점과 식당과 숙소가 달린 서비스센터를 차리는 꿈을 꾸고 있습니다. 북한에 아무런 연고도 없는 제가 그런 생각을 하는데 실향민이나 그 후손들이야 더 말해 무엇하리오.

오마리(2014. 11. 14)

　　　　　　　요사이 몇 주간 살맛이 나는 날들이
었습니다. 이 시골 동네의 슈퍼마켓에 콩나물이 들어와 이젠 콩나물
국이 먹고 싶을 땐 왕복 2시간이 걸리는 한국 마켓까지 가지 않아도
되고 한인 교민에 관한 나쁜 기사만 접하다가 좋은 기사도 읽게 된 것
입니다. 지난주 지자체 선거가 있었는데 남쪽 대도시인 토론토 시와
북쪽 소도시 오로라 시에서 두 명의 한인 교포가 시의원으로 선출된
것입니다.

　토론토에서 선출된 교포는 8선을 했으며 오로라 시의 교포는 유색
인종 분포가 15퍼센트인 곳에서 쟁쟁한 후보들을 물리치고 초선으로
당선되어 더욱 자랑스럽습니다. 오로라 시는 현 거주지로 이사하기 전

내가 살던 곳이라 오로라에서 계속 거주했다면 나도 가치 있는 한 표를 던졌거나 그의 선거운동을 도울 수도 있었을 것을, 하는 아쉬움이 있었습니다.

그러나 이보다 더욱 살맛나는 고국의 소식이 있어 즐겁습니다. 송추 계곡에 버들치가 돌아왔다는 소식입니다. 아주 오래전이지만 송추하면 신촌역에서 낡은 기차를 타고 야유회를 갔던 기억이 있습니다. 그리고 그곳의 어느 아담한 식당의 벽난로 앞에서 얘기를 나누며 딱 한 번의 데이트를 했던 사람도 생각이 납니다. 그러나 더 오랜 시간이 흐른 후 우연히 들렀던 송추는 가고 싶지 않은 곳이 되었습니다. 계곡까지 늘어선 좌판들과 음식점, 천막들 그리고 수많은 사람들로 매우 지저분해졌습니다. 거기에 물놀이를 하도록 물을 가두어 깊은 산속에서 흘러내리는 물이 탁해져 물고기도 살 수 없는 곳이 되었습니다.

그런데 믿기지 않는 일이 벌어졌습니다. 좌판과 천막 음식점들이 없어지고 차량을 통제하여 아름다운 장소로 변했다고 합니다. 또한 물의 흐름을 막았던 물막이 콘크리트를 허물어 1급수에만 산다는 버들치도 돌아왔다고 하니 이보다 더 기분 좋은 일이 어디 있을까요? 이렇게까지 변모시킨 국립공원관리공단에 박수를 보내고 싶습니다. 공단은 국비 365억을 들여 음식점을 다른 곳으로 옮기게 하고 좌판과 천막들을 철거하는 등 5년 동안 대대적인 정비작업을 벌였습니다.

그러나 또 살맛이 나지 않는 얘기도 있습니다. 송추 계곡보다 더 중요한 문화유산이 망가져 가고 있기 때문입니다. 우리나라의 목조 건축물 중 국보 18호인 고려 중기의 가장 오래된 건축물에 관한 내용입니다. 아름다운 배흘림기둥과 팔작지붕, 아름다운 벽 분할미를 자랑하는 영주 부석사가 그 찬연한 미를 잃어가고 있으며 그 주변은 상업성 구조물들로 20여 년 전의 자연스러움을 완전히 잃어가고 있는 것입니다.

내가 찾았던 절집 중 한국에서 가장 좋아하는 곳은 청도 운문사, 강진 무위사, 부안 내소사, 서산 개심사, 영주 부석사입니다. 각각의 사찰들이 모두 서로 다른 아름다움을 보여주고 있지만 그중 배흘림기둥이 팔작지붕을 사뿐히 받치고 있는 무량수전의 단아한 기품과 고고함이 어우러진 부석사를 아주 사랑합니다. 더욱이 적요한 무량수전 앞 안양루에서 바라보면 수도 없이 겹쳐진 소백산 자락 능선들이 펼치는 장관에 살이 떨릴 지경이었습니다. 이곳의 모습은 그 어느 나라에서도 볼 수 없는 한국미의 운치와 진수를 보여주기 때문입니다.

20여 년 전 무량수전을 보러 부석사 일주문까지 오르던 길은 지금도 그곳으로 가고 싶을 만큼 사색할 수 있는 길이었습니다. 소박한 원두막 길옆으로 마치 열병식을 하듯 잎을 떨어뜨린 후 대열을 맞춰 서 있는 잘 생긴 사과나무들을 바라보며 걸었던 기억은 지금도 고국을 그리워하게 만듭니다. 그런데 몇 년 전 다시 찾은 영주 부석사에서 나는 큰 충격을 받았습니다. 오래전 보았던 아름다운 부석사는 시끄러운 장터 같았고 부석사 가는 길의 운치를 자아내던 사과밭은 모두 없어졌습니다. 요사채에서 무량수전 앞 안양루로 오르는 계단 옆에는 썩 볼품없는 새로운 건축물이 들어서 툭 터져 시원하였던 안양루와 무량수전 앞을 답답하게 만들어 자연스러웠던 부석사의 장쾌함과 조화미가 사라졌습니다.

부석사 일주문까지 오르는 잔잔하고 한적했던 은행나무와 과수밭 길은 형형색색의 천박스러운 온갖 간판이 붙은 음식점들이 즐비하여 고요한 사찰에 온 건지 서울 어느 먹자골목에 들어선 건지 모르겠습니다. 그보다 더욱 황당하여 화가 났던 것은 일주문 바로 옆에 커다란 수영장보다도 더욱 큰 우람한 분수가 있는 연못을 만든 것입니다. 얼마나 연못이 큰지 부석사와 무량수전이 초라해 보이고 불쌍해 보일 정도였습니다.

그 연못이 아닌 연못은 부석사로 향하는 길 아래 낭떠러지처럼 밑으로 푹 빠져 있고 가장자리를 시커멓고 우락부락한 매우 커다란 돌들로 들쑥날쑥 채워 전혀 호감이 가거나 아름답지 않고 우스꽝스러웠으며 무서움이 앞섰습니다. 더욱이 무슨 분수쇼를 하거나 멋있는 조명을 비추려고 했는지 워터쇼watershow를 하려고 설치된 것처럼 보이는 기다란 철골 구조물들이 보기 흉측했습니다. 고요함이 중요한 고색창연한 사찰 앞에 현란한 조명이 웬일일까요? 부석사 일주문 근처가 조명 워터쇼로 유명한 미국 환락의 도시 라스베이거스의 벨라지오 호텔 앞인가요? 아니면 고래쇼와 워터쇼로 유명한 샌디에이고에 있는 씨월드 놀이터인가요? 그런 곳들처럼 밤에 조명을 밝히거나 시간 맞춰 분수쇼를 하려고 엄청난 공사비를 들였는지 모르겠지만 무량수전과 배흘림기둥이 눈물을 흘릴 것 같았습니다.

누가 어떻게 해서 이런 공사를 했을까요? 얼마나 크나큰 실책을 저질렀는지 모릅니다. 오히려 많은 국고를 낭비하고도 부석사 앞을 천박하게 망쳐놓은 결과를 초래한 것은 국가와 후손들에게 크나큰 폐를 입힌 일이니까요. 누가 이런 계획을 주도했는지 모르겠습니다만 그들이 단 한 번이라도 중앙박물관장을 지냈던 고 최순우 선생의 《무량수전 배흘림기둥에 기대서서》를, 유홍준 교수(전 문화재청장)의 《나의 문화유산 답사기》에서 영주 부석사에 대한 글을 읽었더라면 예술에 조예가 없는 사람이라도 이런 어리석은 일은 범하지 않았을 것입니다.

고 최순우 선생은 그의 글, 《무량수전 배흘림기둥에 기대서서》에 이렇게 썼습니다.

> 소백산 기슭 부석사의 한낮, 스님도 마을 사람도 인기척이 끊어진 마당에는 오색 낙엽이 그림처럼 깔려 초겨울 안개비에 촉촉이 젖고 있다. 무량수전, 안양문, 조사당, 응향각들이 마치 그리움에 지친 듯 해쓱한 얼굴로 나를 반기고, 호젓하고도 스산스러운 희한한 아름다움은 말로 표현하기가 어렵다. 나는 무량수전 배흘림기둥에 기대서서 사무치는 고마움으로 이 아름다움의 뜻을 몇 번이고 자문자답했다. ……
> 무량수전은 의젓하고도 너그러운 자태이며 근시안적인 신경질이나 거드름이 없다.

또 조선 백자에서 우리가 느끼듯 선생께서는 "한국미는 언제나 담담하고 욕심이 없어서 좋다, 없으면 없는 대로 솜씨가 별로 꾸밈없이 드러난 것, 다채롭지도 수다스럽지도 않은 그다지 슬프지도 즐거울 것도 없는 덤덤한 매무새가 한국미술의 마음씨이다"라고 말씀했는데 이젠 무량수전 배흘림기둥에 기대서더라도 눈물이 날 것 같습니다. 이젠 그 어디에서 아름다움에 사무치던 고마움을 찾을 수 있을지.

모든 것은 욕심에서 시작됩니다. 필요 없는 것들을 만들고 꾸미고 붙여 조상이 남겨준 아름다움을 잘 보존하기는커녕 망가뜨리는 것은 하잘것없는 욕심 때문입니다. 웬일인지 우리들은 무엇이든 전통적인 것을 잘해보겠다고 만지면 오히려 더 나빠지는 결과를 종종 봅니다.

한국의 유적이나 사찰의 아름다움은 정적인 주변 환경과 그것이 꾸며주는 잔잔한 아름다움에 있습니다. 우리 문화유산의 아름다움을 지키는 일은 거대한 것을 꾸민다거나 지나친 과장과 현란한 색상을 쓰는 장식을 절제해야 하는 것입니다. 우리나라의 지형지세가, 우리 조상들이 남겨주신 유산들이 소박하고 잔잔하고 여유롭고 가식이 없기 때문입니다. 미국의 그랜드캐니언, 옐로스톤 국립공원, 혹은 중국의 장가계라든지 스위스나 캐나다의 알프스, 로키처럼 웅장한 자연이 우리에겐 없습니다. 캄보디아의 앙코르와트, 피렌체의 두오모, 로마의 콜로세움 같은 유산이 없고 일본의 오사카 성, 키요미즈데라淸水寺, 중국의 자금성, 런던의 웨스트민스터 사원, 그리고 버킹엄 궁전처럼 거대한 건축물이 없습니다.

요사이 한국의 산하 곳곳 휴양지나 등산로 등은 자연 재료들로 자연과 조화롭게 조성되는 곳이 많아 반갑습니다만 그보다 더욱 중요한 것은 우리 조상이 남겨준 아름다움을 잘 보존하는 것입니다. 영주 부석사도 하루빨리 옛 모습을 되찾기를 고대합니다. 다시 분수를 메우고 음식점들을 이주시키고 사과들이 주렁주렁 매달린 사과밭 길을 따라 걷는 일주문을, 고적하고 순박했던 그 옛날로 돌려놓는 것이 우리의

사명입니다. 이곳은 우리의 자랑이니까요. 좀 불편하더라도 참고 원래
대로 잘 보존하여 후손에 남기는 게 우리의 도리가 아닐까 합니다.

손주들한테 잘해야 하는 이유

신아연(2015. 6. 2)

"부모들이 우리 애들 봐 주는 거야 당연한 거 아냐? 어차피 걔네들이 할머니, 할아버질 모실 테니까. 우리야 뭐 돈이 있어야지, 해드리고 싶어도 여력이 없잖아. 그러니까 손주들한테 잘해야 되는 거지, 그분들은 지금 우리 애들 통해서 노후 보험 든 거라고."

한 달 전쯤 서초동 어느 카페에서 젊은 여자 둘이 하던 이야기입니다. 대화 내용이 자못 충격적이라 반사적으로 두 여자를 쳐다보게 됐습니다.

너무나 '멀쩡하게' 생긴 두 여자, 생긴 것만 봐서는 우리나라 여성들, 나아가 젊은이들의 표준 초상이라고 해도 손색이 없을 듯한데 과연 두 사람의 발언 또한 대한민국의 같은 또래들을 대변한다고 할 수 있을지 적이 당혹스러웠습니다.

맞벌이하는 자식들을 대신해 손자 손녀 봐주시는 부모님들께 여쭙습니다. 그 녀석들한테 덕 볼 생각으로, 이담에 손 벌릴 계산으로 그 고생을 하고 계신지요. 일한 공은 있어도 애 봐준 공은 없다는 말처럼 '공 없는 일'에 '공치사'나마 들을 기대조차 없건만 언감생심 노후를 의탁하다니요. '기가 막히고 코가 막힐' 소리 아닌가요? 그런데 우리 자식들은 저런 생각을 하고 있으니 '아연실색'할 노릇입니다.

그동안 부모에게서 받기만 하고 자란 세대 아니랄까 봐 염치없고 뻔뻔하다 못해 이제는 계산까지 헷갈리나 봅니다. 아무리 백세 시대라지만, 이제 갓난 '제 새끼'가 이담에 조부모를 봉양할 거라니요. 제가 놀란 것은 부모 등골을 '빼먹다' 못해 본인들의 자식 세대까지 자기 본위로 재단하는 거리낌 없는 '요즘 젊은 것들'의 당돌하고 무도한 사고방식입니다.

더구나 저희들 말마따나 자신들도 돈이 없는데, 제 자식은 돈이 있으란 법이 어디 있습니까. 또 그 아이들이 조부모를 모셔야 한다면 자신들도 손자를 봐주고 이담에 모심을 받아야 한다는 논리인데 누구 맘대로 그게 가당하답니까. 돈이 없기는 또 뭐가 없답니까. 얼마나 있어야 있는 거고, 얼마나 없어야 없는 건가 말입니다. 다 마음이고 정성이지요.

기왕지사 시대가 바뀌었으니 한 대를 걸러서 노인을 봉양하는 인습이 재정착된다면야 그 또한 나쁠 게 없겠지요. 어차피 장수 시대니까요. 하지만 그 젊은 여자들의 본뜻은 그게 아니잖습니까.

부모한테 어린 자식 맡기는 걸 고마워하고 죄송스러워하기는커녕 당연하게 여기다 못해 자기 자식들 통해서 노후 덕 보게 될 거라며 '면피'를 하려는 심보가 고약해도 여간 고약하질 않습니다. 공부시켜, 결혼시켜, 집 장만해줘, 그것도 모자라 손자 손녀까지 도맡아준 보답이 기껏 이거였나, 허탈하고 배신감 듭니다.

그러기에 돈이건, 체력이건, 시간이건, 마음이건 자식들한테 '올인' 하지 말라고 매스컴 등에서 주야장천 떠들어도 끄떡도 않는 부모님들, 이번에야말로 생각을 좀 다시 해보셨으면 좋겠습니다. 하기사 "자식한테 다 쏟아부으면 안 된다는 걸 누가 모르나, 알아도 하는 수 없으니 이러고 있지"라고 하실 테지만요.

저도 20대 중반의 자식이 둘 있지만 호주에서 자란 탓에 한국의 젊은이들과는 생각부터 다른 것 같습니다. 어쩌면 '부모를 모신다'는 개념조차 없기에 '내 자식한테 봉양토록 하자'는 따위의 '어처구니없고, 얄밉고, 얌체 같은' 발상을 할 필요도 없을 겁니다.

호주는 시스템이 갖춰진 나라이니 혼자 밥 끓여 먹는 것마저 힘에 부치면 자식이 있건 없건 노후를 양로원에 의탁하는 것이 일반적이니까요. 자식들로서는 그나마 시설 좋은 곳에다 모시는 것이 노부모를 봉양하는 최선의 효도인 셈입니다. 일반 양로원 입주야 국가가 감당할 몫이지만 개인 돈이 추가되면 고급 설비와 질 높은 간호가 제공되는 곳을 택할 수 있기 때문입니다.

호주에 살 때 한 양로원 입구에 붙여놓은 글귀를 지금도 기억하고 있습니다.

"젊어서 자식들한테 잘하라, 그래야 늙어서 시답잖은 양로원에 안 갈 테니!"

자식들에게 그나마 몇 푼 보태게 하려면 젊었을 때부터 자식들 비위를 잘 맞춰야 한다는 '씁쓸한 진실'입니다.

싫든 좋든 우리나라도 노후 생활을 국가가 관리하는 쪽으로 가게 될 테니, 그때가 되면 제가 본 두 젊은 여자들의 말이 시스템 속에 담겨 이렇게 표현될 테지요.

'늙어서 손주들한테 잘하라, 그래야 더 늙어서 시답잖은 양로원에 안 갈 테니!'

임종건(2015. 8. 3)

　　　　　10대 재벌 중 7개 그룹이 후계 과정
에서 골육상쟁을 벌였거나 벌이고 있는 가운데 롯데그룹의 왕자의 난
이 점입가경입니다. 우리나라 재벌기업에서 벌어지고 있는 골육상쟁
을 접할 때마다 떠오르는 게 LG그룹의 구자경 명예회장입니다.

　1995년 2월 22일 그의 나이 70세 때 럭키금성 그룹의 주주총회를
앞두고 그는 회장직을 내놓았습니다. 구 회장과 더불어 럭키금성 그룹
을 키워온 허준구, 구평회, 구두회, 허신구(모두 작고) 등 계열사 경영
진이던 구-허씨 집안 창업 세대들이 동반 퇴진하고 회장을 구자경의
장남 구본무에게 넘겼습니다.

　창업자 구인회 회장이 작고한 1969년 12월 31일 고인의 동생인 구

철회 락희화학 사장(작고)은 창업자의 유지인 장자승계 원칙을 받들어 구자경 부사장을 회장으로 추대한 후 자신도 은퇴했습니다.

26년 뒤 같은 전통이 생존한 회장에 의해 재현된 셈입니다. 구 명예회장은 평소 70세 되면 은퇴하겠다고 한 약속을 지켰습니다. "상체가 무거워져 현장을 다니기 불편하다"는 것이 퇴임의 변이었으나 육체적으로나 정신적으로 건강했음은 요즘 그의 건강 상태가 말해주고 있습니다.

그의 퇴임은 LG그룹의 구-허씨 간의 57년간에 걸친 동업 체제가 LG GS로 분리되는 2005년의 재산 가르기 과정에서 더욱 큰 빛을 발했습니다. 형제간도 아닌 사돈 간의 재산 나누기인 데다, 구씨가 경영을 맡고, 허씨가 자본을 대서 성장한 그룹이었기에 재산 분할 비율을 정하기도 어려웠습니다. 자칫하면 큰 분란의 소지가 있습니다.

이때 구 명예회장은 결단을 내렸습니다. 허씨 쪽의 요구를 다 들어주라고 했습니다. 그래서 구씨 쪽이 전자·화학·통신을, 허씨 쪽이 에너지·유통·건설을 차지했습니다. 허씨 쪽의 사업은 유동성 확보에 유리한 알짜배기 현찰장사 분야여서 구씨 쪽에서 주어선 안 된다며 거세게 반발했습니다.

이때 이를 잠재운 것이 "달라는 것을 안 주면 싸움밖에 더 하나?"라는 구 명예회장의 일갈이었다고 합니다. 그의 뇌리에는 "한 번 사귀면 헤어지지 말고, 헤어지더라도 적이 되진 말라"는 창업자의 유지도 떠올랐을 것입니다.

롯데 그룹의 왕자의 난에서 93세의 신격호 총괄 회장의 건강 상태에 대해 장자인 신동주 전 부회장은 '이상 없다', 차남인 신동빈 회장은 '이상 있다'로 엇갈립니다. 신동빈 회장은 그런 이유로 아버지를 총괄 회장직에서 해임하고, 명예회장으로 위촉했습니다.

신격호 총괄 회장이 맑은 정신이라면 차남의 행위는 용납할 수 없는 일입니다. 주총에서 두 아들이 지분 싸움을 할 예정이라는데 장남의 손을 들어주고도 남을 사태입니다. 아니나 다를까, 장남은 그런 내용의 아버지 육성 녹음을 언론에 흘렸습니다. 2일에는 차남을 회장으로 임명한 적이 없다는 언뜻 이해가 안 가는 녹음도 공개됐습니다.

그러나 회장인 차남 몰래 장남과 일본으로 가서 해임지시서 형식으로 차남을 해임한 것은 평소 불같은 성격의 그답지 않습니다. 평소의 그였다면 두 아들을 불러 놓고 대갈일성을 하든지, 이사회 소집을 명령했을 것입니다.

2000년 5월 현대그룹의 왕자의 난도 정주영 명예회장(작고)이 정신이 혼미할 때까지 경영권을 쥐고 있다가 가신들에게 휘둘려 초래된 것이었습니다. 정주영 명예회장의 두 아들인 정몽구, 정몽헌(작고) 회장 간의 경영권 다툼에 가신 그룹들이 편을 갈라 대리전을 치렀습니다.

양측은 판단력이 흐려진 명예회장을 이용해 인사를 농단함으로써 현대그룹을 큰 혼란에 빠뜨렸습니다. 정주영 명예회장과 정몽헌 회장이 타계함으로써 내분은 자연스럽게 정몽구 회장으로 수렴됐으나 당시 한국 최대 재벌의 부끄러운 민낯을 세계에 드러냈습니다.

재벌들이 재산을 놓고 벌이는 골육상쟁은 돈 앞에서 부모 자식 간도, 형제간도 없다는 비정함을 보여줍니다. 재산 문제는 오너 경영인이 분명한 원칙과 의지로 분배를 하지 않으면 골육상쟁의 원인이 됩니다. 그것을 신물이 나도록 보았음에도 모든 재벌들은 자식들에게 재산을 물려주려고만 하지, 싸우지 않게 하는 데는 관심들이 없는 것 같습니다.

"박수 칠 때 떠나라"는 기업가든 정치인이든 선망의 대상이 되는 자리에 있는 사람들이 새겨야 할 말입니다. 신격호, 정주영과 같은 기업인은 카리스마와 자신감과 건강을 겸비한 경영인들입니다. 그런 스타일의 경영인일수록 물러날 때를 놓치기 쉽습니다. 오너 경영인에게 박수 칠 때 떠나라고 하면 코웃음을 치겠기에, 나지막하게 "정신 맑을 때 물러나세요"라고 해봅니다.

9133만
9600원

김수종(2011. 4. 7)

　　　　　한국은행이 2010년도 1인당 평균 국
민총소득GNI이 2만 759달러라고 발표했습니다. 사람들이 이 뉴스를
들으면서 각자 무슨 생각을 했는지 궁금합니다. 대통령과 그 참모들은
아마 취임 후 경제 정책을 잘 추진해서 선진국 반열에 올랐다고 생각
했을 것 같고, 노숙자들은 아무런 관심도 없는 숫자쯤으로 생각했을
법합니다.

　우리나라의 보통 사람들은 무슨 생각을 했을까요. 글쎄 이런 경우
어떤 사람들을 보통 사람들로 간주해야 할지 모르겠습니다. 하여간 그
뉴스를 들었을 때 나에게 2만 달러는 무슨 의미가 있을까 생각하며 하
나의 숫자를 계산해냈습니다.

9,133만 9,600원.

이 수치는 4인 가족을 기준으로 계산해본 가구 당 평균 소득(1달러에 1,100원 기준)입니다. 나를 포함하여 주변에 있는 사람들을 떠올려 보았습니다. 그만한 소득을 올리는 가정이 그리 많이 떠오르지 않았습니다. 오히려 훨씬 못 미치는 사람들이 많다는 생각이 들었습니다. 그들은 전통적인 저소득층은 아닌 사람들입니다. 그런데 이젠 아예 그런 소득은 기대하지 못하는 가정도 많고, 옛날에는 꽤 받던 사람들이 퇴직 또는 실직하고 나서 다시 그런 소득을 올릴 기회가 거의 없는 사람들이 대부분이었습니다.

나름대로 중산층이었다고 생각할 그들은 9,133만 9,600원을 아득히 높은 숫자로 바라볼 가능성이 높습니다. 그들은 이 숫자를 보면서 실망하거나 낙담할 것만 같습니다. 어쩌면 분노를 느낄 사람도 있습니다. 이 평균적 수치가 너무 높아 도저히 따라갈 수 없다고 느낄 것이기 때문입니다.

구체적인 통계 산포도를 보지 못했지만 전체 가구 수를 생각할 때 연간 소득 9,133만 9,600원을 올리는 가구는 소득순위로 볼 때 매우 고소득층 쪽으로 치우쳐 있을 것이라고 봅니다. 이미 우리 사회의 빈부격차는 심각하게 벌어졌습니다. 평균 국민소득이 보통 사람들에게 그림의 떡과 같은 숫자가 되어가는 듯합니다.

1인당 평균 국민소득 2만 달러는 정치적으로 경제적으로 의미가 있습니다. 2만 달러는 선진국 클럽으로 들어가는 경계선입니다. 우리나라는 이 경계선 안으로 발을 슬쩍 들여놓았다가 2007년 세계 경제위기

마르지 않는 붓

를 맞으면서 후퇴했습니다. 현 정부가 출범한 2008년 이후 2만 달러 밑에서 헤매다가 3년 만에 다시 진입했습니다. 정부가 경제운용을 잘했다고 자부할 수도 있겠습니다. 또한 선진국의 범주에 끼게 되었으니 많은 사람들이 선진국 시민으로서의 긍지를 느낄 수 있습니다. 국가라는 것은 개별 국민이 누리는 삶의 질보다는 총량에 따라 경제력을 평가받는 게 이 세계이니까요.

숫자란 참으로 마법의 힘을 지닌 것 같습니다. 시민 한 사람 한 사람에게는 의미 없는 평균치가 집단의 자부심과 가치를 상징하기 때문입니다. 그러나 집단을 상징하는 숫자와 개인이 느끼는 숫자의 괴리가 커지면 사회적 결속이 급속도로 약화될 수 있습니다.

우리 사회는 지금 '1인당 국민소득 2만 달러' 소식을 들으면서 희망을 바라보는 게 아니라 좌절감을 느낄 사람들이 늘어나고 있습니다. 평균이라는 숫자의 가면 속에 감춰진 위험을 미리 간파하고 해소시켜 나가는 고민과 노력이 필요합니다.

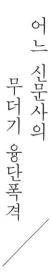

어느 신문사의
무더기 융단폭격

고영회(2009. 3. 26)

　　　　　　　　신문사로부터 "피고는 원고에게 이
사건 소장 부본 송달 다음날부터 완제일까지 연 20퍼센트의 비율에 의
한 지연손해금을 가산한 금원을 지급하라. 위는 가집행할 수 있다"라
고 시작하는 소장訴狀을 받아 본 사람 없습니까? 이런 분은 신문기사
를 그 신문사의 허락을 받지 않고 자기 회사의 홈페이지에 올린 것은
저작권을 침해한 것이니 손해를 배상하라는 소송을 당한 분입니다.
　소장에서 "기사들은 기자들이 각고의 노력으로 정보를 수집하고, 수
집된 정보를 편집하여 하나의 기사를 완성한 것으로 각 기사들은 정신
적·육체적 노력으로 얻어낸 보도활동의 결과물입니다. 이처럼 기자들
의 정신적 육체적 노력이 투영되어 산출된 기사를 무단으로 사용하고

배포하는 행위는 명백히 해당 신문사가 갖는 저작권을 침해하는 것이므로 소송을 제기한 것"이라고 설명하고 있습니다.

맞습니다. 인간의 사상 또는 감정을 표현한 창작물을 저작물이라 하고, 해당 저작물을 창작한 자는 그 저작물에 대하여 저작권을 가지므로 저작권자의 허락이 없이 사용하면 불법입니다. 신문기사도 순수 사실 보도를 제외하면 대부분의 기사는 기자의 노력으로 작성되는 것이므로 저작권으로 보호받아야 한다는 주장에 동의합니다.

그렇지만 기사는 일반적인 학술이나 예술작품과 달리 기사를 작성한 경위, 기사를 작성할 때 참조한 자료에 따라 저작권의 범위와 행사 방법에는 일정한 제한이 따라야 할 것으로 생각합니다. 비록 저작권법에 규정되어 있는 것이 아니라 하더라도 저작권 제도의 취지와 목적, 그리고 기사라는 특성을 고려할 때 그런 한계는 예상할 수 있고 실제에서도 감안해야 할 것으로 봅니다.

기자가 순수하게 취재하여 완성한 기사에 대한 저작권 보호 범위는 일반적인 저작물의 경우와 다를 바 없으므로 논의에서 제외하고 아래 몇 가지 경우를 생각해봅니다.

첫째, 보도자료를 받아 편집한 기사의 경우입니다. 정부나 각 기관, 기업체에서 정책이나 제품을 홍보하기 위해 보도자료를 배포하고 있고, 기사 중에는 보도자료를 상당 부분 그대로 포함한 것으로 추정되는 기사가 보입니다. 이런 기사는 비록 신문사에서 보도했지만 실제 기사의 주요 부분이 원래 보도자료에 표현되어 있던 것이어서 원래 보도자료에 포함되어 있던 부분은 자료 배포자의 권리라 할 것입니다.

그런 기사의 저작권은 보도자료 배포자와 신문사의 공동 저작물이라고 해도 틀린 말은 아닐 것입니다. 그런 보도자료에 기초한 기사에 대하여 신문사가 저작권을 주장하는 것은 낯간지러워 보입니다.

둘째, 어느 회사를 소개하는 기사를 그 회사가 사용하는 경우입니다. 엄격히 말하면 자기 회사의 업적을 소개하는 기사라 하더라도 기자가 자료를 수집하여 독자적으로 작성한 이상 기사의 저작권은 신문사가 갖는 것이 원칙일 것입니다. 그렇지만 취재 과정에서 기사 작성에 도움이 될 자료를 제공하는 등 취재에 협조했는데도 그 회사에게 기사를 사용할 권리를 전혀 인정하지 않겠다는 것은 곤란해 보입니다. 회사는 취재에 협조하기 전에 해당 기사 저작권 사용에 관한 권리를 협의해 놓아야 할 형편입니다.

셋째, 인터뷰 기사에 대한 저작권 문제입니다. 인터뷰 기사는 기자가 인터뷰 상대자가 표현하는 것을 정리한 것이라 할 것입니다. 인터뷰에서 자기의 생각이나 주장을 표현한 것은 구술口述한 것이라 하더라도 하나의 저작물입니다. 그런 구술 저작물을 포함시킨 기사는 인터뷰에 응한 사람과 구술한 내용을 정리한 기자가 공동으로 저작권을 갖는 것이 일반 법감정에 맞을 것 같습니다. 공동저작권자로 인정받지 못한다면 인터뷰에 응한 사람도 최소한 자기의 구술 부분에 대해서는 저작권을 갖는다고 하겠습니다.

최근 어느 신문사에서 변호사와 손잡고 융단폭격식의 무더기 손해배상청구소송을 벌이고 있습니다. 원고 신문사가 피고로 지목한 여러 회사들이 그 신문사의 기사를 사용했다는 것 외에는 같은 기사를 사용한 것도 아니고, 피고들 사이에 서로 연관이 있는 것도 아닌데 한 가지 소송에 여러 회사를 엮고 있습니다. 그래서 무더기라고 했고, 다른 회사들을 상대로 추가 소송을 벌이고 있을 것으로 예상되어 융단폭격이라 했습니다.

이 소송에서 그 기사가 단순히 그 신문사의 이름을 달고 보도되었다는 것 외에 저작권으로 보호받을 가치가 있는 기사인지, 그 기사를 작성할 때 해당 회사의 도움을 받은 것인지, 인터뷰에 응한 사람을 상대로 소송을 제기하는 것이 타당한 것인지 등 정당하게 권리를 행사는 것인지에 진지하게 고민한 흔적을 찾을 수 없습니다.

법적으로 저작권 침해가 되는지 여부를 떠나 최소한 인터뷰한 사람을 상대로 그 기사의 저작권 침해를 주장하면서 소송을 제기하는 것은 곤란하지 않을까요? 자기가 인터뷰에 응한 기사를 사용했다가 그것 때문에 소송을 당했을 때의 황당함이란...!

신문사가 선임한 대리인이 일을 추진하는 것이므로 정작 그 신문사는 어떤 일이 벌어지고 있는지조차 모르고 있을 것입니다. 서로 다른 증거들을 갖고, 서로 연관도 없는 피고들을 싸 엮어서, 무더기로 소송을 날리고 있는 것을 보면서 저런 신문사는 과연 저작권 침해 문제에서 안전할까 하는 의아심도 생깁니다. 기사는 작성 과정에서 사연을 담고 있는 만큼 그에 따라 저작권 행사 여부를 구분하는 분별심이 필요합니다.

위장전입자 전성시대

허영섭(2012. 4. 30)

고위 공직자들에 있어서 위장전입은 이제 아무것도 아닌 것이 되어버리고 말았습니다. 도대체 어떻게 된 일인지 핵심적인 자리에 임명되는 사람마다 거의 공통적으로 해당되는 항목입니다. 그러다 보니 엄연한 실정법 위반인데도 죄책감조차 상당히 무뎌진 것 같습니다. 그냥 몇 마디 정도의 의례적인 사과 표명으로 어물쩍 넘어가게 되는 듯한 분위기입니다.

이번에 새로 문제가 된 것은 김기용 경찰청장 후보자의 위장전입 전력입니다. 그가 용산경찰서 서장으로 재직하던 지난 2006년 허위로 주민등록을 이전했었다는 것입니다. 본인도 이런 사실을 인정하고 국민에게 유감을 표명했습니다. 그가 경찰 지휘관으로 현장에서 범죄자 단

마르지 않는 붓

속에 앞장선다고 하면서 스스로 법을 어긴 사실을 어떻게 받아들여야 할지 난감합니다.

국회의원에 당선되고도 성추행 논란과 논문 표절 의혹이 연달아 제기되면서 김형태·문대성 당선자가 여론의 압력에 못 이겨 새누리당에서 쫓기듯이 탈당해야 할 만큼 국민들이 공직 사회를 유심히 지켜보고 있는 마당입니다. 박근혜 비상대책위원장도 후보 검증이 철저하지 못했다며 공식 사과했습니다. 그런데도 위장전입은 본인의 사과와 해명만으로 충분히 용인될 수 있다는 것일까요.

앞으로 국회의 인사청문회가 열릴 예정이지만, 총선이 끝난 뒤끝이라 의원들도 그렇게 관심이 있는 것 같지가 않습니다. 민생법안을 처리하려던 본회의조차 정족수 미달로 무산된 것을 보면 청문회도 형식적 절차로 끝나지 않을까 생각됩니다. 사실은, 청문회에서 결격 사유를 밝혀내도 청와대가 임명을 강행했던 것이 거의 한결같은 전례이기도 합니다.

그동안 인사청문회에 등장했던 국무총리나 장관, 권력기관의 책임자들이 대부분 위장전입자라는 꼬리표를 달고 있었다는 점이 더욱 심각합니다. 법 집행에 엄격해야 하는 대법원장이나 검찰총장도 예외가 아니었습니다. 나름대로 공정사회를 지향한다는 우리 사회의 현주소입니다. 이러고도 도덕적으로 완벽하다고 주장하고 있으니 국민들이 코웃음을 치는 것이겠지요. 허탈감도 이만저만이 아닙니다.

과거 김대중 정부 시절 장상·장대환 씨가 국무총리 지명을 받고도 위장전입 전력으로 도중에 하차했던 사실을 감안하면 우리의 도덕적 기준이 느슨해진 게 아닌가 여겨집니다. 물론 그들에게 다른 의혹도 함께 제기됐지만 의혹의 출발점은 역시 위장전입이었습니다. 노무현 정부 들어서도 이헌재 경제부총리가 위장전입으로 인한 투기 의혹 논란 끝에 자진 사퇴하기도 했습니다. 위장전입에 관련된 공직자마다 대체로는 자녀의 학교 문제를 거론하고 있습니다. 자녀의 학교 전학을 위해 부득이 남의 집으로 주소를 옮겨야 했다는 것입니다. 이번 김기용 경찰청장 후보자도 마찬가지입니다. 이명박 대통령도 1977년부터 1984년까지 네 차례에 걸쳐 자녀들을 사립초등학교에 입학시키기 위해 위장전입을 했던 것으로 밝혀진 바 있습니다.

누구라도 학부모의 입장에서 자녀의 교육 문제에는 마음이 약해질 수밖에 없겠지요. 한순간의 선택이 자녀의 평생을 좌우할 수 있기 때문입니다. 그렇다고 그냥 넘어갈 수는 없습니다. 지위와 돈이 있는 지도층일수록 위장전입이라는 편법에 기대고 있기 때문입니다. 아무리 자녀교육에 관심이 있더라도 사회적 여건이 받쳐주지 못한다면 위장전입을 하고 싶어도 하기가 어려운 것이 현실입니다.

위장전입이 그 자체로만 끝나지 않는다는 것도 문제입니다. 부동산의 편법 취득이나 토지보상, 위장 영농으로 이어지기 십상입니다. 주민등록법상 3년 이하의 징역이나 1,000만 원 이하의 벌금형을 매기도록 한 것도 그런 불법 행위를 막자는 뜻이겠지요. 그동안 고위 공직자들에게 있어서도 아파트 편법 매입 등 부동산 거래의 목적으로 위장전입을 했던 의혹이 번번이 지적되곤 했습니다.

지도층 인사들이 그런 식으로 위장전입을 해가며 자녀교육에 공을

마르지 않는 붓

들이고 아파트 평수를 늘려가는 동안 일반 국민들은 취업난과 전세난에 곤란을 겪고 있는 것입니다. 그 결과 지도층 자녀들은 의대나 법대에 진학하고 외국 유학을 하는 등 교육 수준에서 확연히 차이가 나는만큼 다음 세대에서는 격차가 더 벌어질 가능성이 큽니다. 그래도 위장전입에 대해 언제까지 너그럽게 눈을 감고 있어야 한다는 것입니까.

혹시 과거엔 상류층에서 대체로 그렇게 했기 때문에 이번에도 그냥 넘어갈 수밖에 없다는 식으로 생각할 수도 있을 것입니다. 설사 그렇다 치더라도 용인이 될 수 있는 명백한 기준이 필요합니다. 김영삼 정부가 출범하던 1993년부터 공직자 재산 등록 시작과 함께 위장전입 문제가 본격적으로 논란을 빚기 시작했다는 점에서 그 뒤에 이뤄진 위장전입은 공직자로서의 기본 양심과 자질을 의심할 수밖에 없습니다.

이제 위장전입자들이 버젓이 활개치고 다니는 시대는 사라져야 합니다. 고위 공직자 후보들마다 위장전입 경력을 태연한 듯이 꺼내놓는 모습이 마땅치가 않습니다. 국민의 한 사람으로서 여간 자존심 상하는 얘기가 아닙니다. 우리의 귀중한 세금으로 왜 위장전입자들에게 중요한 직책을 맡기고 봉급을 주어야 하는지 이해할 수 없습니다. 대한민국에 위장전입자가 아니라면 인재가 없다는 것일까요.

내년에 출범하는 새 정부가 획기적인 전환의 출발점이 되어야 합니다. 대선에 나서는 후보들마다 자기가 당선될 경우 적어도 자신의 임기 동안만큼은 위장전입자는 중요 직책에서 완전히 배제시키겠다는 공약을 제시하기를 바랍니다. 또 반드시 그렇게 되어야만 합니다. 그런 각오가 없다면 국민들로부터 지지를 받기가 어려울 것입니다.

설앵초 ⓒ 박대문

환경호르몬, 어떻게 대응해야 할까?

방재욱(2014. 9. 25)

고엽제와 다이옥신 문제가 불거지며 환경호르몬environmental hormone에 대한 사회적 관심과 함께 우려도 확산되고 있습니다. 이제 대중들이 제대로 알고 대처해야 할 사회 문제가 되고 있는 환경호르몬은 우리 몸 안에서 분비되는 정상 호르몬과 어떻게 다른 것일까요. 환경호르몬이 왜 사회 문제로 대두되고 있으며, 그에 대한 대처는 어떻게 해야 할까요.

호르몬은 우리 몸의 내분비선內分泌線에서 분비되는 화학물질로 혈액을 따라 표적세포로 이동하여 신호 전달을 통해 생화학 반응을 유도하여 우리 몸이 정상 상태를 유지할 수 있도록 항상성恒常性을 지켜주는 역할을 합니다.

호르몬의 실례로 뇌하수체에서 분비되는 생장호르몬은 우리 몸의 모든 조직으로 이동하여 단백질 합성을 활성화하여 생장을 촉진시켜주기 때문에 붙여진 이름입니다. 당뇨병 치료제로 쓰이는 인슐린은 이자에서 분비되어 신경조직을 제외한 모든 조직세포로 운반되어 우리 몸에서 에너지원으로 쓰이는 포도당의 농도를 조절해주는 호르몬입니다. 성호르몬은 남성과 여성의 성징性徵을 나타나게 해주는 호르몬입니다. 이러한 호르몬들의 기능은 우리 몸에 들어와 호르몬 행세를 하며 내분비 작용을 교란시켜 나쁜 증상을 유발할 수 있는 환경호르몬에 의해 방해를 받을 수 있습니다.

환경호르몬의 정확한 명칭은 외인성外因性 내분비 교란 물질입니다. 이는 우리 몸에서 정상적으로 생성되어 분비되는 물질이 아니라 산업 현장이나 쓰레기 소각장 등에서 자연환경으로 방출되거나, 컵라면 용기나 젖병, 장난감 등을 만드는 데 이용되는 특정 인공합성 화학물질이 우리 몸에 들어와 호르몬처럼 작용하는 데서 연원된 이름입니다. 그렇다면 우리 주변에서 어떤 물질들이 환경호르몬으로 작용하며, 그 영향은 어떻게 나타나는 것일까요.

1991년부터 보고되기 시작한 환경호르몬의 영향은 오존층 파괴, 지구 온난화 문제와 함께 세계 3대 환경 문제로 등장하고 있으나 그에 대한 대중들의 관심은 아직 그리 높지 않습니다. 세계보건기구WHO에서 다이옥신, PCB, 비스페놀 A, 스티렌다이머/스티렌트리머, 프탈산에스테르 등 70여 종의 물질이 환경호르몬으로 작용할 가능성이 있다고 발표한 바 있지만 아직 실험적으로 확실하게 입증된 물질의 수는 많지 않습니다.

7월 18일은 제17차 '고엽제의 날'이었습니다. 고엽제枯葉劑는 베트남 전쟁에서 미군이 베트콩이 숨어 활동하는 밀림의 숲을 고사시키기 위해 정글에 뿌린 제초제herbicide의 일종입니다. 고엽제는 오렌지 색깔 물질을 의미하는 에이전트 오렌지Agent Orange로 불렸는데, 이는 이 맹독성 제초제를 다른 물질들과 구별하기 위해 오렌지색 페인트가 칠해진 드럼통에 넣어 운반해 붙여진 이름입니다.

고엽제는 유기염소 계열의 제초제인 2.4-D와 2.4.5-T를 인공적으로 합성해 만든 유사 식물호르몬의 일종으로 혼합 과정에서 다이옥신 dioxine이 만들어져 함유되어 있습니다. 다이옥신은 대표적인 환경호르몬 중의 하나로 베트남 전쟁에서 다이옥신이 독성은 있지만 인체에 매우 유해한 환경호르몬이라는 것을 알지 못한 채 군사용으로 대량 살포된 결과, 전쟁에 참여했던 군인들은 물론 많은 민간인들이 피해를 입게 된 것입니다.

지금은 법적으로 규제를 하고 있지만 한때 쓰레기 소각장에서 많이 배출되는 다이옥신이 사회 문제가 되기도 했습니다. 다이옥신은 정상 호르몬의 기능을 억제하여 피부 질환, 간 손상, 유전자 변이, 기형아 출생, 면역체계와 신경계 변화 그리고 우울증이나 분노 등을 유발할 수 있는 것으로 보고되고 있습니다.

쓰레기 소각장에서 발생한 다이옥신이 하늘로 올라가 구름에 섞여 비로 떨어질 때 그 영향은 매우 다양하게 나타납니다. 채소밭에 떨어진 빗물은 채소에 의해 흡수되고, 그 채소를 먹으면 다이옥신이 우리 몸으로 들어오게 됩니다. 목장의 풀밭에 떨어진 다이옥신은 목초에 흡수되어 그것을 먹고 자란 소의 고기나 우유를 먹을 경우 바로 우리 몸에 들어와 환경호르몬으로 작용하게 됩니다.

자연 생태계에서의 다이옥신의 영향은 더욱 심각합니다. 강물을 따라 바다로 흘러 들어간 다이옥신은 식물성 플랑크톤을 거쳐 물고기의 몸에 축적되어 우리가 먹을 때 대량으로 흡수될 수 있습니다. 생태계에서 특정 화합물은 영양 단계가 1단계씩 올라갈 때마다 10배씩 농축된다는 사실을 생각해 볼 때, 높은 영양 단계에 있는 물고기를 먹을 경우 우리 몸에 농축되는 다이옥신의 농도는 매우 높아질 수 있기 때문입니다.

플라스틱을 만들 때 사용하는 합성수지 원료인 비스페놀 A BPA라는 물질도 위험한 환경호르몬입니다. BPA는 불임, 유방암, 성 조숙증, 기형畸形 신생아의 출산, 생식 기능 장애 등을 일으키며, 당뇨병이나 비만, 지능이나 행동 장애도 일으키는 것으로 알려져 있습니다. BPA는 젖병이나 플라스틱 장난감, 통조림이나 음료수 캔 심지어는 계산기로 발행하는 영수증에서도 검출됩니다. 컵라면과 같은 발포성 스티로폼 용기에서 검출되는 스티렌다이머나 스티렌트라이머라는 물질은 사람의 생식기능이나 면역력 저하를 일으키는 환경호르몬으로 알려져 있습니다.

현재 선진국은 환경호르몬에 대한 종합적인 대응책을 마련하고 있으며, 경제협력기구에서도 환경호르몬 검사 방법의 개발을 추진하고 있습니다. 우리나라에서도 최근 환경부에서 환경호르몬이 인체와 환경에 미치는 영향에 관한 조사 계획을 세워 추진하고 있습니다.

환경호르몬의 피해에서 벗어나려면 어떻게 해야 할까요. 환경호르몬 문제는 대부분 인간이 생활의 편리함을 추구하는 과정에서 발생되는 환경에 관련된 문제로 현재의 우리만이 아니라 다음 세대까지 연관되어 있기 때문에 개인적으로 해결할 수 있는 단순한 과제가 아닙니다. 따라서 이 문제는 '오존층 파괴'나 '지구 온난화'와 같이 범세계적인 차원에서 다루어져야 하며, 국가 차원에서는 정부 관계 부처, 그리고 시민 단체들이 이 문제의 본질에 관심을 가지고 대처 방안을 마련해야 합니다.

환경호르몬 문제에 대한 올바른 인식을 위해서는 교육 현장에서의 실질적인 교육과 함께 가정이나 사회에서의 인식 확산도 매우 중요합니다. 사회의 구성원인 각 개인의 입장에서는 '늦었다고 생각하는 시점이 가장 이른 시점'이라는 마음으로 환경호르몬에 대해 제대로 인식하고, 식생활이나 일상생활에서 그의 근원을 최대한 줄여나가는 방안 마련이 최선의 방책이 될 수 있습니다.

마르지 않는 붓

1 만 시간의 도전

김홍묵(2016. 2. 10)

"오늘은 뭘 입어야 할까?"

보름 전, 두 달간의 육아휴직을 끝내고 회사에 처음 출근하는 날 페이스북 최고경영자 마크 저커버그Mark Zuckerberg가 자신의 페이스북에 올린 사진 한 장이 세계인의 눈길을 끌었습니다. 똑같은 회색 티셔츠 9장과 짙은 회색 후디 6장이 달랑 걸린 옷장 사진입니다.

사진보다 더 놀라운 것은 그 나이에 재산이 456억 달러(약 54조 원)나 되는 저커버그가 만날 회색 티셔츠에 청바지만 입는 이유입니다. "페이스북을 잘 섬기는 일 외에는 결정할 시간을 줄이고 싶기 때문"이라나요. 작년 10월 페이스북에 올린 그의 답변입니다.

전 재산의 99퍼센트를 사회에 환원하겠다고 약속했지만 촌음寸陰을 아껴 쓰는 저커버그의 인생철학이 담긴 말입니다. 흔히들 100세 인생을 운위합니다. 하지만 보통 사람들 대부분은 70세에 운전을 할 수 있고, 75세에 친구들이 있으며, 80세에도 이가 남아 있고, 85세가 되면 똥오줌 가리는 것을 대견하게 생각하고 자랑하는 게 고작입니다.(베르나르 베르베르의《웃음》에서)

우리는 오래다, 멀다, 많다는 등의 의미로 만萬이라는 숫자 단위를 많이 씁니다.

　　오래다 – 만년설, 만세불변, 만대불후, 만세불역, 만고천추
　　멀다 – 만리변성, 만리타향, 붕정만리, 만리장성, 인향만리
　　많다 – 만인소, 만단정화, 삼라만상, 만학천봉, 만사휴의

일부 사실과 문학적 과장이 얽혀 굳어진 말들입니다. '만'과는 비교조차 할 수 없는 수치도 많습니다. 광년光年(초속 30만 킬로미터 빛의 속도로 1년 동안 나아가는 거리) 같은 계량 가능한 단위도 있지만, 겁劫(천지가 한 번 개벽한 때부터 다음 개벽할 때까지의 시간) 불가사의不可思議(한자문화권에서 사용되는 수의 단위) 무량수無量數(불가사의의 억 배. 10의 128제곱) 등도 있습니다.

대부분 사람이 걸어 다니던 시절 만들어진 이런 말들은 인간의 꿈과 야망, 상상력을 키우고, 품성을 다듬는 데 지대한 역할을 했을 것입니다. 하지만 기억과 예측, 소통과 논쟁이 가능한 범위 안에서 생긴 말들이 더 와 닿습니다.

백성, 백약, 화무십일홍, 권불십년, 백일기도, 백전노장, 백년가약, 백년대계, 백가쟁명, 백해무익 등입니다.

인간 사회가 복잡해지면서 천, 만, 억, 겁 같은 아득한 숫자들은 동경과 선망 아니면 과장의 표현일 뿐 생활 주변에서 점점 멀어져 가고 있습니다. 대신 주어진 시간을 어떻게 쪼개 쓰고 효율적으로 활용하는가가 인생 성패를 좌우하는 세상이 되었습니다. 저커버그가 옷 코디에 신경 쓸 시간을 아껴 회사 경영에 매진하듯이.

영국의 기자 출신 작가 말콤 글래드웰Malcolm Gladwell은 저서《아웃라이어》에서 '1만 시간의 법칙'을 역설했습니다. 최소 1만 시간은 노력해야 전문가 또는 달인의 경지에 이른다는 주장입니다. 1만 시간은 416일 16시간입니다. 하루 10시간씩 3년, 6시간씩 5년, 1시간씩 28년을 투자해야 1만 시간에 이릅니다.

우리는 누구나 1만 시간의 몇 십 배에 이르는 생을 누리고 있습니다. 하지만 누구나 다 성공에 도달하지는 못합니다. 어떻게 시간을 사용했느냐의 과정이 다르기 때문입니다. 데뷔 57년의 '국민 가수' 이미자는 "늘 시험 치르는 자세로 연습한다"고 했습니다. 일본 바둑계를 평정한 조치훈은 "목숨을 걸고 바둑을 둔다"고 밝힌 바 있습니다.

지금도 치열하게 시간을 요리하는 사람이 적지 않습니다. 태권도 국가대표 이대훈(24)은 3년째 매일 1만 번씩 '설욕의 발차기' 연습을 합니다. 2012년 런던올림픽서 놓친 금메달을 리우올림픽에서 되찾아 오겠다며. 지난해 봄 PGA투어 혼다 클래식에서 7년 만에 우승한 파드리그 해링턴(45, 아일랜드)은 이번 겨울 10만 번 스윙에 도전하고 있습니다.

이런 사람도 있습니다.

9세 때 어머니 사별-초등학교 중퇴, 가게 점원 취업, 22세 때 가게에서 해고당함, 23세 때 친구와 빚을 얻어 가게를 냈으나 친구가 죽어 빚만 떠안음, 30세 때 약혼녀가 갑자기 사망, 35세 때 결혼했으나 아내는 성격이 괴팍한 여성, 지방 하원의원 선거에서 세 번이나 낙선, 자녀 셋이 모두 어려서 병사, 상원의원에 두 번 출마했다 모두 실패, 49세 때 부통령 출마했으나 낙선.

누구일까요? 52세에 미국 16대 대통령이 된 에이브러햄 링컨 Abraham Lincoln입니다. 조상 탓·수저 탓에 웃음을 잃어버린 청년들에게 이런 말이 귓전에나 닿을까요? 그러나 땀과 눈물은 희망의 약속입니다. 선험자들의 말입니다.

- 천재를 만드는 것 그 1퍼센트는 영감이요, 99퍼센트는 땀이다.

_에디슨

- 눈물과 함께 빵을 먹어 본 자가 아니면 생의 맛을 알지 못한다.

_괴테

장다리물떼새 ⓒ 김태승

곤줄박이 ⓒ 김태승

2
생각의
창고

노랑만병초 ⓒ 박대문

임철순(2015. 12. 14)

    며칠 전에 할아버지 제사를 지냈습니다. 내가 초등학교 5학년 때 돌아가셨으니 벌써 53주기네요. 제사를 준비하던 아내가 "살아 계셨으면 올해 몇 살이야?"하고 물어 향년享年도 따져보고 몇 주기인가도 생각하게 됐습니다. 살아 계시다면 120세도 넘습니다. 수년 전부터 할아버지 제삿날에 할머니 제사도 함께 지내고 있는데, 언제까지 제사를 지내야 할지 잘 모르겠습니다.

    나는 엉터리입니다. 제사의 형식과 순서, 음식 진설에 대해 너무 무지해서 제사 때마다 '참고자료'를 들춰보지만 돌아서면 곧 잊어버립니다. 조부모와 아버지의 제사를 모신 지 얼마 안 됐을 때는 아이들이 "아부지, 좀 제대로 해요" 그러기도 했는데, 요즘은 포기했는지 아무

말도 하지 않습니다. 나는 그저 홍동백서, 조율이시 이런 말만 되뇌고 있습니다.

어렸을 때 제사를 마친 할아버지가 마루에서 소지燒紙를 하는 걸 본 기억이 납니다. 지방紙榜에 불을 붙인 뒤 두 손으로 종이를 공 다루듯 하는 모습은 왠지 무섭고도 우스웠습니다(할아버지, 불장난 하면 오줌 싸요!) 그때 제사법을 제대로 배워둘 걸 하는 생각도 납니다.

'계룡산 호랭이'라고 소문났던 할아버지는 되게 무서웠고, 배포가 커서 동네 사람들을 휘어잡고 사는 어른이었습니다. 한번 혼을 내시면 절로 눈물이 찔끔 나왔지요. 나는 할아버지와 함께 사랑방에서 기거했는데, 언젠가 집에 불이 난 일이 있습니다. 뭔지 소란스럽고 문풍지가 우련 붉어 잠을 깼는데, 할아버지는 그 와중에도 바로 앉은 자세인 채 "집에 불이 났는데 잠만 자느냐?"고 그랬던 기억이 납니다.

그런 할아버지가 초등학교 입학 2년 전에 고종사촌형과 나를 사랑방에 무릎 꿇고 앉게 한 뒤 이상한 책을 펴놓고 따라 읽으라고 했습니다. 수줍음이 많았던 나는 왠지 무서워 따라 하지 않았습니다. 그러다가 고종사촌형이 따라 읽는 걸 보고서야 나도 "윗 상上" 그랬습니다. 한자를 배우기 시작한 것입니다.

우리가 배운 것은 《계몽편啓蒙篇》이었습니다. 누가 지었는지 모른다는 설, 조선 후기 장혼張混이 지었다는 설이 엇갈리는 계몽편은 《천자문千字文》과 《동몽선습童蒙先習》 다음에 읽는 초학 아동 교재입니다. 할아버지가 왜 천자문부터 가르치지 않으셨는지는 잘 모르겠습니다.

《계몽편》은 "上有天 下有地 天地之間 有人焉 有萬物焉 日月

星辰者 天之所係 江海山嶽者 地之所載"라고 시작됩니다. "위에 하늘이 있고 아래에는 땅이 있으며 하늘과 땅 사이에 사람이 있고 만물이 있다. 해와 달과 별은 하늘에 걸려 있고 강과 바다와 산은 땅에 실려 있다"는 뜻입니다. 천, 지, 인, 만물로 문장이 시작됩니다. 천지와 자연 속의 인간에 대해 알려주면서 세상의 이치와 인간의 도리를 가르치는 것이 계몽, 문자 그대로 몽매함을 일깨워주는 일인 셈입니다.

철들어 읽은 책이지만, 이미륵의 소설 《압록강은 흐른다》에는 아들에게 한자를 가르치는 아버지가 天(천)이라는 글자를 설명하면서 "어디서든 이 글자를 만나거든 몸가짐을 바로 하라"는 요지의 말을 하는 대목이 있습니다. 하늘은 그만큼 엄정하고 공평하고 무서운 것입니다. "위에 하늘이 있고 아래에 땅이 있다"는 《계몽편》의 첫 문장은 당연하고 건조한 자연과학적 진술 같지만 얼마나 깊이 생각해야 할 우주의 원리이며 안심이 되는 사실인가요? 이로써 상하의 질서를 배우고 천지간에 존재하는 인간의 일을 알게 되는 단초가 이 문장에서 비롯되는 것입니다. 하늘과 땅, 인간과 만물은 '있다'[有]는 존재에 대한 개념어로 연결돼 서로 관계를 맺습니다.

이에 비해 《동몽선습》은 "天地之間 萬物之中 唯人最貴천지지간 만물지중 유인최귀", 하늘과 땅 사이에 있는 만물의 무리 가운데에서 오직 사람이 가장 존귀하다고 시작됩니다. 사람을 존귀하게 여기는 까닭은 오륜五倫이 있기 때문이라는 것입니다. 사람을 가장 귀하게 여기는 것은 당연하고 옳은 생각입니다. 그런데 《계몽편》에 비하면 뭔가 좀 갑작스러운 기분이 듭니다. 《계몽편》에는 그와 비슷한 말이 마지막

장인 〈인편人篇〉의 첫머리에 나옵니다. 나로서는 하늘과 땅을 말한 뒤 인간을 언급한 《계몽편》이 당연히 더 인상적이고 좋습니다.

나는 초등학교에 들어가기 전 《계몽편》을 두 번 떼어 책거리를 했습니다. 아들을 위해 즐겁게 떡을 빚어 주었던 어머니는 내가 당시 《계몽편》을 처음부터 끝까지 막힘없이 외웠다고 합니다. 지금은 오히려 모르는 문장과 글자가 있을 정도이지만 그때는 열심히 배웠던 것 같습니다.

아이들이 새를 잡으려고 몰려다닐 때 사랑방에서 글 읽고 있는 나의 목소리를 흉내 내며 지나가던 게 생각납니다. 초등학교에 입학했을 때 한자를 아는 아이가 신기했던지 상급학생들이 땅에 한자를 써보게 하던 것도 생각납니다. 사랑방에 손님이나 붓 장수가 오면(1950년대에는 붓을 팔러 다니는 사람들이 있었습니다) 할아버지는 나에게 《계몽편》이나 《삼국지연의》를 읽게 하며 손자 자랑을 했습니다. 그때 어른들이 숙성夙成하다고 말하는 걸 들었는데, 무슨 뜻인지 몰랐지만 기분이 좋았던 기억이 납니다.

할아버지는 손자에게 인쇄된 《계몽편》을 주고 외손자에게는 손수 붓으로 쓴 책을 만들어주셨습니다. 아쉬운 것은 《계몽편》을 뗀 다음에 더 이상 다른 교재로 공부를 하지 않은 점입니다. 《논어》, 《맹자》, 《시경》, 《서경》 등으로 공부가 이어졌으면 참 좋았을 텐데 할아버지에게는 이미 손자를 가르칠 여유가 없었던 것 같습니다.

그러나 그 정도 가르침이라도 얼마나 소중한가요? 태어나서 배운 첫 문장이 '上有天 下有地상유천 하유지'라는 게 참 다행스럽고 자랑스럽습니다. 우리 선조들은 이미 아이 때부터 인간과 자연에 대한 사유를 시작해 확고한 인식을 다지고 어른이 됐던 것 같습니다. 그래서 항상 하늘을 두려워하고, 바르게 살려고 노력하고, 인간관계를 무엇보다 중시했던 게 아닌가 싶습니다.

최근 어떤 사람이 새해에 초등학교에 입학하는 손자가 유치원에서 한자(50자) 선행학습을 하는 것을 걱정하기에 전혀 걱정하지 말라고 했습니다. 이르면 이를수록 좋다고 했지요. 요즘은 아이들이 배워야 할 게 많아 헷갈릴 수 있고 한자 교육에 대한 반대와 반감도 심한 게 사실입니다. 그러나 한자와 한문을 배움으로써 얻을 수 있는 건 참으로 많습니다. 어쩌다 보니 어려서 서당에 다녔던 사람의 글을 최근에 읽은 데다 외손자의 한자 교육을 걱정하는 글도 보게 돼 내가 배운 한문 교육을 생각해보았습니다. 이번에 할아버지에게 절을 하면서 나는 속으로 "할아버지, 고맙습니다"라고 고했습니다. 할아버지는 내가 지금까지 이나마라도 좀 바른 것, 옳은 것을 생각하며 살 수 있게 하는 힘을 주셨습니다.

책장 속에 보관하고 있던 《계몽편》낡은 책자를 모처럼 꺼내 펼쳐봅니다. 《계몽편》의 마지막 문자는 見得思義견득사의, 이로운 일을 보거든 그게 옳은 일인지 생각하라는 말입니다. 그리고 그 책의 맨 뒤에는 초등학교 때의 서투른 붓글씨로 "하루에 글을 안 읽으면 섭바닥에 가시가 돋친다"고 씌어 있습니다.

두
번
째
사
람
이
중
요
합
니
다

서재경(2007. 2. 5)

　　　　　　　　수지에는 정평이라는 이름의 정류장
이 있습니다. 서울의 강북에 가는 사람들은 이곳에서 5500번 버스를
탑니다. 어떤 때는 두 세 명이 타고 어떤 때는 대여섯 명이 타기도 합
니다. 정평정류장은 시내버스, 시외버스 직행버스 등이 경유하지만 노
선별로 정거장이 세워져 있지 않아 승객들이 무질서하게 서 있는 곳입
니다. 줄을 서지 않기에 버스가 도착하면 먼저 타기 경쟁이 벌어집니
다. 좌석도 여유가 있고 타는 사람이 많지 않은데도 불구하고 질서가
없으므로 늘 불편합니다. 승객들은 버스가 오면 일제히 도로 경계석에
섰다가 차가 멈추면 문 쪽에 서있는 사람이 먼저 타는 행운을 거머쥡
니다. 일찍 나와서 먼저 기다려도 소용없는 곳이 정평입니다.

　　　　　　　　　　　　　　　　　　　　　　마르지 않는 붓

정평 다음 정류장은 지역난방공사입니다. 여기서는 누구나 정확히 줄을 서서 타기 때문에 편안하고 차분한 마음으로 버스를 탈 수 있습니다. 그래서 전에는 정평에서 타던 저도 요즘은 지역난방공사에 가서 버스를 탑니다. 줄이 길어도 상관이 없습니다. 좌석이 없으면 조금 기다렸다가 다음 차를 타면 되니까요. 질서는 편한 것, 아름다운 것이라는 공익 광고의 슬로건이 이 정류장에서 사실로 입증됩니다.

질서를 만드는 줄서기에서 중요한 것은 두 번째 사람의 역할입니다. 두 번째 온 사람이 먼저 온 사람을 인정하고 그 뒤에 서주면 질서는 시작됩니다. 그러나 두 번째 사람이 첫 사람의 권리를 무시하고 자기도 첫 사람이 되겠다고 나서면 줄은 만들어지지 않습니다. 여기에 세 번째 사람이 나타나면 그는 어디에 줄을 서야 할지 모르기 때문에 당연히 따로 서 있게 될 것입니다. 네 번째, 다섯 번째 식으로 사람이 늘어나면 곧 바로 아노미가 되고 맙니다. 정평이 바로 그렇습니다.

두 정류장을 보면서 이것이 리더십의 메타포가 아닐까 생각해봅니다. 간단한 이치이지만 리더 혼자서는 좋은 리더가 될 수 없습니다. 두 번째 사람이 첫 사람의 리더십을 인정하고 살려주어야 리더 역할을 할 수 있습니다. 두 번째 사람이 줄을 만들어주지 않으면 첫 사람이 리더십을 발휘하지 못할 뿐만 아니라 결국 무리 전체가 혼란을 겪게 됩니다.

리더십과 관련해 오래전 한 신문에 이런 글을 쓴 적이 있습니다.

"공자가 오늘날 불후의 사상가로 자리매김하는 데는 1백년 후에 태어난 맹자의 공로가 지대했다. 석가의 가르침이 맥을 이어가는 데는 아난존자의 비상한 기억력이 한몫을 해냈다. 예수의 사상이 기독교로 발전하는 데는 사도 바울의 헌신이 절대적 공을 세웠다. 독배를 마시고 죽어간 스승 소크라테스를 성인으로 부활시킨 사람은 플라톤이었다. 위대한 인물은 타고난 위대성에다 훌륭한 추종자들의 헌신에 의해 완성되고 계승된다.

앞장서서 끌고 가는 사람을 리더Leader라고 한다면 뒤따르며 밀어주는 사람은 팔로어Follower라 하겠다. 리더에게 리더십이 필요하듯 뒤따르는 협력자에게는 팔로어십이 필요하다. 한국 사회의 병폐로 리더십의 부재를 지적하는 사람은 허다하나 팔로어십의 부재에서 문제를 풀어보려는 시도는 미약한 것이 현실이다. 이래서는 건전한 리더십이 작동되기가 어렵다."

요즈음 각 정당을 보면 첫 번째 하겠다는 사람들 때문에 문제입니다. 두 번째 사람이 보이지 않습니다. 그래서 아노미 현상을 겪고 있습니다. 모여 있으나 질서를 만들지는 못합니다. 제대로 된 두 번째 사람이 출현해야 이 무질서가 끝날 것입니다. 정치권 사람들이 수지에 와서 한 패는 정평에서, 다른 한 패는 지역난방공사 정류장에서 5500번 버스를 타보기를 권합니다. 두 번째 사람, 정말 중요합니다.

재물은 하늘의 창고에 쌓으라

박상도(2012. 12. 7)

12월이면 거리에 구세군 자선냄비가 등장합니다. 이제는 신용카드로도 성금을 낼 수 있게 됐습니다. 자선냄비 위에 설치된 단말기에 신용카드를 통과시키기만 하면 2,000원의 성금이 카드로 결제됩니다. 지갑에서 돈을 꺼내면서 '얼마를 넣어야 하나?' 하는 고민을 자주 했던 저로서는 참 반가운 일이라는 생각을 했습니다.

우리 민족은 어려운 이웃을 돕는 데 인색하지 않은 사람들입니다. 자연재해로 큰 피해를 입을 때마다 국민들의 정성을 모아 하나 된 힘으로 슬기롭게 극복해왔습니다. 십수 년 전부터는 도움의 손길을 해외로 돌려 매달 3만 원의 후원금을 아프리카나 중앙아시아의 극빈국의 어린이들에게 보내는 결연 사업이 성공적으로 진행되어왔습니다.

해외 아동 후원 사업이 성공할 수 있었던 가장 큰 요인은 현지의 절박한 실상을 가감 없이 보여준 모금 방송의 힘이었다고 생각합니다. 특히 우리에게 친숙한 연예인들이 직접 현장을 방문해 기아의 고통 속에 신음하는 아이들을 안아주는 장면은 사람들의 마음을 움직이기에 충분했습니다.

우리나라에서 가장 성공적인 후원 활동을 하는 월드비전의 경우 매달 3만 원의 후원금을 내는 후원자의 수가 47만여 명이고 굿네이버스의 경우는 25만여 명이라고 합니다. 지난 10여 년간 양적으로 놀라운 성과를 거둔 것입니다. 하지만 이제는 외형적인 성장만으로 후원 사업의 성공을 논하는 시대는 저물고 있습니다.

아이티 지진 때의 일입니다. 당시 긴급 구호 지역이었던 아이티에 우리나라는 구호와 복구를 위해 신속하게 단비부대를 파병했습니다. 방송사에서도 모금 프로그램을 만들어서 중견 연기자를 현지에 보내 촬영을 하였습니다. 지진으로 사회의 기반 시설이 다 무너진 상태에서 아이티 현지 촬영은 생각보다 훨씬 힘들었고 촬영팀은 현지에 파견되어 온 단비부대에게 많은 도움을 받았다고 합니다. 당시 현지 촬영을 나갔던 연기자는 고마운 마음에 우리 장병들에게 피자 200판을 시켜 주었다고 합니다.

얼핏 보면 미담인 이 이야기의 이면에는 스타를 앞세운 모금 장려 방송의 한계가 숨어 있습니다. 지진으로 긴급 구호 지역으로 선포된 아이티에서 피자 200판을 구하는 일은 생각보다 쉽지 않았습니다. 더구나 귀한 시간을 쪼개서 아이티를 도우러 온 구호 단체 직원들이 우리 장병들이 간식으로 먹을 피자를 사러 돌아다니는 웃지 못할 해프닝이 벌어졌던 것을 생각하면 지금도 얼굴이 후끈거립니다. 결국 현지에서 피자 조달이라는 황당한 임무를 떠안았던 분들이 모금 방송이 끝나고 한참 후에 불만을 터트렸다고 합니다.

모금 방송에서 인기 연예인의 참여는 외형적인 성공을 약속할 수는 있습니다. 우선 모금액이 늘어나는 효과를 가져옵니다. 그리고 후원 단체와 모금 방송의 격格을 높이는 역할을 해줍니다. 그런데 그러다 보니 후원 단체마다 연예인 모시기 경쟁을 합니다. 그 결과 해외봉사를 나가는 연예인들의 요구를 적극 수용해야 하는 상황이 벌어집니다. 우선 퍼스트 클래스로 연예인을 모셔야 합니다. 연예인뿐만 아니라 그들의 코디네이터와 매니저까지도 퍼스트 클래스로 예약해줘야 한다고 합니다. 이러한 일이 벌어지는 이유는 봉사활동을 나가는 연예인이 참된 봉사를 하려는 자세를 갖고 있지 않기 때문입니다.

봉사를 하기 위해서가 아니라 봉사 단체에 자신의 이름을 빌려준다는 생각으로 촬영을 가기 때문에 문제가 생기는 것입니다. 봉사활동과 화보 촬영을 동시에 진행하기 위해 중앙아시아를 찾았던 모 여배우가 생수로 목욕을 해서 물의를 일으킨 것도 봉사가 아닌 봉사하는 모습을 촬영하는 데 목적이 있었기 때문입니다.

봉사 단체의 입장에서 볼 때 연예인들의 이러한 행동이 곱게 보이지는 않을 것입니다. 하지만 연예인이 출연해야만 이슈가 될 수 있고 이틀간의 모금 방송으로 1년 모금액의 70퍼센트까지 한 번에 모금이 되는 현실을 생각하지 않을 수 없습니다. 봉사 단체로서는 눈 한 번 질끈 감으면 엄청난 실적이 눈앞에 보이는데 그 쉬운 방법을 포기할 수 없는 것입니다.

하지만 찬찬히 살펴보겠습니다. 한 달에 3만 원의 정기 후원을 하는 후원자가 10년을 후원해도 한 사람의 퍼스트 클래스 좌석을 살 돈이 안 됩니다. 돈 1,000원 모금하면서도 이 돈이면 못사는 나라의 어린이가 사흘을 굶지 않을 수 있다고 말하면서 수백만 원이나 하는 퍼스트 클래스 항공권을 감당해야만 할까요?

후원 단체가 상업적 목적의 기업이라면 투자 대비 이익이 많기만 하면 문제가 될 것이 없을 겁니다. 하지만 후원 단체 존립의 가장 큰 이유는 휴머니즘에 기반한 도덕성입니다.

지금은 참된 봉사를 하고 있는 차인표 씨는 모 방송 프로그램에서 자신이 처음 봉사자로 나갈 때 해당 단체가 비즈니스 티켓을 끊어주자 성에 차지 않아서 자신이 갖고 있던 마일리지를 이용해 퍼스트 클래스로 좌석을 업그레이드했다고 고백하는 것을 봤습니다. 하지만 그러한 자신의 행동을 매우 부끄럽게 생각하고 있으며 지금은 자비로 후원 활동을 한다고 합니다.

몇 해 전 SBS의 교양총괄을 했던 한 PD는 '희망TV'를 제작하면서 연예인을 포함한 모든 출연진이 반드시 이코노미 클래스로 출장을 가게 했다고 합니다. 그리고 현지에서 현지인과 같이 생활을 하는 것을 적극 권장했다고 합니다. 그분은 평소에 "아무리 연예인이라도 봉사를 가서 특급호텔에 묵으면서 촬영을 할 때만 얼굴을 잠깐 비치는 것은 문제가 있다. 그리고 그곳 아이들은 구정물을 마시며 허기를 달래는데 자기는 생수를 들고 다니면서 마신다면 그게 어떻게 올바른 봉사의 자세라고 할 수 있겠는가?"라고 말했습니다.

진정한 봉사란 무엇일까요? 연예인들이 이름만 빌려주는 식의 봉사활동이라도 효과만 있으면 되는 것일까요? 세상에 비밀은 없기 마련입니다. "눈 가리고 아옹" 하는 식의 봉사활동으로는 이제 대중을 설득하지 못할 것입니다. 수십만 명의 후원자가 아무런 조건 없이 매달 3만 원을 기부합니다. 그리고 그중에는 정말 어렵게 살면서도 후원에 동참하는 사람도 있습니다.

후원자가 연예인의 생색내기 식의 봉사활동에 흥청망청 쓰라고 기부한 것은 아닐 것입니다. 그리고 연예인 또한 자신의 이미지가 좋아지는 것을 고려해서 봉사활동을 하기로 했다면 제대로 해서 부끄럽지 않게 해야 할 것입니다. 성경에 "재물은 하늘의 창고에 쌓으라"는 말이 있습니다. 진실한 봉사로 참되고 선한 이미지를 하늘에 쌓아주기를 바랄 뿐입니다.

「백세 시대」와 수명 이야기

방재욱(2014. 9. 9)

　　　　　최근 UN에서 전 세계 인류의 체질과 평균 수명에 대한 조사를 통해 사람의 평생 연령을 5단계로 나누어 보고하였습니다. 이 보고에 따르면 0~17세는 미성년자, 18~65세는 청년, 66~79세는 중년, 80~99세는 노년 그리고 100세 이후는 장수 노인이라고 합니다. 2년 전에 청년기를 지나 이제 중년의 초년병이라는 생각에 어깨가 으쓱 올라가는 느낌이 듭니다.

　평균 수명이 늘어나며 '100세 시대'라는 말이 풍미하고 있습니다. 100세 시대와 연관된 수명에 대한 말들로는 '평균 수명', '기대 수명', '건강 수명', '희망 수명' 등이 있으며, '기대 여명'이라는 말도 있습니다.

통계청의 자료에 따르면 우리나라의 2013년 기대 수명은 81.8세로 2000년에 비해 무려 6.7세나 증가했습니다. OECD 회원국들의 기대 수명에서 우리나라는 남성이 78.5세로 18위, 여성은 85.1세로 4위에 자리하고 있습니다. 남성 1위는 아이슬란드로 81.6세이고, 여성의 1위는 이웃 일본으로 86.4세입니다.

'평균 수명'은 기대 수명과 같은 말로 갓 태어난 출생자가 향후 생존할 것으로 기대되는 생존 연수인 '0세 기대 여명'을 의미합니다. 기대 여명은 특정 연령에 도달한 사람이 몇 년 더 살 수 있는가를 계산한 생존 연수를 일컫는 말입니다. 그 실례로 2013년에 60세가 된 사람의 기대 여명은 2013년의 남성과 여성의 평균 수명 78.5세와 85.1세에 대비해 남성과 여성이 각각 18.5년과 25.1년이 됩니다.

'건강 수명'이란 말은 단순하게 얼마나 오래 사느냐가 아니라 질병이나 생활 장애 등으로 어려움 없이 건강하게 사는 기간을 의미합니다. 통계청의 자료에 따르면 2007년의 평균 수명과 건강 수명은 각각 79.6세와 71.0세였고, 2013년에는 81.8세와 73세였습니다. 따라서 2007년에는 평균 8.6년 그리고 2013년에는 8.8년을 병치레나 부상 등으로 지낸 것입니다. 이는 수명의 10퍼센트가 넘는, 결코 짧은 기간이 아닙니다.

자신이 살고 싶은 수명은 '희망 수명'이라고 합니다. 한국건강증진개발원이 발표한 '2015년 국민건강인식조사'에서 희망 수명은 평균 84.0세로, 2013년의 기대 수명 81.8세보다 2.2년 높은 것으로 나타났습니다. 성별 비교에서는 남성은 85.3세로 평균 수명보다 많이 높았으나, 여성은 82.6세로 평균 수명보다 오히려 낮게 나타나 차이를 보이고 있습니다.

기대 수명보다 오래 살기를 원하는 데 비해 희망 수명까지 건강하게 살기 위해 노력한다고 답한 사람은 50.4퍼센트로 절반 수준이었습니다. 희망 수명까지 건강하게 살기 위한 노력에 대한 조사에서는 '많이 움직이려고 노력해야 한다'는 응답이 22.0퍼센트로 가장 높게 나타났으며, 그다음으로 건강한 식생활(16.8퍼센트), 충분한 휴식(13.1퍼센트), 정기적 건강검진(11퍼센트) 순이었습니다.

건강한 삶의 지표를 실천해보고자 해도 실패하는 경우가 많았습니다. 그 이유는 '하고자 하는 의지가 약해서'가 36.3퍼센트로 가장 높았고, 일상생활이 바빠서(31.6퍼센트), 잦은 회식 및 야근(11.6퍼센트) 순으로 나타났습니다.

진정한 인생의 시작이 UN에서 제시한 장년기의 시작인 66세부터라고 하면 너무 무리한 이야기일까요. 축복을 받으며 세상에 태어나 철없던 시절을 거쳐 대학을 졸업할 때까지의 삶이 '제1의 인생'이라면 대학 졸업 후 퇴직 때까지는 '제2의 인생'으로 볼 수 있습니다. 그리고 퇴직 후 맞이하는 삶은 바로 '제3의 인생'이 됩니다.

어떤 재벌가에서 부친의 건강과 장수를 기원하며 99세까지 88하게 살라는 의미로 회자되고 있는 '9988'이 들어간 자동차 번호판을 선물했다는 이야기도 들리고 있습니다. 질병이나 장애로 어려움을 겪으며 오래 사는 것보다 건강하게 살다가 고통 없이 떠나고 싶은 것이 모든 사람들의 공통된 소망입니다. 그렇다면 100세 시대를 맞이하여 평균 수명까지 팔팔하게 사는 방법은 무엇일까요.

"재산을 잃은 것은 조금 잃은 것이며, 명예를 잃은 것은 반을 잃은 것이며, 건강을 잃으면 전부를 잃은 것이다"라는 말에서처럼 100세 시대의 인생 제3막에서 제일 우선해야 할 일은 건강입니다.

삶의 목표를 이루기 위해 무엇을 해야 하는가에 대해 잘 알고 있기는 하지만, 그것을 실천하는 것은 생각보다 쉬운 일이 아닙니다. 100세 수명을 위한 건강 습관이 '작심삼일作心三日'로 끝나지 않게 하기 위해 자신의 일상을 기록하는 습관을 가져보는 것은 어떨까요. 건강한 삶을 위한 방법 중 하나로 적응을 잘하는 생물이 살아남는다는 적자생존適者生存이란 말을 "적자! 생존을 위해!"라는 의미로 바꾸어 실천할 것을 제안해봅니다.

지금 우리는 '제3의 인생'에 대한 인식의 전환이 필요한 '100세 시대'에 살고 있습니다. 한 살이라도 더 젊었을 때 자신의 건강 유지와 함께 배우자와 자녀를 비롯한 주변 사람들과의 화목한 '만남'과 '배려'에 대한 준비를 서둘러 시작해보세요. 그리고 그동안 살아온 삶에서 얻은 경험과 노하우를 활용해 새로운 일거리를 만드는 '제3의 인생'에 대한 준비도 소홀히 하지 마세요. '제2의 인생'에서 저질렀던 잘못이나 실수를 만회하는 기회를 염두에 두고 말입니다.

90의 눈으로 돌아보는 인생

황경춘(2014. 3. 27)

'인생 50'이란 말을 많이 쓰던 시절에 저희들은 사회에 진출하였습니다. 100년 전 조선 시대의 평균 수명이 35세 정도로 추정되고, 조선조 27명의 왕 평균 수명이 46세였다는 것을 감안할 때 이 말은 아마 당시의 우리 평균 수명과 비슷했다고 생각됩니다.

우리 선인들은 이 '인생 50'을 '일장춘몽一場春夢'이라 읊었고, 16세기 일본 전국 시대戰國時代 명장 오다 노부나가織田信長도 "인간 50 꿈길만 같다"는 유명한 말을 남겼습니다. 그는 천하통일 직전에 부하의 반란으로 48세에 자결하였습니다.

광복 후, 한국동란을 전후한 사회 혼란 속에서 수많은 겨레가 목숨을 잃었습니다. 그러나 이 격동기를 살아남은 사람 중에서 '인생 50'을 수명의 종착점이라 생각하고 산 이는 별로 없었을 거라 생각합니다.

어릴 적 제 사주팔자를 본 어른들이 제 운세에 장수의 괘도 들어 있다고 했습니다. 그래서 구체적으로 몇 살까지라고는 모르겠으나 평균 수명은 다할 수 있겠구나 하는 막연한 생각을 한 적은 있습니다.

생활 형편이 나아져 우리나라 평균 수명이 1960년에 52.3세로, 73년에는 63.1세로 올라갔다고 하나, 언론 매체에서 바쁜 나날을 보내던 저에게는 관심 밖의 일이었습니다. 직장의 미국인 동료의 회갑은, 옛 선비의 갓과 긴 대나무 담뱃대를 인사동에서 구해 요란하게 축하해주었지만, 정작 본인의 환갑은 집에서 조용히 맞이했습니다.

건강이 허락하는 대로 70이 넘도록 외국 언론 매체에서 일을 하며 사회활동도 계속했습니다. 신문기자 생활을 늦게 시작하여 국내 매체 동료들과의 나이 차이가 꽤 있었으나, 민주화 운동, 대통령 선거, 판문점 정전회담 등 많은 일선 취재를 통해 알게 된 친구들과는 나이를 잊고 가깝게 지냈습니다.

아이들의 성화로 팔순 잔치는 처음으로 가까운 친지들을 불러 시내 호텔에서 차리고, 기념사진도 많이 찍었습니다. 그렇게 지내던 최근 어느 날, 90 줄에 들어서도 컴퓨터와 독서에 빠져, 자기의 인생을 관조 觀照하고 내일의 삶을 생각하는 노인다운 차분한 생활과는 거리가 먼 자신을 발견하고 충격을 받았습니다.

'언제 어떻게 될지도 모르는 나이 90이 넘은 계획성 없는 노인.' 이렇게 천박해 보이는 자화상에 마음이 초조해졌습니다. 원래 정리정돈과는 거리가 멀었습니다. 그러나 인생의 종점을 염두에 두지 않은 당시의 자신은 너무나 무책임해 보였습니다.

우리 나이로는 작년에 이미 아흔 줄에 들어섰습니다. 그러나 국제적으로 통용하는 만滿 나이로는 아직 80대였습니다. 그래서 90대란 사실은 굳이 따지는 사람 외에는 밝히지 않았습니다. 지난달에 드디어 90회 생일을 맞이했습니다. 아이들에 떠밀려 또 호텔에서 집안끼리의 축하 자리를 가졌습니다. 그러나 이번에는 국내외에 있는 친구들에게도 90이 되었다는 사실을 떳떳하게 전했습니다.

이때까지와 같이 엄벙덤벙 주책없이 사는 생활태도를 청산하겠다고 결심한 것입니다. 인생의 종점이 뚜렷하게 보이지는 않지만, 일단 5년 앞까지만 생각하도록 했습니다. 그 스케줄에 맞추어 생활 방식을 조정하고, 건강에 신경을 쓰는 한편 신변 정리에 더 많은 관심을 갖기로 했습니다. 만일의 경우에 남은 가족이 필요 이상 당황하지 않도록 하자는 것입니다.

우리나라 남자 평균 수명은 78세고 여자는 85세로 향상되었습니다. '인생 50'이라는 구호가 최근에는 '인생 100세 시대'로 바뀌었습니다. 언론 매체에 100세를 넘은 분들의 생활이 종종 보도됩니다.

가끔 후배들이 장수의 비결이 따로 있냐고 묻습니다. 얼마 전 찾은 침구원의 여 원장이 장수 비결이 뭐냐고 물어 당황하기도 했습니다. 저는 쑥스러워 으레 소식小食, 규칙적 생활, 넉넉한 마음가짐 등 우등생 답안을 말합니다. 그러나 이 밖에 마음속으로 꼭 하고 싶은 말이 있습니다. 우리나라 사람 사망 원인 중 3분의 1이 암이고, 교통사고로 사

마르지 않는 붓

망하는 사람이 하루 평균 15명이라 합니다. 이런 험악한 세상에서 90세까지 무사히 살아온 것은, 아무리 본인의 처신이 좋았다 하더라도 요행이 없으면 불가능한 일입니다. 그리고 부모로부터 받은 건강한 유전자도 무시하지 못할 것입니다.

저는 운명론자는 아니지만, 이 모든 것을 감안할 때 어릴 적에 들은 "장수의 괘가 있다"는 사주팔자 이야기를 전연 무시하지 않습니다. 그것을 하느님이나 부처님의 가호라 해도 좋습니다. 저 혼자 힘으로 지금에 이르렀다고는 결코 생각하지 않습니다.

그러니 자만하지 않고 겸손한 마음으로 남은 인생을 마무리하려 합니다. 만약 5년 후 아직도 명을 유지하고 있으면, 또 새로운 5년을 바라보며 열심히, 마음을 비우고 주어진 인생행로를 겸허하게 걸어가겠습니다.

네도덜먹고 내도덜먹으면

신아연(2015. 10. 12)

지난달 중순경, 저와 지인 셋이서 닭 한 마리를 삶아 먹고 바로 자리를 옮겨 생선구이 집에 갔었습니다.

"오늘 저녁엔 육·해·공군이 다 나오려나 보네요. 일단 공군과 해군을 먹었으니 다음은 육군인가요?"

'신라 적 버전'도 못 되는 '썰렁한' 우스개를 하는 제게 옆에 앉은 분이 "요즘 닭이 무슨 공군이에요? 육군이지" 하는 말로 응수합니다. 닭을 이미 먹었기에 망정이지 막 수저를 들 참이었다면 그 비참하고 잔인한 진실 앞에 입맛이 딱 떨어졌을지 모릅니다. 요즘 닭들이 어떻게 키워지는지, 공장의 물건이라 해도 닭보다는 행복할 거라는 생각을 수시로 하는 저로서는 공연히 육·해·공군 운운했다는 후회마저 들 정도로 잠시 울적해졌습니다.

저는 사실 그래서 닭고기를 되도록이면 안 먹습니다. 하기야 소나 돼지라고 해서 공장식 사육법에서 예외가 아니기에 소고기, 돼지고기 등등 고기 자체를 잘 안 먹는 편입니다. 나 하나 안 먹어서 닭, 소, 돼지, 오리, 개들이 자유의 몸이 되는 것은 아니지만 어쨌든 저는 그런 이유로 잘 안 먹습니다. 계란이나 우유도 아주 적게 먹는 편입니다. 양식장의 어패류도 마찬가지입니다.

엄연히 생명 가진 것들이 비생명체 취급을 받을 때 오는 스트레스와, 그 결과 병이 들면 거기에 또 '들입다' 투여되는 항생제 따위를 생각해보면 그런 동물들을 사람이 먹었을 때 영양을 섭취하는 것이 아니라 오히려 독이 쌓일 것 같습니다. 여북하면 병들어 죽어가는 닭을 다른 닭들에게 던져주어 그 닭을 쪼아 죽이는 것으로 스트레스를 풀도록 하는 양계장도 있을까요. 생명에 대한 만행이라 할 끔찍한 일입니다.

일전에 통일 전망대를 방문하는 길의 고속도로 휴게소 한편에는 빛깔 고운 열댓 마리 닭을 놓아기르고 있었습니다. 마치 조선 시대 병풍이나 풍속화에 그려진 닭들이 불현듯 살아 움직이듯 모래 먼지를 일으키며 홰를 치고 모이를 쪼는 모습이 그렇게 정겹고 소박할 수가 없었습니다. 종종거리며 어미 닭의 뒤를 쫓는 보송보송한 병아리들과, 알을 품고 있는지 볏짚에 웅크리고 앉은 것들을 보면서 모처럼 한가롭고 포근한 마음이 들었습니다. 생명이 생명에게서 느끼는 따스한 교감이라 할까요? 모름지기 힐링이란 이런 것을 말하는 것인가 싶었습니다.

생명 존중이란 그런 것입니다. 태어난 본성대로 자연스럽게 살게 하는 것 말입니다. 그러니 아예 먹지 말자는 것이 아니라 자유로운 환경에서 키우다가 잡아먹을 때가 되면 잡아먹자는 거지요. 소나 돼지도 마찬가지입니다. 살아 있는 동안에는 최대한 본성에 맞는 환경을 제공하다가 적당한 때에 식용으로 하면 됩니다. 말하자면 원래 '공군'에 속해 있던 닭을 '육군'에 편입시키지 말자는 겁니다.

그러려면 고기를 덜 먹어야겠지요. 육류 소비가 줄면 자연히 그렇게될 테니까요. 자연산일수록 고기도 더 맛있고, 고기를 덜 먹으면 그만큼 우리 몸도 건강해질 수 있으니 인간도 좋고 동물에게도 좋은 결과가 될 것입니다. 우리 모두 지금부터 당장 조금씩만 덜 먹으면 좋겠습니다.

이 대목에서 문득 떠오르는 조동화 시인의 시 〈나 하나 꽃 피어〉의첫 연, "나 하나 꽃피어 풀밭이 달라지겠느냐 말하지 말아라. 네가 꽃피고, 내도 꽃피면 결국 풀밭이 온통 꽃밭이 되는 것 아니겠느냐"를 이렇게 패러디해봅니다.

"나 하나 덜 먹어 축사가 달라지겠느냐 말하지 말아라. 네가 덜 먹고, 내도 덜 먹으면 결국 축사가 온통 생명의 꽃밭이 되는 것 아니겠느냐"고.

어디 그뿐입니까. 모피 코트를 치렁치렁 걸치고 코트 깃에 덧댄 정도로는 모자라 죽은 여우를 통째로 목에 걸고 다니는 여자들, 솜옷보다 더 흔한 오리털, 거위털 점퍼, 각종 가죽 제품들이 쏟아져 나오는 것을 볼 때 인간의 탐욕에 의해 죄 없이 죽어가는 동물들의 한을 어찌다 풀어줄지 가슴 아픕니다. 저도 물론 오리털 점퍼가 있고, 칼라 위에 동물 털이 올려진 코트도 있고 가죽 구두, 가죽 가방이 있으니 할 말이 없습니다만.

쓰다 보니 반가운 얼굴을 만나게 해주고 일껏 영양 보충을 시켜준 지인에게는 미안한 글이 되었습니다.

말씀이 있으시겠다?

고영회(2010. 5. 31)

기념식장 같은 데에서 사회자가 "다음에는 누구의 축하 말씀이 있으시겠다"는 식으로 안내하는 것을 흔히 듣습니다. 사회자가 축사할 분을 높이는 과정에서 생긴 일인데 이상하게 들리지 않습니까?

높임말은 우리 한글의 중요한 특징의 하나이므로 제대로 높이는 법을 알고 쓰는 것이 중요합니다. 높임말은 어떻게 쓰는 게 올바른 것일까요. 높임말은 상대방을 존중하여 사용하는 것이라는 것에 바탕을 두고 높임말을 쓰는 원칙에 대해 생각해봅니다.

우리말에서 높임법(존대법, 대우법, 경어법)은 주체 높임, 상대 높임, 객체 높임, 압존법壓尊法 같은 것들이 있습니다.

주체 높임은 주어를 높이는 것으로 주로 술어에 '-시-'를 붙임으로써 해결합니다. "선생님께서 공부를 가르치십니다"와 같이 말하는 것이죠. 높임을 받는 상대방은 사람이어야 하기 때문에 무생물, 동물, 관념어와 같이 사람이 아닌 단어를 높여서는 어색합니다. 예를 들어, 고객 상담자들이 "이 카드는 연회비가 만원이시고 서비스가 좋은 카드이십니다"라고 쓰는 말을 흔히 듣는데 사람이 아닌 연회비나 카드를 높이는 것이 되어 거북합니다. 아무 곳에나 '시'자를 넣은 것은 곤란하죠.

상대 높임은 말을 듣는 상대방을 정중하게 대해주는 말이라 하겠습니다. 상대방에는 '님'자를 붙이고 술어는 '하십시오, 하셔요'로 끝내는 것입니다. 상대 높임은 사람에게 높여 말하는 것이기 때문에 별 문제는 없을 것 같습니다. 어떤 분은 동물이라도 의인화된 것이라면 '호돌이님 ……하셔요'라고 써도 될 것 같다고 하는데 저도 공감합니다.

골치 아프게 주체 높임이나 상대 높임을 구분하여 생각할 필요는 없겠습니다. 설명할 주어나 말을 건네는 상대가 사람이고 높여야 할 경우라면 주어에 '님'을, 술어에 '시'를 넣고, 술어 끝을 높임체로 끝내면 된다고 정리해두면 충분할 것 같습니다.

객체 높임은 밥을 진지, (물건을) 주다를 드리다, 말을 말씀이라 하는 것과 같이 낱말 자체에서 보통말과 높임말로 구분하여 쓰는 것인데 요즘에는 잘 나타나지 않는 것 같습니다. 그렇지만 이런 말을 적절하게 골라 쓸 수 있으면 말의 품격을 상당히 높일 수 있을 것 같습니다.

압존법도 고민입니다. 사장에게 말하면서 "사장님, 과장이 지시해서 작성했습니다"와 같이 과장보다 높은 사장에게 과장을 높이는 밀을 쓰면 안 된다는 것인데, 사장을 존중한다는 뜻에서는 맞지만 어감은 탐탁지 않은 것이 사실입니다. 더구나 과장이 바로 옆에 있을 때 이런 식의 보고를 해야 한다면 더욱 난처해집니다. 이때에는 "사장님, 과장님이 지시했습니다." 정도로 써도 좋겠다고 생각합니다.

주체 높임에서 술어가 여러 번 나올 때 각 술어에 '시'를 일일이 다 넣을 것이 아니라 "사장님이 살펴보고, 문제점을 찾아내고, 개선책을 지시하셨습니다"와 같이 마지막 술어에만 높임말을 쓰는 게 더 자연스러울 것 같습니다.

처음으로 돌아가 "누구의 축하말씀이 있으시겠다"에서 주어를 말씀으로 하였으니 말할 분을 높였습니다. 그렇지만 말씀은 관념어이므로 높이면 어색해집니다. 그래서 "누구의 축하말씀이 있겠습니다"로 하는 게 자연스럽습니다. 그것보다는 주어를 사람으로 바꾸어 "누가 축하말씀을 하시겠다"로 말하는 게 더 좋지 않을까 생각합니다. 결혼식에서 신랑이 입장하겠습니다, 혼인서약을 하겠습니다, 신랑 신부가 행진하겠습니다 라고 하면 될 텐데, 관념어인 '말씀'을 주어로 하다 보니 "다음에는 누구의 축하말씀이 있으시겠다" 같이 어색한 표현이 나옵니다.

존대법은 우리말에서 중요한 위치를 차지합니다. '님'자나 '시'자를 넣기만 하면 높임말이 된다고 오해해서는 안 됩니다. "아버님의 대갈님에 검불님이 붙으셨습니다." "장관님실, 사장님실"과 같은 황당한 높임말을 쓰는 일이 생기지 않아야 하겠습니다. 존중하는 말을 제대로 쓸 때 우리말의 품격은 더욱 높아집니다.

뻐
꾸
기
둥
지
는

어
디
에
나

김창식 (2015. 1. 8)

"해산까진 안 갈 거야. 지금이 어떤 시댄데."

"아니, 해산시킨다는데요."

"뭐, 정말?"

외출 준비를 하던 차 아내와 나눈 내용입니다. 깜짝 놀라 텔레비전의 실황 중계에 귀를 기울였어요. 법무부의 통합진보당(통진당) 해산 청구에 관한 헌법재판소(헌재)의 선고가 진행되고 있더군요. 통진당 해산 선고와 함께 소속 국회의원 5명의 의원직 상실도 결정되었어요.

헌재가 해산 결정을 너무 서두르지 않았나 하는 아쉬움이 남습니다. 그렇더라도 정당 해산 심판이야 어디까지나 헌재 소관이니 무겁게 받아들일 수밖에 없겠지요. 일반적인 국민 의식과는 동떨어진 지금까지의 통진당 행태로 볼 때 스스로 화를 불러온 면도 부인할 수 없겠지요. 문제는 헌재가 당의 해산과 함께 소속 의원 5명의 자격 박탈도 함께 결정했다는 점입니다. 통진당을 결코 두둔하지 않습니다. 통진당의 강령이나 행태는 비판받아 마땅합니다. 하지만 국민을 대표하는 국회의원의 자격을 헌재가 박탈할 수 있는지는 의문입니다.

헌법상 국회의원의 자격심사와 제명은 국회의 자율적 권한으로 보장돼 있지요. 현행법엔 정당을 해산한 후 소속 의원들의 신분을 어떻게 해야 할지에 대한 명문 규정이 없습니다. 그런데도 헌재는 구체성 없는 '유추해석(위헌정당해산 제도의 본질로부터 인정되는 기본적인 효력?)'을 통하여 법을 우회한 셈입니다. 국회의원(지역구 3명)은 소속 정당의 의원이기 전에 국민이 뽑은 독립적인 입법기관입니다. 헌재의 결정엔 이의제기 및 불복 절차가 없습니다. 위헌 여부를 결정하는 법의 최고 기구가 법률을 비껴가다니 혼란스럽습니다. 국민의 선거권이 헌법기관의 결정으로 제한될 수 있는 것일까?

이번 정당 해산 판결문에 보충 의견으로 제시된 '뻐꾸기와 뱁새'의 비유가 특히 눈길을 끕니다. "뻐꾸기는 뱁새의 둥지에 몰래 알을 낳고 뱁새는 정성껏 부화시킨다. 둥지에 뻐꾸기 알을 그대로 둔 뱁새는 자기 새끼를 모두 잃는다." 뻐꾸기는 북한을, 뻐꾸기 알은 종북 세력, 뱁새 새끼는 선량한 민주 시민을 빗댄 말이라는 것은 누구나 짐작할 수 있겠지요. 그런데 영어로는 뻐꾸기 둥지Cookoo's Nest가 정신병원을 가리키는 속어여서 확연한 느낌 차이가 있습니다.

지난 연말 성탄절을 앞두고 프란치스코 교황Pope Francis이 바티칸의

관료주의를 비판하며 "교황청은 자기 혁신과 자기비판이 없는 경직된 조직으로 영적 치매가 걸린 곳"이라고 질타했습니다. '전 세계 교회의 작은 모델'인 교황청이 그럴진대 세속에 뿌리를 둔 다른 조직이야 어련하겠나요? 정당, 언론, 회사, 학원, 관공서, 기업체, 시민단체……. 어느 조직이든 우리는 건강한 뱁새 둥우리라고 자신할 수 있을까요? 늑장 처리 전문으로 뒷북치는 정부나 하는 일 없어 싸움질도 안 하는 국회도 마찬가지일 거예요. 동질적 인력으로 구성돼 다원적 가치 포용에 한계를 보인 헌법재판소도 혐의에서 자유로울 수 없을 것입니다.

세월호 사고 수습 과정에서 드러난 전방위적인 지리멸렬, 최대 권부에서 우습게(전혀 우습지도 않게!) 유출된 비선 문건 파문, 원전 자료 유출을 축소·은폐하려는 정부와 산하기관의 작태, 국민도 모르게 다른 나라와 비밀리에 체결한 군사정보 협약 논란, 땅콩 회항으로 드러난 기업과 조사감독 기관의 유착 잡음, 우리 사회 모든 '을乙'을 대변하는 드라마 〈미생〉의 폭발적 인기……. 지난해 발생한 각기 다른 사건 사고와 현상들이 한 줄로 꿰이는 느낌이 가시지 않는 것은 무슨 까닭일까요? 우리가 몸담고 있는 공동체에 무슨 일이 일어나고 있는 것인지요, 도대체?

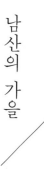

남산의 가을

허영섭(2014. 11. 4)

　　　　　　　　　　　남산의 가을도 어느덧 절정입니다.
녹색의 여운을 배경으로 붉은색과 노란색이 배합을 이룬 산등성이의
정취는 그 자체로 계절의 선물입니다. 출퇴근하면서 일상적으로 가까
이 바라보는 정경이지만 하루하루가 다른 모습입니다. 특히 지난 주말
후둑대는 빗줄기가 한 차례 스쳐 지나간 뒤로 원색의 색감이 더욱 뚜
렷해지는 것 같습니다. 이제 불과 열흘 뒤면 단풍의 향연도 끝물이겠
지요.

　남산의 단풍은 서울 도심 가로수들의 그것과도 또 다릅니다. 색상의
선명도에서부터 뚜렷한 차이를 보여주고 있습니다. 나무들이 뿌리에
서 빨아올리는 노란색의 카로티노이드나 붉은색 안토시아닌 색소의

순도에서 차이가 난다고나 할까요. 그렇지 않더라도 자동차 배기가스에 숨구멍이 막힌 가로수 이파리들과 비교한다는 것은 적절치 않습니다. 도심에서도 고궁의 단풍 정취가 한 수 위라면, 남산의 정취는 또 그 위에 있는 것일 테니까요.

같은 봉우리를 이룬 남산에서도 한강을 바라보는 남쪽 기슭과 도심을 향한 북쪽의 분위기는 상당히 차이가 나는 것 같습니다. 남쪽 사면은 소나무가 빽빽한 반면 북쪽은 오히려 활엽수가 많은 까닭입니다. 한쪽은 햇볕을 많이 받고, 반대쪽은 산그늘이 많이 진다는 점에서도 다릅니다. 해마다 겨울철이 지나고도 북쪽 기슭에는 한동안 눈이 녹지 않고 그대로 쌓여 있는 것이 같은 이유에서겠지요.

그런 때문인지 회현동의 케이블카 쪽에서 장충동 국립극장까지 이어지는 북쪽 순환로가 남산의 산책길 가운데서도 가을을 받아들이기에 더없이 좋은 코스입니다. 가슴을 젖히고 크게 숨을 쉬면서 천천히 걸어도 한 시간 남짓입니다. 굳이 운동화나 등산화로 갈아 신지 않아도, 넥타이를 풀지 않아도 어색하지 않습니다. 서울 시내 한복판에 이런 산책길이 있다는 것만으로도 위안을 삼게 됩니다. 늦가을에 접어들면서 새삼 깨닫게 되는 사실입니다.

가을을 좀 더 가까이 느끼고 싶다면 포장도로의 산책로를 벗어나 흙길의 생태 탐방로로 발걸음을 옮기는 것도 하나의 방법입니다. 그 길에서는 나무마다 단풍 색깔이 제각각임을 뚜렷이 확인할 수 있습니다. 은행나무와 단풍나무는 물론이려니와 벚나무, 신갈나무, 아카시아, 오리나무, 갈참나무, 상수리나무 등등. 엽록소가 모두 빠져나간 탓에 탄닌 색소로만 칙칙한 갈색의 나뒹구는 낙엽에서도 나름대로의 사연을 들을 수가 있습니다.

하루 중에서도 산그늘이 드리우기 시작하는 저녁 무렵이 남산의 호젓한 정취를 가장 만끽할 수 있는 때입니다. 순환로에 산책객들의 발걸음이 차츰 뜸해질 때이기도 하지요. 그래도 몇몇 산책객이 남아 있다면 대개는 낙엽을 쓸어가는 바람소리의 의미를 새기려는 사람들입니다. 무성했던 여름날의 수풀이 사위어지듯이 지나간 청춘의 기억도 불현듯 떠오르기 마련입니다. 가슴이 저밀수록 가을의 추억도 아련할 수밖에 없습니다.

서쪽으로 저물어가는 저녁 햇살을 받아 눈부시게 빛나는 가을 단풍의 경치는 또 다른 경탄을 선사합니다. 하지만 감정의 절정은 오히려 그다음입니다. 붉은 노을의 흔적과 함께 빠르게 어둠 속으로 젖어드는 산록의 그늘에서 울컥 치밀어 오르는 그리움의 심연을 느끼게 될 것이니까요. 외롭다거나, 슬프다거나 하는 감정도 동심원을 이룬다는 점에서는 거의 마찬가지일 테지요. 그리고 어느 순간 두 뺨을 타고 저절로 흘러내리는 눈물을 확인하게 될 것입니다.

남산의 가을 풍경에 한 가지 더 추가할 것은 3호터널 입구에서 남산을 배경으로 서 있는 우리은행 본점의 대형 글판입니다. "사랑한다는 말 대신에 / 빛깔 고운 단풍잎 하나 / 그대에게 보내 드립니다." 조현자 시인의 〈가을 편지〉마지막 구절입니다. 사랑하는 이에게 편지를 쓰려 했으나 끝내 한마디도 쓰지 못한 채 단풍잎으로 인사를 보낸다는 내용입니다. 이 한 구절의 표현만으로도 가을의 운치를 보태주기에 충분합니다.

　남산의 가을이 점차 깊어가면서 서울타워의 첨탑이나 케이블카의
모습도 한결 정겹게 다가옵니다. 설사 가슴 시리지 않더라도 위로받고
싶고, 또 위로해주고 싶은 계절입니다. 누구라도 언젠가는 바람 따라
흩날리는 하나의 낙엽일 테니까요. 이 짧은 가을날, 조현자 시인의 표
현처럼 남산은 온통 사랑과 그리움의 속삭임으로 물들어 있다고 해도
과언이 아닙니다.

태풍을 견딘 나무들

임종건(2010. 10. 15)

요즘도 서울 주변의 산에는 지난 달 태풍 곤파스로 인해 쓰러진 나무들의 잔해가 곳곳에 널려 있습니다. 곤파스가 휩쓸고 간 다음 날 나는 집 근처인 지하철 3호선 불광역 북쪽으로 북한산에 올랐습니다. 등산로 초입부터 우람한 나무들이 쓰러져 길을 막고 있었습니다.

큰 키의 아까시 나무들이 가장 피해가 컸고, 참나무와 소나무도 제법 섞여 있었습니다. 밑동을 드러낸 나무들의 뿌리를 보니 표토층의 깊이가 20센티미터도 채 안 되어 보였습니다. 뿌리들이 깊이 들어가지 못했고 대부분 옆으로 퍼진 나무들이었습니다.

"뿌리 깊은 나무, 바람에 흔들리지 않고, 꽃 좋고 열매 많다"던 용비

어천가의 구절을 떠올리게 했습니다. 원래 우리나라 산은 지질상 표토층이 얇아 뿌리가 깊이 박힐 수 없다고 합니다. 바위산인 북한산은 특히 그렇지요.

뿌리가 얕게 깔려 바람에 약할 수밖에 없는 것이 우리 산에서 자라는 나무들의 운명인 듯합니다. 소나무만 하더라도 쪽 곧게 위로 뻗지 못하고 이리저리 비틀리면서 자라게 되죠. 관상용으로는 보기 좋지만 목재로 쓸모가 적은 나무들이 많은 겁니다.

그런데 야산 쪽과는 달리 안쪽 계곡의 바위틈에서 자라는 키 큰 나무들이 하나도 쓰러지지 않은 채 온전한 모습인 것을 보게 됐습니다. 낮은 지대에는 얕게라도 표토층이 있지만 계곡에는 그마저도 없어 나무들은 막바로 바위틈에다 뿌리를 박고 삽니다.

바람에 쓰러지지 않은 비결이 바위에 있음을 알게 하는 겁니다. 나무들은 척박한 곳에서 자랄수록 뿌리를 깊게 박는다고 합니다. 깊이 들어가야 영양분을 빨아올릴 수 있기 때문입니다. 그러다 보니 땅 밑에서 큰 바위에 뿌리를 칭칭 감게 돼 바람에도 강해지는 것이지요.

프랑스의 로마네 콩티 같은 명품 포도주가 자갈밭에서 재배되는 포도로 만들어진다는 것은 잘 알려진 얘기입니다. 자갈밭 깊은 곳에서 영양분을 섭취한 포도라 깊은 맛이 있다는 것이죠.

경남 고성군 이학렬 군수가 성공적으로 추진하고 있는 천경적비淺耕適肥 농법도 같은 원리입니다. 논을 얕게 갈고 비료를 적게 주는 벼농사법입니다. 논을 깊이 갈고 비료를 듬뿍 주는 종전의 심경다비深耕多肥 농법과는 반대입니다.

심경다비의 경우 벼의 뿌리가 얕고, 웃자람으로 인해 병충해에 약해지며, 소출도 떨어지는 반면 천경적비 농법은 벼가 뿌리를 깊이 내려 튼튼하게 자라 농약이 필요치 않고, 양질의 쌀을 더 많이 수확하게 된다는 것입니다.

식물들도 땅이 비옥하면 얕은 곳의 영양만으로도 충분히 자랄 수 있어 뿌리를 깊이 박을 필요를 덜 느끼게 된다는 겁니다. 그러고 보니 태풍의 피해가 골프장의 나무들에서 특히 막심했다는 얘기에 수긍이 갔습니다. 골프장의 수목들은 야산보다는 표토층이 깊은 곳에서 인공적으로 가꾸어지는 편입니다.

어릴 적 고생은 사서도 한다는 얘기가 있습니다. 식물의 경우에도 이 얘기가 통하는 셈입니다. 척박한 환경을 이겨낸 나무가 크고 튼튼한 나무가 된다는 자연의 이치는 참으로 오묘합니다. 덩치는 커졌지만 체력이 갈수록 저하되고 있다는 우리나라 청소년들, 너무 비옥한 환경에서 과보호 상태로 자라기 때문은 아닐는지요.

따
뜻
한
접
촉

안진의(2014. 11. 20)

　　　　　　　　　　딸아이가 잠결에 엄마 죽지 말라며
엄마가 없으면 자긴 어떻게 사느냐고 대성통곡을 하였습니다. 꿈속에
서 제가 총을 맞아 죽었다는 것입니다. 제가 어렸을 때에도 제 어머니
가 죽는다는 것은 숨조차 쉴 수 없을 만큼 두려운 암흑이었습니다. 상
상만 해도 눈물이 맺히고 아무것도 할 수 없는 공포가 엄습하는 일이
었습니다. 그래서 제 딸아이의 잠꼬대를 듣고 눈물을 닦아주며, 아이
가 잠시나마 겪었을 고통에 마음이 아팠습니다.

　그날 아침 아이는 꿈의 충격이 너무나 컸나 봅니다. 등굣길을 나서
면서 "엄마 죽지 마. 죽어도 내가 먼저 죽을 거야"라고 말했습니다. 예
전에 저 또한 어머니의 죽음을 보느니, 차라리 먼저 죽는 게 낫겠다고

생각한 적이 있었습니다. 이제 아이도 언젠간 마주하게 될 영원한 이별의 아픔을 꿈결로 경험했으니, 엄마의 죽음은 상상만 해도 실제처럼 와 닿을 것입니다. 그리고 그 순간마다 얼마나 몸서리를 칠지, 생각만 해도 가슴이 저려왔습니다.

저 역시 어머니가 돌아가시면 죽을 것만 같았던 시절도 있었지만, 이제는 어머니가 돌아가시더라도 숨은 쉴 것이고, 차츰 어머니 없는 삶에도 익숙해질 거라는 예감에 마음이 헛헛해집니다. 나이가 들며 조문 가는 일이 많아질수록, 죽음이 저만의 상처가 아닌 모두가 당면하는 순리라는 생각 때문인지도 모릅니다. 죽음이 인간 공통의 문제라는 점을 인식하는 순간, 개인적 상처의 아픔이 가벼워지고 있다는 생각도 듭니다.

또한 어머니께 말할 수 없이 죄송하지만, 저에게 딸이 생기면서 어머니에 대한 애착의 관계가 아주 조금은 소원해졌음이 또 하나의 이유가 아닐까 생각해봅니다. 어른이 되어가면서 어린 시절 어머니의 체온이 담긴 따스한 손길은 하나둘 망각해버리고, 지금 아이의 이마에 흐른 땀을 닦아주고 손을 잡아주는 제 손길만 또렷하게 기억해갑니다.

부모의 죽음에 슬픔의 경중을 따지는 일은 큰 불효입니다. 그런데 아버지의 죽음 이후를 상상해보면, 암흑 같은 공포와 가슴이 무너질 것 같은 슬픔에 놓이더라도 어머니의 죽음일 때만큼은 아닐 거라는 생각이 듭니다. 그래도 만약에 애착의 정도를 설명하라면, 이번엔 아버지께 정말 죄송스런 이야기이지만 어머니께 더 큰 애착을 갖고 있음을 고백합니다.

마르지 않는 붓

그렇다면 저처럼 자식들이 아버지보다 어머니에게 더 애착을 갖는 이유는 무엇일까요. 많은 이유들 가운데 자극에 대한 반응처럼, 어머니의 젖을 물고 어머니가 만드는 음식을 통해 길들여진다는, 즉 '먹는 것'과 관련이 있다는 이야기가 있습니다. 하지만 저는 먹는 것보다 친밀한 스킨십에 더 큰 의미가 있다고 생각합니다.

미국의 심리학자 해리 할로Harry Frederick Harlow의 애착실험이라는 것이 있습니다. 할로는 갓 태어난 어린 아기 원숭이를 철망으로 만든 가짜 엄마가 있는 우리로 옮깁니다. 인형 모형으로 만든 두 개의 가짜 엄마 중 하나는 철사로만 만들어서 딱딱하고 차갑게, 다른 하나는 털로 감싸 놓아 부드럽고 따뜻하게 하였습니다. 그리고 철사로만 된 엄마에게 우윳병을 놓았는데 아기 원숭이는 우유를 먹을 때만 철사 엄마에게 갈 뿐, 항상 털로 된 엄마에게 가서 안겨 있었습니다.

또한 무서운 인형을 만들어 움직이게 하자 아기 원숭이는 화들짝 놀라며 이번에도 털로 만든 엄마에게 달려가 안겼습니다. 누가 우유를 주는지에 상관없이, 그리고 위협을 느낄 때에도 아기 원숭이는 따뜻하고 폭신한 천으로 된 엄마를 선호하는 것으로 나타납니다. 이 실험을 보면 생명 보존을 위한 '먹을 것'을 제공하는 것보다, 따뜻하고 부드러운 접촉이 더 중요하다는 것을 알 수 있습니다.

이처럼 우리가 성장하면서 애착의 관계를 형성하는 데 중요한 것이 바로 따뜻한 스킨십입니다. 아버지의 사랑은 드러내지 않는 속사랑이라고도 하지만, 애써 마음속에 감춰둘 것이 아니라 표현이 필요합니다. 따뜻한 접촉을 통해 사랑이 전해질 때 아버지도 어머니처럼 더욱 친밀한 관계를 만들어갈 수 있을 것입니다.

딸의 잠꼬대를 보며 불손하게도 가족에 대한 애착의 순위를 생각해 보게 되었습니다. 요즘 부쩍 흉흉한 꿈이 늘어난 제 딸은 무섭다며 밤마다 제 품속에 파고듭니다. 자는 모습을 가만 바라보다 조심스레 딸의 손을 잡아보니 어느덧 훌쩍 커버린 어른 손입니다. 이마를 덮은 머리칼도 올려주고 아이의 얼굴을 요리조리 살펴보다, 저를 이렇게 들여다보며 키우셨을 부모님 생각이 나서 마음이 또 울컥해집니다.

그간 소원했던 것 같습니다. 주말에는 아버지의 손을 잡아 드리고, 어머니의 아픈 다리를 주물러드리러 친정에 꼭 다녀와야겠습니다.

불륜의 공식

박상도(2012. 4. 11)

여기 사랑하는 두 젊은 남녀가 있습니다. 하지만 두 사람의 부모는 결혼을 결코 허락하지 않습니다. 왜냐하면 두 사람의 친모가 같은 사람이기 때문입니다. 흔히 말하는 막장 드라마의 기본 설정입니다. 사람들은 막장 드라마에 온갖 비판을 쏟아내면서도 오늘은 또 어떤 사건이 드라마 속에 펼쳐질지 궁금해합니다. 이런 막장 드라마는 현실감 없는 설정 때문에 만드는 사람들도 보는 사람들도 그 드라마가 '막장'임을 너무 잘 알고 있습니다.

그런데 불륜 드라마는 다릅니다. 우리나라의 이혼율이 47퍼센트로 OECD 국가 중 4위라고 합니다. 1위인 미국의 이혼율이 51퍼센트니까 1위와 4퍼센트포인트밖에 차이가 나지 않습니다. 이혼의 주된 사유는 배우자의 외도 때문이었습니다. 여성의 이혼 사유 1위와 남성의 이혼 사유 2위가 상대방의 외도 때문이었습니다. 이제 불륜은 개인의 문제를 넘어 우리 사회가 다시 살펴봐야 할 사회적 현상이라는 생각입니다.

해마다 불륜을 소재로 한 드라마가 기획되고 방영됩니다. 다른 여자의 남편을 유혹하고도 뻔뻔하게 "당신이 그 사람에게 잘해줬으면 그 사람에 내게 왔겠어요?"라고 말하면서 "자신 있으면 다시 빼앗아 가봐"라고 적반하장으로 나오는 여주인공의 모습을 보면 아무리 간통죄가 폐지됐어도 너무 염치가 없어 보입니다. 그런데 불륜을 소재로 한 드라마의 공통점은 '불륜'이라는 대사는 안 나온다는 겁니다. 왜일까요?

인지과학자들의 연구에 의하면 언어는 개념을 나타낸다고 합니다. 즉, 언어가 없다는 것은 개념이 없다는 것을 의미합니다. 이 말을 조금만 뒤틀면 같은 말이라도 표현을 달리하면 No라는 대답을 Yes로 돌릴 수 있다는 얘기가 됩니다. 몇 해 전 미국에서 'prop.8'이라는 법안이 논란이 된 적이 있습니다. 동성애자의 결혼을 금지하는 법안인데 투표 결과 이 법안이 통과되어 동성애자들과 진보적 성향의 젊은이들이 크게 반발했습니다. 이 법안에 대해 두 가지 방법으로 의견을 물었습니다. 하나는 "게이 결혼에 찬성하십니까?"였고 다른 하나는 "정부가 개인이 배우자를 선택할 자유를 침해해도 된다고 보십니까?"였습니다. 첫 번째 질문에 반대했던 사람들이라도 두 번째 질문에는 "침해해선 안 된다"고 대답했습니다. 그렇지만 두 번째 질문은 본질을 교묘히 피해서 동성애자의 의도를 옹호하고 있었습니다. 왜냐하면 두 번째 질문에는 '동성애'라는 단어가 나오지 않았기 때문입니다.

또 하나의 예를 들겠습니다. 미국의 닉슨 대통령이 워터게이트 사건으로 궁지에 몰렸을 때, 대국민 담화를 발표하면서 "나는 사기꾼이 아닙니다"라고 말을 한 적이 있습니다. 그런데 그 말을 들은 미국 국민들은 오히려 닉슨을 사기꾼이라고 생각하기 시작했습니다. 대통령과 사기꾼을 연결하려는 시도조차 하지 않았던 미국 국민들이 닉슨이 "나는 사기꾼이 아닙니다"라고 하는 말을 듣고 '아 대통령이 사기꾼이 될 수도 있구나!' 하고 생각하게 된 것입니다. 결국 닉슨은 '사기꾼'이라는 단어를 사용함으로써 대통령과 사기꾼이라는 단어를 같은 교량 위에 얹어놓은 것입니다. 결국 자신의 의도와는 정반대의 결과를 초래한 것이었습니다.

언어는 개념이며 누구의 입에서 어떤 언어가 나오느냐에 따라서 가공할 위력을 발휘하기도 합니다. 불륜 드라마에 '불륜'이라는 대사가 나오지 않는 이유는 간단합니다. 두 사람의 행위를 불륜으로 규정하고 싶지 않기 때문입니다. '불륜'이라는 대사가 나오는 순간 그 드라마는 진흙탕에 빠지기 때문입니다.

불륜 드라마에는 몇 가지 공식이 있습니다. 우선 잘생긴 남녀가 나옵니다. 상대 남자는 전문직 종사자인 경우가 많습니다. 그리고 이해심 많고 자상합니다. 나이에 비해 두 사람 다 무척 젊어 보입니다. 두 사람이 만나는 장소는 분위기 있는 카페나 별장 또는 유람선 같은 특별한 장소인 경우가 많습니다. 두 사람이 만날 때마다 날씨는 왜 그렇게 좋은지 모르겠습니다. 그리고 두 사람이 데이트 장소로 이동할 때는 꼭 외제 승용차를 타고 갑니다. 그뿐만이 아닙니다. 두 사람이 만날 때마다 아니면 두 사람이 처음 만나는 장면을 회상하는 순간에는 〈yesterday yes a day〉 같은 감미로운 음악이 흘러나옵니다. 아! 이런 드라마를 보고 있노라면 나도 모르게 누군가라도 만나서 사랑을 마구 불사르고 싶어집니다. 이렇게 예쁘게 포장을 해놓으니 '불륜'이라는 드라마의 기본 설정은 보이질 않고 두 사람의 사랑에 가슴 졸이며 시청하게 됩니다. 시청자의 오감을 마비시켜야 하는 제작자의 입장에선 드라마 속에서 '불륜'을 지상 최고의 사랑으로 승화시켜놓아야 합니다. 그러기 위해선 불륜의 '불'자도 드라마 대사에서 용납할 수가 없는 것입니다. 결국 불륜이 애절한 사랑으로 묘사됩니다.

그런데 만약에 위의 설정과 반대의 상황을 만들어놓으면 어떻게 될까요? 배 나온 평범한 중년의 남자와 주름이 자글자글한 중년의 여인이 서로 한눈에 반하고 경제적으로 형편이 좋지 않은 이 둘은 동네의 허름한 분식집에서 장터국수를 시켜 먹으며 허기를 채우고 그러고 나선 마을버스를 타고 동네 뒷산으로 봄소풍을 갑니다. 그리고 두 사람이 만나는 장면에는 한물간 유행가가 흘러나옵니다. 물론 이러한 설정으로 만든 드라마를 본 적도 없고 혹여 이렇게 만든다면 아무도 보려 하지 않을 것입니다. 하지만 불륜의 실제 모습은 드라마보다 더 추레하고 본질은 더욱 추악합니다.

방송사가 프로그램을 만드는 여러 가지 이유 중에 꽤 중요한 한 가지는 돈을 벌기 위해섭니다. 그리고 그 돈은 시청자의 시간을 광고주에게 팔아서 얻게 됩니다. 방송사가 시청률에 목을 매는 이유입니다.

대부분의 방송 제작자들은 역치가 하늘 끝까지 올라가 있는 시청자의 욕구를 충족시키기 위해서는 자극적인 소재를 선정해야 한다고 믿고 있습니다. 그 결과 시청자에게 불륜을 설득하기에 이르렀습니다. 사랑으로 둔갑한 불륜에 이성은 마비되고 부끄러움은 사라졌습니다. 불륜 드라마를 보고 있노라면 저 무지개 너머에 나의 진실한 사랑이 존재할 것 같은 착각에 빠집니다. 하지만 지금 나와 함께 불륜 드라마를 보고 있는 사람도 같은 생각을 할 수 있다고 생각한다면 정신이 아찔해집니다. 우리는 지금 정말 나쁜 드라마를 보고 있는 것입니다.

삶은 한마당 연극, 주인공은 나

방재욱(2014. 4. 23)

　　　　　　　　스티브 잡스Steve Jobs 타계 후 전해
지고 있는 이야기들 중에서 2005년 스탠포드Stanford 대학 강연에서 한
"Stay hungry & Stay foolish!"라는 말이 있습니다. 그 말을 직역하면
"배고프게 지내라. 그리고 바보처럼 살아라"고 할 수 있지만 잡스가
한 말의 진정한 의미는 "갈망하라. 그리고 우직하게 나아가라!"라는
것이었습니다. 이는 세상을 살아가며 자신의 마음에서 우러나오는 소
리에 귀를 기울이며 늘 갈망하고, 진정한 삶의 목표가 정해지면 바보
처럼 우직하게 도전하라는 말로 받아들여집니다.

　사람은 태어날 때 축복의 메시지를 간직하고 세상에 나오지만 삶을
살아가며 즐겁고 행복한 일들만 있는 것이 아니라 어렵고 힘든 일을

　　　　　　　　　　　　　　　　　마르지 않는 붓

겪는 경우도 많습니다. 이런 삶의 과정에 선택과 변화의 기회가 주어집니다. 그래서 행복한 삶을 위해서는 자신이 맞이하는 일들에 대해 어떤 선택을 하며 어떻게 변화해나가느냐가 주요 관건이 됩니다.

경봉鏡峰 스님은 "사람은 태어날 때 각자 한 권의 연극 각본을 갖고 태어나며, 그 각본대로 한마당 연극을 연출하며 일생을 살아간다"고 했습니다. 그리고 삶이라는 무대에서 공연되는 연극의 주인공은 바로 '나'라는 자신이며, 각본의 저자와 감독도 '나'라는 것입니다.

태어날 때 쥐고 나온 각본에 따라 펼쳐지는 삶이라는 연극은 작가와 감독이 하기에 따라서 희극이 되기도 하고 비극이 될 수도 있습니다. 그렇다면 이왕 연극을 할 바에는 멋들어지게 해야 하지 않을까요. 멋진 한마당 연극의 공연을 위해서는 큰 '꿈'을 가져야 하고, 그 꿈을 이루어가는 과정에서 맞이하게 되는 자신의 '선택'과 '변화'가 각본에 잘 담겨야 합니다.

일상에서 생겨나는 문제들을 풀어나갈 때 답만 빠르게 찾으려 하면 그 답을 찾기 어려울 때가 많듯이 우리 삶에서도 해답만 빠르게 찾으려 살다 보면 자신의 현주소를 파악하기가 어렵게 됩니다. 삶에서의 꿈과 미래의 희망을 찾기 위해서는 자신에게 '왜(Why?)', '무엇을(What?)', '어떻게(How?)'라는 질문을 던져볼 필요가 있습니다. 이는 생각 없이 문제를 풀다 보면 답이 잘 떠오르지 않는 것처럼 자신의 삶에 대해 질문을 제대로 던지지 않으면 답이 제대로 구해질 수 없기 때문입니다. 위대한 과학자나 리더십을 지닌 정치가 그리고 성공한 최고 경영자들은 자신에게 끊임없이 '왜(why)'라는 질문을 던지며 살아온 사람들입니다.

젊은 시절 꿈과 희망을 갖고 내 삶의 각본을 가다듬게 해준 추억이 있습니다. 그것은 대학 3학년 1학기를 마치고 군에 입대하여 사병으로 복무하던 시절 만난 어느 대위님과 대학의 한 은사님이 해준 이야기입니다. 그때가 1970년대 초반으로 40년이 넘게 지나고 있지만, 그 얘기들은 아직도 내 마음에 그대로 담겨 있어 강의 시간에 학생들에게도 이야기해주곤 합니다.

일등병 시절 친하게 지내던 대위 한 분이 느닷없이 "자네는 군 생활 3년을 어떻게 생각하며 지내고 있는가?"라는 질문을 던지셨습니다. 우물쭈물하면서 "남북으로 분단된 조국에서 해야 하는 병역 의무니까 당연히 해야 하는 것이 아니냐"고 막연하게 대답한 것으로 기억이 됩니다. 대위님은 내 대답에 정색을 하시며 "이 사람아, 군대 생활은 자네 인생의 10분의 3이라네!"라고 하셨습니다. 20대는 앞으로 살아갈 인생을 준비하는 매우 중요한 시기이며, 그중 3년을 군대에서 지내니 군대 생활이 내 인생의 10분의 3이라는 것이 그분의 논리였습니다. 그 이야기를 듣고 군 생활이라는 단막극에서 '나'라는 주인공을 인식하게 되었고, 군 생활이 내 삶에 크게 도움이 되는 많은 경험을 하는 장이 되었습니다.

제대 후 복학해 한 은사님으로부터 그와 유사한 이야기를 다시 들었습니다. 은사님의 말씀도 군대에서 들었던 것처럼 20대가 인생 준비에 매우 중요한 시기이며, 그 10년 중 대학에서 4년을 지내니 '대학 생활은 인생의 10분의 4'라는 논리였습니다.

그 이야기들을 종합해볼 때 내 인생에서 중요한 20대의 10년 중 10분의 7을 군대와 대학에서 지내는 것입니다. 그래서 복학생 시절 대학이라는 연극 무대에 내 인생의 꿈인 교수라는 주인공으로 '나'를 올려놓고 각본을 가다듬기 시작했습니다. 그리고 "기한이 정해지지 않은 꿈은 장전되지 않은 총알과 같다"는 마크 트웨인Mark Twain의 이야기를 생각하며 나름대로 꿈을 이룰 기한도 정해보았습니다. 장전되지 않은 총알은 시간이 흘러 녹슬면 총에 장전할 수 없을 뿐만 아니라 장전한다 해도 발사되지 못한다는 마크 트웨인의 말처럼 우리의 꿈도 마찬가지라는 생각에서였습니다.

대학과 대학원이라는 연극 무대에서의 공연은 나름대로 성공적으로 연출되어 당시 정했던 기한을 2년 앞당겨 대학 졸업 6년 만에 교수가 되는 꿈을 이루었습니다. 지금도 그때 '선택'과 '변화'를 주도하는 주인공 역할을 제대로 해보려고 바삐 지냈던 생활의 단상들이 내 삶의 잊을 수 없는 추억으로 소중하게 간직되어 있습니다.

인생은 흘러가는 것이 아니라 채워가는 것이라고 합니다. 삶을 살아가며 자신의 진정한 꿈을 실현하기 위해서는 '오늘'이라는 현재의 삶에서 '왜', '무엇을', '어떻게'라는 생활 지표를 마련하고, 선택과 변화에 대해 깊게 생각해보아야 합니다. 이는 나이가 들어서도 마찬가지라고 생각합니다. 삶이라는 한마당 연극의 중심에 자기가 있고, 그 주인공은 바로 '나'이니까요.

겨울 까치집

김흥숙(2008. 12. 26)

　　　　　　　　　　　나쁜 일 많은 한 해가 지나갑니다. 아주 떠나간 친구들, 병마에 잡혀 고생하는 친구들, 힘겨워지는 살림살이에 지쳐가는 친구들을 생각하며 거리를 떠돕니다. 아무것도 해줄 수 없는 자신에게 화가 납니다. 쌩쌩 달리는 자동차들이 일으키는 바람이 걷는 사람을 주눅 들게 합니다. 큰 길을 피해 곁길로 접어듭니다. 햇살이 찰랑이던 골목길에도 추위가 한창입니다.

　남루한 집들의 낮은 담 너머 마당에서 얼고 있는 빨래와 발의 온기를 기다리는 신발들이 보입니다. 몇 해 전이던가, 신문에서 본 백담사 무문관無門關 앞 풍경이 떠오릅니다. 한번 들어가면 결코 나올 수 없는 문 없는 방, 자진하여 그 방에 들어간 이의 흰 고무신에 비와 낙엽과 거미

줄이 담겨 있었습니다. 절대자유를 위한 절대고독의 흔적이겠지요.

세상엔 스스로 도를 닦는 사람들이 있고 하는 수 없이 도를 닦게 되는 사람들이 있습니다. 도시를 채우고 있는 고통은 말하자면 후자를 위한 장치입니다. 골목길은 제법 가파르지만 길의 끝엔 길이 있다는 믿음을 지팡이 삼아 씩씩하게 올라갑니다.

그러나 기대는 대개 배반을 품고 있는 것, 군데군데 금이 간 시멘트 담벼락이 덜컥 앞길을 막습니다. 길이 이렇게 뜬금없이 끝나버리다니, 낙담하여 돌아내려와 다른 갈래로 접어듭니다. 어디로 이어진 길을 꿈꾸며 휘적휘적 오르는 길, 북풍이 얼굴로 달려듭니다. 여긴 내 영토라고 외치는 것 같습니다. 그래도 새 길을 보고 싶은 열망은 가라앉지 않습니다. 아니 북풍의 만류가 심하면 심할수록 열망은 더 뜨거워집니다.

하지만 다시 길의 끝입니다. 마구 자란 풀들이 누렇게 바랜 채 바스러지고 있습니다. 한 가운데 험상궂은 몰골로 서 있는 나무 조각에 "사유지! 이곳에 쓰레기 버리지 마시오!"라고 쓰인 검은 글씨가 무섭습니다. 몸의 힘이 쭈욱 빠져 달아납니다. 얼굴을 때리던 북풍이 어느새 스며들어 온 몸이 떨려옵니다.

"사는 게 막다른 길의 연속 같아." 병원에 누운 친구의 말이 떠오릅니다. 친구의 삶이 꼭 이 골목들 같았나 봅니다. 겨우 두 번 막힌 길을 만났다고 이렇게 힘이 빠지는데 늘 막다른 길을 만나는 삶이 어떻게 희망을 가질 수 있을까, 눈시울이 뜨거워집니다.

지친 몸을 간신히 싸들고 버스에 오릅니다. 밍크코트를 입은 중년 여인이나 검은 파카를 입은 젊은이나 추워 보이긴 마찬가지입니다. 모두들 침묵 속에서 자신을 괴롭히는 일들과 싸우고 있는 듯합니다. 버스는 꽁꽁 언 부암동 언덕배기를 내려갑니다. 파란 하늘을 받치고 선 나무 꼭대기의 까치집으로 까치들이 들락거립니다. 이렇게 꼭꼭 싸매고 있어도 추운데 저 얼기설기한 집에서 겨울을 난다니 가능할 것 같지가 않습니다.

버스는 길을 바꾸어도 마음은 까치집에 머뭅니다. 그러기를 한참, 아, 마침내 알 것 같습니다. 저 집의 비밀은 아무것도 담아두지 않는다는 데 있을 겁니다. 추위도 더위도 아무것도 붙들지 않고 그냥 왔다가 가게 하는 길이 된 것입니다. 우리가 추워하는 건 추위를 붙들고 있기 때문일지 모릅니다. 우리가 괴로운 건 고통과 열망을 붙들고 있어서일 겁니다. 우리가 길이 되면 추위도 고통도 다만 지나갈 것 같습니다.

마침 버스는 친구가 누워 있는 병원 앞을 지나는 중입니다. 어서 내려야겠습니다. 올 줄 몰랐다며 기뻐할 친구에게 까치집 얘기를 해주고 싶습니다. 아니 말없이 손만 잡고 있어도 내 마음속 까치집이 친구의 마음속으로 흘러들 것 같습니다. 들어온 것은 나갈 때가 있을 거고 생겨난 것은 사라질 때가 있을 거라고, 막다른 길에선 돌아설 수 있으니 슬퍼할 필요가 없다고 생각하게 될지 모릅니다. 무문관을 박차고 나올 만큼은 아니어도 조금 자유로워질지 모릅니다.

나쁜 일 많았던 한 해가 지나갑니다. 다시 한 해가 시작됩니다. 새해, 길이 되고 싶습니다. 트랙터 못 다니는 경사진 땅에 호리쟁기가 내는 길 같은, 그런 길이 되고 싶습니다.

마르지 않는 붓

김이경(2008. 10. 28)

"남이 알아주지 않아도 성내지 않는
다면 군자라 할 만하다(人不知而不 不亦君子乎)."《논어》에 나오는 공
자 말씀입니다. 《논어》를 처음 배울 때 이 구절을 읽으며 '군자 되기가
쉽구나' 했습니다. 남이 알아주든 말든 상관없다고 여길 때였지요. 지
금은, 군자가 되기란 역시 어렵다고 느낍니다. 남이 알아주지 않아서
슬프고 노여웠던 시간들이 그림자처럼 제 뒤에 있습니다.

사람들이 털어놓는 고민의 태반은 남이 나를 '알지 못함不知'에서 비
롯된 것들입니다. 내 능력을 알아주지 않아서, 내 고통을 알아주지 않
아서, 내 진심, 내 수고, 내 의미를 알아주지 않아서 서운하고 억울해
합니다. 그럴 때 남이 나를 모르는 건 당연하다고 얘기하면 사람들은

하나같이 절망스러운 표정으로, 그럼 쓸쓸해서 어떻게 사냐고 반문합니다. 어떻게 사느냐. 공기처럼 살면 됩니다. 알지 못하는 사이 우리를 살리는 공기처럼 당연하게 사는 거지요.

가브리엘 워커Gabrielle Walker의 《공기 위를 걷는 사람들》은 사람들이 알아주지 않아도 성내지 않고 묵묵히 사람을 살리는 '공기'에 대한 책입니다. 공기에 관한 아름답고 슬프고 흥미진진한 이야기가 가득 실린 이 책을 읽고 나면, 우리의 한 호흡에 얼마나 넓은 세계가 담겨 있는지 새삼 깨닫게 됩니다.

아무도 공기에 대해 관심이 없을 때 처음으로 그 속내를 궁금해한 건 갈릴레이Galileo Galilei입니다. 교회의 탄압과 나빠진 시력 탓에 더 이상 하늘을 볼 수 없게 된 갈릴레이는, 저 높은 하늘 대신 바로 옆에 있는 공기로 눈을 돌립니다. 그리고 그는 사람들이 텅 비었다고 생각한 공기의 무게를 잽니다. 그의 실험으로 공기가 아주 무겁다는 사실이 처음으로 밝혀집니다(그가 얻은 값은 실제보다 두 배 정도 무거웠습니다).

그런데 공기가 이렇게 무겁다면 우리는 왜 그걸 못 느낄까요? 저자는 우리가 그 무게에 익숙해 있기 때문이라고 말합니다. 바다 밑을 기어 다니는 바닷가재가 바닷물의 무게를 느끼지 못하는 것과 같은 이치지요.

갈릴레이의 실험은 토리첼리Evangelista Torricelli와 보일Robert Boyle을 거치면서 좀 더 정교하고 정확해집니다. 그리고 이를 통해 공기의 실체를 확인한 과학자들은 한 걸음 더 나아가 공기를 이루는 다양한 요소에 관심을 가집니다. 이성과 혁명의 시대 18세기에, 공기는 신비의 베일을 벗고 자신의 정체를 드러내기에 이릅니다.

출발은 스코틀랜드의 친절한 의사 블랙Joseph Black이었습니다. 과학 사상 보기 드물게 명예욕이 없던 블랙은 결석 치료제를 연구하다가 우연히 이산화탄소를 발견합니다. 공기의 종류가 한 가지만이 아니라는 사실이 최초로 확인된 순간이었죠. 덕분에 블랙은 '근대 화학의 아버지'라는 명예를 얻습니다.

몇십 년 뒤, 이번엔 혁명 전야의 프랑스에서 부유한 천재 라부아지에Antoine Laurent de Lavoisier가 이산화탄소의 짝꿍인 산소를 발견합니다. 라부아지에는 산소의 존재만이 아니라 산소가 호흡을 도우며, 그 호흡이 몸속의 영양 물질을 태운다는 사실도 밝혀냈습니다. 먹는 것과 숨 쉬는 것은 전혀 별개라 여기던 당시에 그것은 놀라운 소식이었지요. 하지만 라부아지에가 놀란 건 다른 점이었습니다.

"막노동을 하면서 사는 가난한 사람은 살기 위해 육체의 힘을 최대한 끌어내야 하는데, 그 결과 부자보다 더 많은 물질을 소모하도록 강요받는다는 사실은 얼마나 불행한 일인가!"

살기 위해선 산소가 필요하지만 산소를 많이 마시면 그만큼 빨리 죽습니다. 따라서 산소 소비량이 많은 육체노동자는 그렇지 않은 부자보다 빨리 늙고 빨리 죽을 확률이 높지요. 라부아지에는 이처럼 공기조차 불평등하게 소비되는 현실에 경악을 금치 못했습니다. 그래서 자신은 돈도 명예도 모두 가진 부르주아였지만 인간의 평등을 보장하는 혁명을 지지했습니다.

하지만 혁명은 그의 믿음을 배반하고 그는 단두대에서 생을 마감합니다. 과학자로 성공하고 싶었으나 라부아지에의 반대로 뜻을 이루지 못한 마라Jean Paul Marat의 음모 때문이었지요. 라부아지에의 비극적 최후는 '산소의 화학이 인간의 조건'이기도 함을 보여줍니다. 즉, 활기 찬 생활이 노화를 촉진하듯, 회전이 빠른 두뇌, 강한 체력, 열정적인 생활방식에는 위험이 따른다는 거지요. 그리고 보면 '짧고 굵게'는 산소 같은 삶의 표어인 듯도 합니다.

책의 맨 앞에는 우주에서 지구로 떨어지고도 살아남은 공군 대위 조 키팅거Joe Kittinger Jr.의 이야기가 나옵니다. 지상 32킬로미터 지점에서 뛰어내린 그는 오존층, 성층권, 대기권, 대류권을 거쳐 무사히 지구로 귀환합니다. 첨단의 보호장비 덕분이지요.

하지만 그의 머리 위에서 태양의 치명적 복사를 흡수해준 전리층이 없었다면, 아니 그 위에서 시속 160만 킬로미터로 불어 닥치는 태양풍을 막아준 자기장이 없었다면 아무리 성능 좋은 여압복을 입었대도 살아날 수 없었을 겁니다. 또한 구멍이 나긴 했지만 여전히 자외선을 흡수하고 있는 오존층이 없었다면 지구에 착륙해서도 살 수 없었을 테고요.

그 모든 것 덕분에, '포근한 담요'처럼 우리를 에워싸고 있는 공기 덕분에, 우리는 무시무시한 환경을 머리 위에 두고서도 편안히 살 수 있습니다. 그리고 이 사실을 알게 된 건 키팅거와 라부아지에 같은 이들, 포스트, 페렐, 비르켈란, 솔로몬 등 이 책에 나오는 산소 같은 과학자들 덕분입니다. 위험과 실패를 두려워하지 않은 그들 덕분에 우리는 당연한 삶이 누구 덕분인지 알 수 있게 되었습니다.

생명이 지상에서 사는 데는 선선한 미풍만이 아니라 사나운 폭풍도 필요합니다. 보이지 않는 공기의 보이지 않는 작용들이 있기에 삶은 지속됩니다. 공기의 존재를 모를 때도, 그 작용 방식과 기능을 모를 때도 그 사실은 변함이 없습니다. 그러니 나를 알아주지 않는다고 탓하기 전에 내가 혹 무엇을 모르는지, 몰라서 당연히 여기지는 않는지 돌아볼 일입니다.

그녀에게 건네는 위로

김창식(2015. 7. 14)

　　지난 5월과 6월, 두 개의 문학상(흑구문학상, 조경희 수필문학상) 시상식에서 거푸 수상소감을 말할 기회가 있었습니다. 그것이 계기가 되어 글을 쓰게 된 동기, 글을 쓰는 이유, 어떤 글을 쓰려 하는가, 글을 쓰며 느낀 소회 등을 간추려보았습니다.

　대학 시절 문학에 뜻을 두었다가 1973년 사회에 진출하며 끈을 놓았습니다. 살다 보면 엎어진 김에 쉬어도 가고 마음을 두지 않는 곳에 오래 머물기도 한다지만, 20여 년은 결코 짧은 시간이 아니겠지요. 그것도 잠깐 다니러 간 곳에서라면 더욱 그러할 것입니다. 그러고 나서 또 15년이 지나 비로소 글을 쓰기 시작했으니(2008년 등단) 참으로 오랜 세월을 에둘러 온 셈입니다.

항공사에 재직하며 일찌감치 세계를 무대로 출장도 다니고 해외 주재 근무도 했지만, 남들이 짐작하는 것처럼 마냥 화려하지는 않았답니다. 주로 공항에서 근무했는데, 매일 상황이 발생하는 일선 업무의 특성상 항상 긴장해야 했어요. 일종의 직업병이랄까, 회사를 그만둔 지 오래지만 습관은 남아 아침에 일어나면 날씨를 점검하곤 합니다. 일종의 직업 후유증을 앓고 있는 것이지요.

항공기 운항에 치명적인 영향을 끼치는 안개가 긴 날이면 마음이 갈 곳을 잃습니다. 날개 꺾인 비행기들의 거친 신음소리가 들리고 공항의 혼잡과 수선스러움이 3D 입체 화면으로 펼쳐집니다. 청춘과 장년을 바친 직장생활을 폄하할 수는 없겠지요. 하지만 정신적으로는 황폐한 불모의 시기였던 것 같아요. 회사에서의 승진과 경력 추구가 유일하고 가장 큰 관심사였으니까요. 그 시절은 '가장 구체적이면서도 가장 허구적인 나날'이었을 거예요.

오랜 기간 무위無爲의 편리함, 즉 '생각하지 않고 지내는 일상의 자연스러움'에 길들어 있었던 것 같습니다. 지금도 사람 만나 이야기 하고 술 마시며 '탱자탱자' 놀기를 좋아하지만, 언제부터인가 '순수하게 노는 일'이 그다지 재미있지만은 않음을 알게 됐어요. 야인野人으로서의 본능이 눈을 뜬 것일까, 10여 년간 백수로 지내며 작은 깨달음이 있었다고나 할까? 언제부터인가 알 수 없는 그 무엇에 가위눌리고 쫓기는 느낌이 들어 초조하기만 했답니다.

어느 날 밤늦게 불콰한 얼굴로 집으로 돌아오는 버스 안에서였어요. "오늘도 걷는다마는~ 정처 없는 이 발길~" 흔들리며 자다 깨다를 반복하는데 낯선 얼굴이 보여 깜짝 놀랐어요. 차창에 비친 저 수상한 존재가 누구인가? 그것은 세속적이고 물질적인 것을 좇느라 '페르소나'로서의 분식된 삶을 살아온 중년 사내의 모습이자 슬픈 자화상이었습니다. 차창에 되비친 얼굴은 나를 되돌아보게 했습니다. 허허로운 실존에의 인식이 글을 쓰게 된 직접적인 동기가 된 것이에요.

마음 가는 곳에 길이 있다더니, 일단 글을 쓰기로 마음을 굳히니, 어디서 그렇게 쓰고 싶은 일들이 생겨나는지 신기하기만 했어요. 온갖 상념이 지그재그로 뻗어나가고, 갖가지 이미지들이 형형색색의 나비처럼 날아오르며, 지하 토굴에 가두어놓았던 지난날의 기억들은 먼저 꺼내달라고 아우성을 치더라니까요.

왜 글을 쓰는가를 자문합니다. 삶의 숨은 뜻을 찾아서? 삶의 형적形跡을 더듬어보기 위해? 방황하는 한 노력하니까? 모험을 하려고? 모험하지 않는 것도 모험이므로? '그냥, 그저, 대책 없이!'라는 표현이 오히려 그럴 듯해 보입니다. 그렇더라도 이제 글을 쓰지 않는 삶은 상상할 수 없게 되었으니 병에 걸려도 중병에 걸린 것 같습니다. 글 쓰는 일이 '존재의 이유'가 됐으니 이것이 좋은 일인지 아닌지 도통 모르겠습니다.

다른 한편으로 글을 쓰는 이유가 절실한 소통 욕구 때문이 아닐까 하는 생각도 듭니다. 결여된 것이 있고 부족함이 있어서인 것 같습니다. 글로써 기쁨은 물론이요, 결핍과 외로움도 나누고 싶어요. 그것이야말로 진정한 소통이요 공감이 아닌가 생각합니다. 그렇다면 네게 부족한 부분이 무엇이냐고 물을 수도 있겠습니다. 그것은 말씀드릴 수 없어요. 영업비밀이거든요. 어쨌거나 외로움과 고통을 한 자락씩 글로 펼쳐 보이고 싶습니다.

수필에는 삶과 관련된 해석이 따라야 한다고 믿습니다. 글을 쓸 때 늘 염두에 두는 것은, '지금, 여기, 이곳'의 문제입니다. 문화 현상이나, 추억의 명화, 오래된 팝 명곡Oldies but Goodies을 다룰 때도 현시성現時性의 맥락을 떠올립니다. 또한 인간에게 내재한 원형의 정서도 짚어 봅니다. 보편적이고 근원적인 주제야말로 임박한 관심사가 아닐까 하는 생각도 드는군요.

수필 문학의 격을 높이는 데 기여를 하고 싶은 바람을 갖고 있습니다. 일상의 경험에서 의미를 찾아내 깨달음으로 나아가는 글을 쓰려고 합니다. 인간성을 고양高揚하는 글, 지적인 성찰의 단초를 주는 글, 마음을 움직여 변화를 이끌어내는 글, 치열한 사유와 시적 서정이 어우러진 글을 쓰고 싶습니다. 그렇게 하여 같은 길을 걷는 문우는 물론, 다른 장르의 문인, 일반 독자와도 널리 소통하고 싶은 마음 간절합니다.

글을 쓰기 시작하니 반찬이 달라졌어요! 체력장 점수 아닌 다른 이유로도 반찬이 달라질 수 있음을 알았다니까요, 글쎄. 좋은 직장 제 발로 걷어차고 '직업 같지 않은 직업'을 택한 나는 그나마 행운아가 아닌가 합니다. 엄혹한 시절 사는 데 별 도움이 되지도 않는 글을 쓰는 나를 이해하고 격려해준 수더분한 아내가 있어서요. 생각해보면 그 위로는 내가 건네야 하는 것이었는데.

팥을 좋아하는 이유

김영환(2014. 10. 24)

지난 5월 중순에 50칸짜리 비닐 포트 여섯 판에 팥알을 심어 모종을 냈습니다. 한 달쯤 뒤 약 15평 되는 돌투성이 밭에 정식定植했죠. 비 온 날이 적고 햇볕이 강해서였는지 예년보다 병해가 적었습니다. 따도 따도 끝이 없을 것 같았던 작은 팥의 낱알들은 붉은 기운이 넘쳐 건강했습니다. 60그램 가량의 씨에서 약 8킬로그램 소출이 있었죠. 내년에 심을 아주 실한 종자로 마흔 꼬투리 남짓 남겨 놓았으니 수확이 닷 되는 될 듯합니다. 볍씨 한 알이 600개 이상을 만드는 데 비하면 조촐하지만 흐뭇합니다.

팥 하면 군대 시절 주보에서 팔던 양갱羊羹, 1970년대 등장한 호빵, 팥을 얼음으로 싼 캔디, 안흥 찐방, 경주 황남빵, 풀빵, 천안 호두과자,

마르지 않는 붓

각종 팥빙수가 떠오릅니다. 공항철도 홍대입구역 환승 길에서 맛본 팥빵도 기억합니다.

저명한 팥빵이 많지만 나는 강화도 온수리 터미널 부근 분식집 찐빵을 가장 좋아하게 되었습니다. 주문하면 큰 솥에 다시 쪄주는데 전혀 달지 않습니다. 아무거나 입에 대지 않아 미각이 까다로운 나는 거의 무미하다고 할 이 팥찐빵이 입맛에 딱 맞았습니다. 하루는 주인이 8시가 넘은 밤저녁에 한솥 가득히 이튿날 쓸 팥을 큰 주걱으로 저으며 삶고 있었습니다. 물었더니 강원도 봉평 팥을 쓰는데 국산 팥은 달지 않다고 했습니다. 그간 먹어온 팥빵들은 베이커리나 뭐나 하나같이 왜 그렇게 달았는지요. 맛있는 음식의 특징은 절대 달지 않아 질리지 않는다는 데 아내도 공감했습니다.

팥은 꼿꼿이 서지 못하지만 자기들끼리도 휘감으며 덩굴을 만듭니다. 콩처럼 뿌리혹박테리아가 있어 공기 중의 질소로 유기질소 화합물을 만들기 때문에 비료를 많이 줄 필요가 없다지만 식물의 열매란 수분에 녹는 이온 상태의 여러 물질을 뿌리가 끌어다가 유기물로 만들 터이니 황무지에서는 잘 자랄 리가 없죠. 팥은 한꺼번에 꽃을 피우지도 않습니다. 자라면서 잎겨드랑이에 여러 개의 노란 꽃을 피우고 수정하면 뜨개질바늘보다 훨씬 더 가느다란, 앙증맞은 진녹색의 꼬투리가 생겨 자랍니다. 그러면서도 줄기는 계속 뻗어 또 꽃을 피웁니다. 그래서 열매를 한꺼번에 수확은 못합니다. 팥은 털기도 쉽죠. 바싹 말려 페트병에 담아두면 길게 보존할 수 있습니다. 녹두도 심어보았지만 오래 불려도 돌멩이 같아서 거피去皮 내기가 어려웠습니다. 그래서도 팥이 좋습니다.

팥에도 각종 해충이 달려듭니다. 인간에게 맛있는 것은 벌레에게도 맛있는지 진딧물이나 메뚜기도 달라붙지만 사람도 피하지 않는 노린재가 구멍을 뚫어 즙액을 빨아먹으며 꼬투리를 배배 꼬여 마르게 할 땐 내 마음도 꼬입니다. 노린재가 하도 극성을 떨던 해에는 목초액도 듣지 않아 2리터 페트병 여러 개의 입구를 조금 잘라 흑설탕 물을 반쯤 채워 단내로 꾀어낸 노린재를 사뭇 포획할 수 있었죠. 고라니는 아주 여린 팥꼬투리를 무자비하게 훑으며 먹고 갑니다. "다 내 것은 아니니까" 하고 체념합니다.

고통을 견딘 대견한 꼬투리가 하얀 빛깔에 가까운 담황색으로 변할 즈음 잘 된 하나를 따서 귀에 대고 흔들어봅니다. 낟알들이 좁은 칸에서 구르는 경쾌한 소리가 들려옵니다. 어떤 인공의 소리보다 아름다운 자연의 음향이 추수의 기쁨을 맛보게 합니다. "최첨단 공장도 이런 팥 한 톨을 만들지 못하지"라고 어설픈 농심의 헛소리도 해봅니다.

팥의 원산지는 극동으로 중국은 2,000년 전부터 재배했으며 우리나라에서는 청동기 시대의 함경도 회령과 백제의 군창터에서 발견되었습니다. 영어로 팥은 '아즈키 빈azuki bean'인데 '아즈키あずき'가 일어로 팥이니 팥 음식이 발달한 일본에 널리 재배됨을 알 수 있죠.

팥은 과식 방지와 다이어트, 혈행과 이뇨 등 대사 촉진을 비롯해 각종 성인병 예방에 좋다고 합니다. 사포닌 성분은 피부 노폐물을 씻어내 조선 시대 기녀들이 팥과 녹두를 간 천연 재료로 피부 관리를 했다는데 주근깨, 기미 등 멜라닌 색소를 줄이는 미백 효과가 있어 요즘은 팥가루 팩도 성행합니다.

세시풍속의 하나인 동지 팥죽은 밤이 가장 긴 날에 음의 기운을 팥의 붉은 양기로 다스리는 의미라고 합니다. 절에서는 병이 나으라고 올리는 구병시식救病施食 의식에서 기도자들의 머리 위로 팥알을 한 줌 던집니다. 잡귀를 쫓아낸다는 의미죠. 자라나는 어린이들은 수수팥단지를 해주면 좋다고 합니다. 젊은 엄마들이 스스로 만드는 레시피를 자랑하며 "우리 애 열 살 때까지 수수팥단지 해줘야지"라고 블로그에서 다짐하는 걸 보노라면 가슴이 뭉클해집니다.

팥은 국산이 좋다는데도 우리나라 팥 생산량은 2010년 중국의 22만 4,000톤, 일본의 5만 8,000톤에 비해 극히 왜소합니다. 1980년 2만 9,073톤이었던 팥 생산량이 줄어들어 2013년에는 7,628톤에 그쳤습니다. 자급률은 1990년 67퍼센트에서 2010년 15퍼센트까지 떨어졌습니다. 수입산에 많이 의존한다는 얘기죠.

팥은 세시풍속으로 문화유산의 성격이 강한데 이제 수입산 동지 팥죽, 수입산 수수팥단지, 수입산 고사떡이라니, 고유문화의 정체성 상실이 걱정됩니다.

또
한
해
를
보
내
며

황경춘(2015. 12. 24)

　　　　　　　　위정자나 정치인이 지난 한 해를 회
고할 때 자주 쓰는 다사다난多事多難이란 판에 박힌 말을 싫어하지만,
2015년은 어느 교수 모임이 뽑은 사자성어四字成語 '혼용무도昏庸無道'가
말해주듯 국내외 정세가 어지럽기만 했습니다.

　한 달이 멀다 하고 대통령이 외국 원수를 만나 외교에 힘쓰고, 한국
인 UN 사무총장이 세계 평화를 위해 동분서주東奔西走하고, 스물한 살
의 젊은이가 세계 최고의 피아노 콩쿠르에서 한국인으로는 처음으로
우승하였습니다. 그러나 국내에서는 1년 전의 세월호 악몽이 해를 넘
어서도 정계를 뒤흔들고 민의의 전당이라는 국회는 여야 정쟁政爭으로
국민을 실망시켰습니다. 국제적으로는 IS 테러에 온 세계가 공포에 떨

었습니다.

그만큼 복잡하고 혼미하게 돌아간 국내외 정세였습니다. 그런 가운데, 한 주일 후에 93세가 될 제 개인으로선 지난 한 해를 비교적 큰 탈 없이 지냈다고 겸손하게 자위自慰하고 싶습니다.

무엇보다도 건강에 큰 걱정 없이 이 해를 넘기는 듯하여 조물주와 가족 및 친지들에게 감사하고 있습니다. 지난해에는 뜻하지 않게 몸과 마음이 쇠약해져 불면증까지 유발하여, 병석에 눕지는 않았지만 거의 석 달 동안 근심에 잠긴 답답한 세월을 보냈습니다.

평소 건강에 자신이 있고, 병원에 입원한 적이 10여 년 전 단 한 번 밖에 없었던 몸이라, 상당히 당황하고 가족도 걱정을 하였습니다. 낙천적인 성격인 저도 인생의 정리와 삶의 종말을 종종 생각하게 되었습니다. 아니 지금까지 이런 진지한 생각을 하지 않았던 자신이 부끄럽기도 했습니다.

자서전이나 회고록을 세상에 남길 가치 있는 위인僞人은 아니지만, 아이들에게만은 애비가 어떻게 살아왔는가를 글로 남기고 싶어 가족 카페에 글을 쓰기 시작한 것도 이때였습니다. 그러던 차에, 금년 들어 어느 단체에서 '나는 이렇게 살아왔다'라는 생활수기를 모집하는 광고를 보았습니다.

제가 체험한 일제 강점 시대와 광복 직후의 혼란상을 알리고 싶은 욕심에, 무모하게도 이에 응모하려고 약 3개월 동안 기억과 기록을 정리하며 컴퓨터와 사투를 계속하였습니다. 다행히 이 용감한 도전이 결실을 보았습니다. 난생처음으로 입선한 글로 상장과 약간의 상금도 받았습니다.

무엇보다도 반가운 것은 이 장문의 기록을 준비하고 정리하는 과정에서, 자신도 모르게 생에 대한 의욕이 새롭게 생기고 건강도 많이 회복되었다는 사실입니다. 아내가 지병인 골다공증으로 약간 고생을 했지만, 한 해에 세 번이나 가족끼리 국내 여행을 즐길 수 있었습니다.

10여 년 만에 제주도도 방문하고 강원도의 비경을 탐방하며, 유원지 풀에서 수영을 하며 건강을 실험해보기도 했습니다. 요즘 유행하는 〈100세 인생〉이란 노랫말처럼, 저승에서 데리러 오면 "알아서 갈 테니 재촉 말라"고 농담을 할 정도로 마음의 여유가 생겼습니다.

같은 외신계에서 일한, 40년 넘게 친하게 지낸 친구를 비롯해 가깝게 지낸 몇 사람이 올해에 유명을 달리했습니다. 요즘 거의 모든 모임에서 최고 연장자가 되어 쑥스러움을 느낄 때가 많습니다.

그런 한편, 12월 12일, 12시 12분에 만나 송년회를 갖자는 반가운 친구가 아직도 많이 있어, 금년 섣달도 분주하게 보냈습니다.

이웃 나라에서 12월을 '시하스師走'라 부를 정도로 위엄을 갖추어야 할 스승까지가 달음질 쳐야 할 섣달입니다. 덩달아 이 늙은이도 가야 할 곳이 많았습니다. 어느 토요일에는 두 곳 모임에서 아홉 시간 가까이 자리를 같이하기도 했습니다.

노구老軀에 너무 무리하는 것 아닌가 하고 걱정을 하다가, 어느 모임에서 저보다 네 살 연상年上이신 김형석 연세대 명예교수의 카랑카랑한 목소리의 강연을 듣고, 한층 더 기운이 나는 저를 발견했습니다. "알아서 갈 테니 재촉 말라"는 노랫말이 또 생각났습니다.

그러나 절제는 절대 잊지 않으려고 명심하고 있습니다. 이 나이에 '주책'이라는 형용사가 붙지 않도록 조심조심 처신하여, 즐겁게 병신丙 申년을 맞이하도록 마음다짐 하고 있습니다. 결코 무리하지 않고 순리 順理와 중용中庸으로 또 새로운 해에 도전해보겠습니다. 여러 친지의 따뜻한 보살핌에 즐겁게 새해를 맞이하려 합니다.

고
향
유
정

김창식(2014. 9. 3)

　　　　　　　세월호 참사의 여진이 가시지 않고
있습니다. 올해 들어 사고의 진원지인 진도 팽목항처럼 사람들의 입에
자주 오르내린 지명도 없을 것입니다. 그다음은 전남 순천(인구 28만,
2013년 순천시 통계)일 거예요. 청해진해운 소유주 유병언 회장의 마지
막 은신처로 알려졌고, 사체 또한 그곳에서 발견되었죠. 정갈한 도시
순천이 고향인 필자로서는 불미스러운 일로 도시 이름이 오르내려 심
기가 여간 불편한 것이 아니었습니다.
　순천시가 또다시 세인의 관심을 모은 것은 7 · 30 재보선을 통해서였
어요. 인접 지역인 곡성과의 합동선거구였는데, 새누리당 후보를 당선
시켜 세상을 놀라게 한 것이죠. 필자는 특정 정당의 지지자는 아니지

만, 순천 시민의 선택으로 적지 않은 위안을 받았습니다. 야당의 본향 本鄕에서 어렵사리 여당 후보가 당선됐으니 지역정서 혁파의 단초가 마련되었으면 하는 마음 간절합니다.

지난해 '순천만국제정원박람회' 때 많은 사람들이 찾기도 한 생태수도 순천은 유력한 신문 설문조사에서 전국을 통틀어 '살기 좋은 10대 도시'로 연거푸 뽑히기도 했어요. 동쪽의 여수반도와 서쪽의 고흥반도를 양 날개로 거느린 항아리 모양의 내만內灣에 접한 순천은 전라남도 동남부의 요충에 위치한 교육·문화·관광·의료·역사 도시이며 맛깔스러운 음식과 곡진한 정으로 이름난 고장이기도 합니다.

관광지를 더 수소문해봅니다. 세계 5대 연안습지로 자리매김한 순천만(여자만은 순천만의 옛 이름) 갈대숲이야 말할 것도 없고 곳곳에 볼거리가 풍부합니다. 송광사, 선암사, 낙안읍성, 주암호, 고인돌 유적지……. 이들은 단순한 관광자원이 아니라 교육적 가치가 큰 문화유산이요, 역사와 전통의 얼이 깃든 랜드마크인 셈이지요.

항간에 회자되는 말로 "순천에서는 인물을, 여수에서는 돈을, 벌교에서는 주먹을 자랑 말라"는 우스개가 있어요. 순천 출신 사람들의 외모와 허우대가 훤칠한 데다 학식이 높음을 빗대어 칭찬하는 것일 거예요. 이에 걸맞게 교육·문화 도시 순천이 배출한 문화예술계 인사, 특히 문학인들의 면면이 예사롭지 않습니다. 현대 인물들로 한정하더라도, 소설가 조정래, 김승옥, 서정인, 출판인 윤형두, 동화작가 정채봉(작고) 등 시대를 떨어 울리는 초호화 라인업이에요.

특별히 소개하고 싶은 사람은 세브란스병원 국제진료센터 인요한

John Linton 소장입니다. 인 교수는 나눔과 봉사를 숙명으로 여기는 린튼 가의 100여년에 걸친 한국 사랑을 이어오고 있습니다. 남녘의 소외된 이웃, 결핵으로 고통받는 북녘 동포들에게 의료봉사와 경제적 도움을 펼쳐왔지요. 그는 한국 사회에 사랑과 관용, 희망의 메시지를 전파하며 공동체 정신의 실천을 역설합니다. 스스로 밝혔듯 그의 중심에는 언제나 고향 순천이 자리한답니다. 자신의 원형을 키워준 고향 땅과 마을 사람들의 정에 감사하며 한국인의 일원임을 누구보다 감사해 하는 분이죠.

고향을 떠난 지 오래이지만, 공식적인 대화 중에도 자신도 모르는 새 구수하고 정감 있는 남도 사투리가 불쑥 튀어나와 화들짝 놀랍니다. 어릴 적 맛보았던 고들빼기와 파김치의 환상적인 조합, 꼬막무침, 서대회, '군평선이(금풍생어 金豊生魚)'의 맛은 또 어떻고요. 집 나간 며느리(일설엔 바람난 과부)도 돌아오게 만든다는 군평선이 굽는 냄새라니요! 맛으로 이름 난 다른 생선 '전어錢魚'와 비교하면?

"넌 좀 빠져 줄래?"

고향을 자주 방문하지는 못했어요. 몇 년 전 고향을 찾았을 때 터미널을 빠져나오며 들었던 왁자지껄한 사투리의 향연. 사투리는 참 이상해요. 얼굴을 보지 않고도 말하는 사람의 모습을 짐작할 수 있잖아요. 그런데 묘한 것은, 낯익은 말을 주고받는 사람들 틈에서 달콤한 고립감을 느꼈다는 것이지요. 석연치 않은 이질감도 함께였던 것 같아요. 그 낯섦의 발원지가 '바로 나'임을 깨닫는 데는 오랜 시간이 걸리지 않았답니다. 나의 옷자락에 잿빛 도시의 삭막함이 묻어왔던 것이어서요.

그곳에 닿고 싶습니다. 순천만 갈대숲에. 궁륭상의 물길이 바이올린의 몸체 같은 호선弧線을 그리고 바람이 말발굽 소리를 내며 얼굴을 때리는 곳. 갈댓잎이 제병 훈련 때처럼 일제히 모로 눕고, 새끼를 등에 태운 가창오리가 고난도의 자맥질을 하며, 흑두루미 떼가 놀란 듯 하늘로 날아오르는 곳. 갯벌에는 퉁방울 짱뚱어들이 무슨 일인가 싶어 잠망경처럼 눈을 내미는 곳. 천지간에 갈대 울음 가득한데 검붉은 낙조는 애잔하게 날개를 펼칠 거예요.

따지고 보면 우리가 고향을 절절히 그리는 것은 고향의 지리적 '풍경'을 그리워하는 것이 아니고 정지된 '시간'을 그리워하는 것인지도 모르겠군요. 고향은 시공을 초월한 대상물로서 마음속 상징물이죠. 그러니 고향은 어디에도 없고 어디에도 있는 것이지요. 보편적인 원형의 이미지로서 '어머니'에 버금가는 단어는 오직 '고향'이 있을 뿐인 것을. "그곳이 차마 꿈엔들 잊힐 리야~"

금강초롱꽃

박대문(2013. 8. 25)

막바지 무더위의 따가운 햇살 아래 가을꽃이 선보이기 시작합니다. 오대산 상왕봉 능선에서 만난 금강초롱꽃! 금강산에서 처음으로 발견된 청사초롱 같은 꽃이라서 금강초롱이라는 이름을 얻게 되었다고 합니다.

금강초롱꽃은 이 세상에 오직 1속 1종밖에 없는 한국 특산식물로서 전 세계에 자랑할 수 있는 우리 야생초입니다. 하지만 학명Hanabusaya asiatica Nakai을 보면 가슴 아픈 우리의 슬픈 역사가 배어 있는 꽃입니다.

'국제식물명명規약'에 따르면 학명 표기는 속명屬名＋종소명種小名＋명명자命名者가 원칙입니다. 規약대로라면 'Campanula koreana Nakai'가 되어야 할 학명입니다. 그런데 일제 강점기에 조선총독부에서 한국의 식물을 정리하고 소개한 일본 식물분류학자 나카이 다케노신中井猛之進 교수가 군 병력까지 동원하면서 자신의 식물 채집을 도와준 조선총독부에 보은하는 의미로, 조선총독부의 초대 공사 이름을 학명에다 집어넣은 것입니다. 하나부사 요시모토花房義質는 제물포조약을 강제 체결(1882)하여 이 땅에 일제 강점의 발판을 마련한 일본 정치외교관입니다.

속명에 하나부사Hanabusaya를 쓰다 보니 종소명에 '대한민국'이라는 koreana가 어색하여 '아시아 지역의 식물'이라는 asiatica라고 표기함에 따라 한국 특산의 흔적을 찾아볼 수 없는 학명이 되고 말았습니다.

천상의 고운 빛깔로 청사초롱에 꽃불 밝히는 금강초롱꽃! 슬픈 역사의 흔적을 아는지 모르는지? 오늘도 곱디고운 초롱꽃 불을 밝히는데 학명은 차치하고 우리말 꽃 이름조차 알지 못하는 요즈음 세대의 무관심이 한없이 안타깝습니다.

금강초롱꽃 ⓒ 박대문

혹부리오리 ⓒ 김태승

3
세계 속의
대한민국

김수종(2015. 12. 18)

'자원의 저주'란 말이 있습니다. 풍부한 지하자원이 축복이 아니라 되레 국가 경제를 파탄으로 몰고 갈 때 쓰이는 말입니다. 펑펑 쏟아지는 오일 달러를 미래를 위한 투자 재원으로 사용한 게 아니라 권력자의 대중 영합의 수단으로 낭비하다가 국민을 '공짜의 덫' 속으로 몰아넣는 경우입니다. 베네수엘라가 이런 나라가 아닌가 생각합니다.

최근 유가油價가 배럴당 30달러 대로 떨어졌습니다. 12월 초 빈에서 열린 석유수출국기구OPEC 회의에서 감산하지 않기로 결론이 나면서 일어난 일입니다. 작년 여름 유가가 100달러 대에 머물 때 50달러 이하로 떨어진다는 것은 상상할 수 없는 일이었습니다.

산유국들의 아우성이 세계 곳곳에서 터져 나오고 있습니다. 규모로 볼 때 가장 큰 피해자는 석유 수출량이 가장 많은 사우디와 러시아입니다. 사우디는 OPEC의 대장으로 석유 값의 변동에 전략적으로 대처해온 나라이고 러시아는 산업이 다변화된 나라여서 어렵지만 견딜 만한 힘이 있는 것 같습니다. 그러나 베네수엘라처럼 대책 없이 그날 나온 석유 수입으로 그날 먹고 살아온 산유국들은 그 통증이 더욱 심합니다. 사우디가 통원 치료가 가능한 나라라면 베네수엘라는 응급 환자라고 할 수 있습니다.

40년 전 이야기입니다. 1973년 석유파동으로 석유 값이 폭등하면서 베네수엘라의 석유 재정 수입이 네 배나 늘어났습니다. 그즈음 석유에 대해 다음과 같은 독한 논평을 내놓은 베네수엘라 사람이 있었습니다.

"지금으로부터 10년 후, 20년 후에 석유 때문에 우리 국민이 파멸에 이르는 것을 보게 될 것이다. …… 석유는 악마의 배설물이다."

이 말을 한 사람은 1959년부터 1963년까지 베네수엘라 민주 정부의 석유장관을 지낸 페레스 알폰소Perez Alfonzo였습니다. 그는 석유의 역사에서 볼 때 기억될 만할 인물입니다. 그는 석유 가격 카르텔 '석유수출국기구'의 씨앗을 뿌린 장본인입니다.

변호사였던 페레스 알폰소는 1947년 베네수엘라 역사상 첫 민주 정부의 개발장관이 됐습니다. 그러나 곧 군부 쿠데타로 투옥됐다가 미국으로 망명했습니다. 그는 워싱턴에서 망명 생활을 하며 세계 석유산업에 대한 연구를 하던 중 석유 자원의 보호와 석유 가격의 보장을 위한 산유국들 간의 연대를 구상하게 되었습니다.

그에게 기회가 왔습니다. 1959년 선거에 의한 민주 정부가 수립됐고, 로물로 베탄쿠르Rómulo Betancourt 대통령은 그를 불러들여 석유장관에 임명했습니다. 그는 1960년 미국과 메이저 석유회사들의 가격 통제에 반기를 들고 OPEC 창립 구상을 품고 당시 사우디의 석유장관 압둘라 카리키와 의기투합해 석유수출국기구를 설립했습니다.

40여 년 전 페레스 알폰소가 한 말은 오늘의 베네수엘라를 그대로 대변하는 명언이 됐습니다. 아마 그가 그런 예언자적 논평을 할 수 있었던 것은 조국 베네수엘라의 역사와 산업 그리고 정치·문화를 종합적으로 꿰뚫어볼 수 있었기 때문일 것입니다.

베네수엘라는 20세기 초까지 주요 작물의 변천에 따라 '코코아 국가', '커피 국가', '설탕 국가'로 불리는 가난한 농업국이었습니다. 이 나라의 운명이 바뀐 것은 1922년이었습니다. 1908년 이란에서 석유 시추에 성공했던 영국의 엔지니어 조지 레이놀즈George Reynolds가 마라카이보 평원에서 시추에 성공, 하루 10만 배럴이 쏟아지는 대박을 터뜨렸기 때문입니다.

베네수엘라는 땅에서 공짜로 쏟아지는 오일 달러로 일약 남미 대륙에서 1인당 국민소득이 제일 높은 나라로 부상했고 정치도 잘 돌아가는 듯했습니다. 그러나 잠시뿐이었습니다. 오일 달러는 흥청망청 낭비되었고 국민 생활은 피폐해지기 시작했습니다.

베네수엘라 경제가 쏟아지는 오일 달러를 건강하게 소화할 수 없었습니다. 임금과 물가는 치솟았고 베네수엘라 상품은 국제 경쟁력을 잃어 수출을 할 수 없게 됐습니다. 기업가 정신, 혁신 정신, 국민의 근면

성이 모두 파괴되어버렸습니다. 민간 부분이 한없이 축소되는 반면, 정부는 석유로 벌어들이는 돈을 갖고 계속 새로운 프로그램을 만들면서 재정 지출을 확대해나갔습니다. 그러나 이런 재정 운용은 석유 값이 올라가는 동안만 유지될 뿐 가격이 떨어지면 감당할 수 없습니다.

베네수엘라 대통령들 중에는 이런 고질병을 고쳐보려고 노력한 사람도 있지만 모두 실패했습니다. 국민이 이미 공짜 심리에서 헤어날 수 없었기 때문입니다. 어느 베네수엘라 대통령이 "멍청한 사람만이 세금을 내는 나라"라고 힐난했듯이, 경제는 오일 달러를 갖고 나눠먹는 판이 되었습니다. 20세기 후반 내내 정치는 쿠데타와 포퓰리즘에 의해 흔들렸습니다. 과거 여러 정부가 정부 재정 지출을 줄이는 정책 시도를 했지만 결국 정권의 붕괴로 끝나고 말았습니다.

이런 정치적 경제적 악순환의 와중에 1999년 권력을 잡은 것이 우고 차베스Hugo Chavez입니다. 사관학교 시절 체 게바라Che Guevara의 열렬한 신봉자였던 우고 차베스 대령은 1992년 봄 군부 쿠데타에 가담했다가 투옥됐지만 정권이 바뀌면서 석방되었습니다. 그는 총구가 아니라 투표를 통해 집권한 후 2013년 암으로 사망할 때까지 베네수엘라를 통치했습니다. 그는 삼권을 장악해서 반대파를 발붙이지 못하게 하는 철권 정치, 오일 달러를 풀어 가난한 사람에게 나눠주는 인기 영합의 복지 정책, 쿠바 등 남미 좌파 정권과 연합하여 서구 자본주의에 대항하는 반미 정책을 추구했습니다.

차베스가 장기 집권에 성공한 것은 두 개의 기둥에 의지해서였습니다. 집권 초반기는 그의 폭발적인 인기로, 후반기는 폭발적인 유가 상승으로 그는 국민의 환심을 살 수 있었습니다. 석유 시설 위주의 자본 집약적인 베네수엘라 경제는 고용을 거의 창출하지 못해서 빈곤층이 눈덩이처럼 늘어났지만 차베스는 이를 넘쳐나는 오일 달러로 그때그 때 땜질하는 복지 정책으로 대응했습니다. 민간 부분이 메말라버리고 재정에만 의존하는, 소위 서구 학자들이 말하는 전형적인 페트로 국가 Petro-state가 된 것입니다.

2013년 차베스 대통령이 사망하자 부통령이었던 니콜라스 마두로 Nicolas Maduro가 여당인 통합사회당 후보로 출마하여 대통령에 당선되었습니다. 당연히 마두로 대통령은 차베스의 사회주의 정책Chavismo을 계승했습니다.

그러나 지난 6일 치러진 베네수엘라 총선에서 집권당은 야당인 '민주연합'에 참패했습니다. 의석 중 거의 3분의 2를 야당에 내주었습니다. 선거의 패인은 두말할 것도 없이 경제 문제이고 그 직접적인 원인은 유가의 폭락으로 보입니다. 집권 당시 100달러에 머물던 유가가 계속 떨어지다가 선거를 앞두고 40달러 이하로 곤두박질쳤습니다. 국가 경제를 석유 수출에 의존하는 베네수엘라는 올해 물가가 159퍼센트 뛰었고 경제 성장률은 10퍼센트나 뒷걸음질을 쳤습니다. 아마 차베스가 살아 있었더라도 뾰족한 수가 없었을 것입니다.

세계는 야당의 선거 승리로 민주주의 승리라든지 또는 우파의 승리로 친서방적이 될 것이라는 데 더 관심을 가질 것입니다. 그러나 정작 베네수엘라 국민은 혼돈의 강가에 서 있을 것입니다. 정부는 차베스주의자들이 장악하고 있는 반면, 의회는 그동안 차베스의 철권 정치에 의해 탄압받던 야당 세력이 장악했습니다. 국가의 버팀목인 유가는 폭락했고 다시 더 떨어질지 모릅니다. 보나마나 정치는 살얼음판이고 국민 생활은 당분간 곤궁에서 빠져나올 수 없을 것입니다.

카리브 해와 아마존 열대우림 사이에 위치한 베네수엘라는 남한의 9배나 되는 넓은 국토에 인구가 3천만 명이 사는 나라입니다. 지난 세기 한국인들의 눈에는 남미 국가들 중 정말 돋보이는 나라였습니다. 바로 석유 자원을 가졌기 때문이었습니다. 그러나 지금 베네수엘라는 '석유의 저주'에 빠져 있습니다. "석유는 악마의 배설물"이라는 페레스 알폰소의 말이 실감을 더합니다.

인간은 환경에 적응하며 살아갑니다. 나라마다 사람이 사는 환경은 다릅니다. 남미 사람들은 낙천적이라고 합니다. 그래서 가난한 삶이 우리가 생각하는 것만큼 불행으로 느껴지지 않을지 모릅니다. 다만 좋은 자원을 갖고 미래를 준비하며 사는 지혜를 아직 찾지 못한 베네수엘라 국민의 처지가 아쉬울 뿐입니다.

마르지 않는 붓

정달호(2015. 6. 17)

　　　　　　　　제법 된 일이지만 새뮤얼 헌팅턴 Samuel Huntington 교수의 책 《문명의 충돌Clash of Civilizations》이 나온 다음 이 책의 논지論旨를 둘러싸고 많은 담론이 있었습니다. 헌팅턴 교수는 《변화하는 사회에서의 정치 질서》, 《제3의 물결—20세기 후반의 민주화》 등 저작을 낼 때마다 많은 논란을 야기한 것으로도 유명하며, 시대를 앞선 탁월한 정치이론가로 세계적으로 알아주는 석학입니다. 이분은 그 책에서, 앞으로 전쟁이 나면 문명의 불연속선fault line을 따라 일어날 것이라고 갈파하였습니다.

　그의 논지에 대해 반론을 편 사람들은 서로 다른 문명은 상호 수용과 조화를 통해 충돌보다는 화합으로 간다고 하면서 맞섰습니다. 거대한 담론을 이 한두 마디로 단순화할 수는 없지만 무릇 이론이란 현실을 잘 설명하는 데에 그 의의와 가치가 있다고 할 것입니다. 그 책이 1997년에 출간되었는데 그 후 불과 4년 후에 미 본토와 전 세계를 미증유未曾有의 대충격으로 몰아넣었던 9·11 테러가 일어났습니다. 9·11 테러는 전통적 의미의 전쟁이 아니었다 하더라도 서양 문명에 대한 이슬람 일부 세력의 정면 공격으로 볼 수 있습니다.

헌팅턴 교수의 문명 지도는 대략 종교를 기반으로 하여 기독교 문명, 이슬람 문명, 불교 문명, 힌두 문명, 유교 문명을 포함하는 10여 개의 문명권으로 나누고 있습니다. 아시아에서 우리나라는 유교 전통을 공유한다는 점에서 중국 문명의 일부로 돼 있는 반면 일본은 신도神道라는 독특한 믿음 체계를 가졌다고 해서 별도의 문명으로 분류되고 있습니다. 이런 분류가 타당성을 가지는 것인지를 따지는 것은 문명론자들의 몫이겠지만 정치학자의 이론적 근거로서는 상당히 유효한 것으로 보입니다. 저는 그 책이 나오기 전 그의 논문, 〈문명의 충돌〉(포린 어페어즈Foreign Affairs 수록)을 읽고 수긍되는 바가 컸으며, 마침 그 책이 나온 지 몇 주 되지 않아 그 노교수가 하버드 대학교의 어떤 세미나에서 자기 책에 관한 강연을 한 자리에 저도 참석하여 토론에 참여했던 기억이 생생합니다.

역사에서 획을 긋는 전쟁들이 종교를 위요圍繞하고 일어난 예가 많듯이 현대의 많은 분쟁도 종교에서 연유하는 경우가 많습니다. 어쩌면 종교가 빚어내는 갈등과 마찰이 모든 전쟁의 뿌리가 아닌가 싶을 정도로 종교는 그 본연의 역할을 넘어 부정적인 여파도 만들어내는 것 같습니다(움베르트 에코는 유일신 종교들이, 많은 전쟁과 테러의 진원지라는 대담한 발언을 하기도 했음). 지금도 중동에서는 종교의 이름하에 무참한 전쟁과 대량 테러가 기승을 부리고 있습니다. 유럽의 주요 도시들을 휩쓸고 있는 이슬람 테러는 여전히 세계인의 공포와 경계의 대상이 되고 있습니다. 우리는 이슬람이라고 흔히 말하지만 사실 이슬람이라고 다 같지는 않습니다. 온건한 이슬람은 종교 활동에만 충실하여 이런 파괴적인 행동에 나서지 않는 것으로 압니다. 이슬람 중 극단적 교파인 원리주의fundamentalism, integralism 종파가 이런 야만적인 전쟁과 비문명적 테러를 자행하는 것으로 보입니다.

과거 식민지를 경영했던 유럽 상당수의 나라에서는 지금 이 순간에도 다른 형태의 새로운 문화 전쟁이 벌어지고 있습니다. 이 전쟁은 오히려 서구 국가들의 당국이 촉발하는 측면이 있는 것으로 보입니다. 프랑스와 벨기에가 공공장소에서 이슬람 여성이 착용하는 일체의 종교적 복식을 법으로 금지하자 이슬람교도를 비롯하여 이에 반발하는 측에서는 이러한 조치를 종교적 차별 내지는 인종주의로 받아들이면서 강력히 대응하고 있습니다. 이들 사회에서는 이 문제로 인한 잠재적, 현재적顯在的 긴장이 날로 고조되고 있습니다. 헌팅턴 교수를 원용援用한다면, 이런 문화 전쟁도 그 사회 저변에 깔린 어떤 불연속선을 가로지르면서 일어난다고 할 수 있겠습니다.

공공장소에서 이슬람 상징물 착용 금지를 가장 먼저, 가장 강하게 밀어붙이고 있는 프랑스는 그 근거로 헌법상의 정교분리laicite와 시민 안전(남성 범죄자가 전신을 가리는 여성 복장인 부르카를 입고 범행을 한 예가 있음)을 내세웁니다. 정교분리라는 거창한 말보다, 교회 바깥의 공공 영역, 특히 학교와 같은 교육 시설에서는 종교적 색채를 드러내지 않아야 한다는 그들 나름의 역사적 전통으로 이해하는 게 나을 듯합니다. 부르카, 차도르, 니캅, 히잡(인도네시아에서는 뚜둥이라 부름) 등 이슬람 여성의 복식을 금지하는 것은 이 두 나라뿐 아니라 영국 일각에서도 유사한 움직임이 있으며 중국 신장의 우루무치에서도 비슷한 금지령이 내려져 있다고 합니다.

이슬람 쪽에서는 기독교의 상징인 십자가가 달린 목걸이는 왜 허용되느냐고 반문합니다. 이에 대해 금지 찬성론자들은 그것은 이미 그들 사회의 문화가 되어 있기 때문이라고 대응합니다. 그렇다면 복식에 대한 이러한 갈등은 결국 문화적 갈등이며 바꾸어 말하면 문명의 충돌이라고 할 수 있습니다. 프랑스를 비롯하여 이슬람교도의 인구 비중이 높은 나라(프랑스는 6~10퍼센트가 이슬람임)에서는 자기들의 고유문화가 이슬람 문화에 의해 퇴색, 변질되는 것을 막고자 하는 의도가 깔려 있는 것으로 보입니다. 그만큼 문화적 위협을 느끼고 있다는 것을 말하는 것이라 하겠습니다.

이슬람권에서 6년 가까이 보낸 제 나름의 관찰은, 서구와 이슬람의 문화적 갈등의 중심에는 여성 내지는 여성 인권의 억압이라는 중대한 주제가 자리 잡고 있는 것으로 보입니다. 서구 문명으로서는 이슬람권에서 당연시되는 여성 억압의 문화를 받아들일 수가 없다는 것이지요. 여성의 머리를 완전히 가리는 히잡이나 전신을 가리는 부르카(눈만 망사로 가리고 머리에서 발끝까지 검은 천으로 가리는 복장) 등을, 다만 종교적 상징이 아니라 남성 위주의 이슬람 문화에서 여성을 억압하고 여성의 인권을 제약하는 관습적 장치로 본다는 것입니다.

헌팅턴의 저서 《문명의 충돌》이 많은 논란을 야기하였지만 저는 기본적으로 그의 이론에 공감하는 편입니다. 오늘날 대량 테러의 문제, 이슬람 상징물 착용을 둘러싼 갈등의 문제 등을 이해하는 데도 좋은 분석의 틀이 되기 때문입니다. 정치학자의 분석을 바탕으로 하여, 인류는 문명의 충돌에서 비롯한 갈등을 당연시할 게 아니라 이를 해소해 나가는 데에 지혜를 모아야 할 것입니다. 우리나라는 불교, 유교, 기독교, 나아가 이슬람교까지 수용하여 종교 간 상생의 문화를 정착시켜온 드문 나라 중 하나입니다. 우리의 종교적 관용과 평화의 전통이 이런 인류적 노력에 큰 몫을 할 수 있기를 기대해봅니다.

문화라 팔 수 없었다

이성낙(2016. 5. 16)

필자에게는 '문화 정책' 하면 떠오르는 걸출한 인물이 있습니다. 다름 아닌 1960년대에 프랑스 문화를 크게 융성시킨 앙드레 말로André Malraux입니다. 그런데 얼마 전 한 특정 문화 정책 입안자의 영향력을 훌쩍 넘어 한 사회가 문화우선주의에 공감대를 형성한 결과를 확인하는 특별한 자리가 있었습니다.

지난달 독일연방 상원의장 겸 작센Sachsen 주 총리인 슈타니슬라브 틸리히Stanislaw Tillich의 한국 방문에 맞춰 독일 대사관저에서 롤프 마파엘Rolf Mafael 주한 독일 대사가 주최한 환영 리셉션이 있었습니다. 그 자리에서 인사말을 하던 중 틸리히 상원의장이 작센 주에서 가져온 샴페인으로 건배를 제의하며 이렇게 말했습니다. "독일 통일 후 옛 동독 작센 주의 수많은 기업을 민영화하면서 두 곳을 제외했는데, 그중 하나가 '와인 재배 기업Winzer'입니다." 요컨대 독일 회사의 샴페인으로 건배하며 홍보를 살짝 곁들인 것입니다.

인사말이 끝난 후 필자는 틸리히 상원의장에게 물었습니다. "두 개의 기업을 민영화하지 않았다고 하셨는데 다른 하나는 어떤 기업입니까?" 그러자 상원의장의 입에서 '마이센 도자기Meissen Porzellan'라는 대답이 나왔습니다. 별로 놀라울 것도 없는 얘기였습니다. 그런데 필자가 무심코 왜 '마이센 도자기'냐고 묻자 의외의 대답이 나왔습니다. "지난 300여 년간 작센 주민과 함께해온 문화라 팔 수 없었죠." 무척이나 자랑스럽게 말하는 그 얘기를 듣는 순간, 필자는 소름이 돋을 만큼 깜짝 놀랐습니다. 문화를 사랑하는 그의 당당하고 순박한 마음이 그대로 전해졌기 때문입니다(주해: 마이센 도자기는 1710년 작센의 드레스덴에서 시작되었다).

잠시 후, 필자는 수행한 디르크 힐베르트Dirk Hilbert 드레스덴 시장에게 '와인 재배 기업'은 왜 매각 대상에서 제외했는지 물었습니다. 그런데 이번에도 허를 찌르는 대답이 나왔습니다. "와인 재배 지역이 비교적 높은 구릉지대에 있는데, 그 아름다운 자연 경관을 팔 수는 없었죠." 요컨대 아무리 뛰어난 자연 경관도 개인 소유가 되면 결국 파괴될 가능성을 배제할 수 없다는 얘기였습니다. 몇몇 사람이 문화 정책을 세우고 구호를 외친다고 해서 문화가 융성해질 수 없다는 생생한 교훈을 느낀 자리였습니다.

두 분의 얘기를 듣고 몇 년 전 독일 박물관 안내 서적을 읽다가 "매년 1억 명Über 100 Millionen Menschen이 넘는 관람객이 독일 내 박물관을 방문한다"(Museumfuehrer, Die Zeit, 2010)는 구절을 본 기억이 났습니다. 놀라우면서도 한편으론 왠지 실감이 나지 않던 내용이었습니다. '박물관과 각종 미술 전시회를 방문하는 사람이 한 해에 무려 1억 명 이상이라고?' 우리네 현실과는 거리가 멀어도 너무 멀어 혹시라도 필자의 셈법이 틀렸나 싶어 문장을 다시 챙겨보기까지 했습니다.

안내 책자를 쓴 한노 라우테르베르크Hanno Rauterberg는 이렇게 덧붙였습니다. "이제는 축구장을 찾는 사람보다 전시회를 찾는 사람들이 더 많아졌다. 박물관이 이 시대의 교육과 누림Genuss의 매체가 되었다." 우리가 조용히 반추하고 또 반추해야 할 대목이 아닌가 싶습니다.

오래전 필자는 남부 독일 뮌헨에서 단체로 밤새 버스를 타고 파리에서 열린 '피카소의 전시'를 찾아간 적이 있습니다. 독일이 자랑하는 알브레히트 뒤러Albrecht Dürer 탄생 500주년을 기리는 뉘른베르크Nürnberg 전시회를 찾아간 기억도 있습니다. 그리고 뮌헨에서 열린 프리덴슈라이히 훈데르트바서Friedensreich Hundertwasser 전시회를 보기 위해 북독일에서 온 친구와 함께 두 시간 넘게 줄을 서서 전시장에 입장하기도 했습니다. 독일에서는 이처럼 문화 행사에 적극 참여하는 사회 정서가 있었습니다.

그러니 박물관이나 미술관 방문자 수가 연간 1억 명이 넘는다는 통계 수치가 결코 과장은 아닐 것입니다. 더욱이 약 6,000개에 크고 작은 미술관 또는 박물관이 독일 전역에 널려 있다는 사실을 감안하면 충분히 수긍할 만한 수치입니다.

그렇다면 이 엄청난 수치가 함축하고 있는 뜻은 무엇일까? 그건 사회 전체가 문화예술을 국가 동력 산업으로 육성해야 한다는 공감대를 가져야만 그와 같은 결과를 달성할 수 있다는 것입니다.

여기서 필자는 다시금 20세기 프랑스 문화 정책에 큰 획을 그은 앙드레 말로를 떠올리지 않을 수 없습니다. 문화부 장관을 역임한 말로는 일찍이 1933년《인간의 조건》이란 작품을 발표하며 일약 '행동하는 사상가'로 부상해 많은 일화를 남긴 인물이기도 합니다. 특히 문화부 장관 시절 샤를 드골Charles de Gaulle 대통령과의 일화는 유명합니다. "이웃 나라 독일의 아우토반처럼 프랑스도 고속도로를 건설해야 하지 않겠소?" 드골 대통령의 말에 말로는 기다렸다는 듯이 이렇게 대답했습니다. "25킬로미터의 고속도로 건설비를 들여 곳곳에 문화회관을 지으면 프랑스는 10년 내에 세계에서 첫째가는 문화국이 될 수 있을 것입니다." 드골 대통령이 고개를 끄떡이며 말로의 의견에 동의한 것은 물론입니다.

그 후 앙드레 말로는 소신대로 지방 곳곳에 문화 전당을 세우며 프랑스를 자신이 꿈꾼 문화 강국으로 이끈 결과, 프랑스에서 가장 존경받는 인물로 우뚝 섰습니다.

이와 관련해 우리의 현실을 돌이켜보지 않을 수 없습니다. 오늘날 우리나라 예술가들은 세계 여러 문화예술 현장에서 뛰어난 활약을 하고 있습니다. 그러나 이는 국가 차원의 정책적 배려에 힘입어 그렇게 되었다기보다 예술가 개개인의 눈물 나는 노력과 희생의 결과라는 점을 묵과해서는 안 됩니다. 이것이 아쉽고 서글픈 우리의 현실입니다.

많이 늦었지만 이제라도 우리 정치인의 입에서 "문화라 팔 수 없었다"는 말이 자연스레 나올 수 있으면 좋겠습니다. 이런 정신이 우리 눈앞에 아주 다른 세상을 펼쳐 보일 것입니다.

싱가포르에서의
껌 씹는 자유

허영섭(2015. 4. 1)

        싱가포르 사람들이 스스로를 지칭하는 표현 가운데 하나가 'Fine Country'입니다. 말 그대로 '좋은 나라'라는 뜻이겠지만 '벌금罰金 국가'라는 자조적인 의미도 강하다고 하지요. 길가에 휴지를 버리거나, 침을 뱉거나 할 경우 여지없이 딱지를 떼일 만큼 규율이 엄격하기 때문이라고 합니다. 심지어 지하철에서 음식을 먹거나 공공 화장실에서 용변 뒤에 물을 내리지 않아도 벌금 적용 대상에 포함된다고 하니 말입니다.

  건물 내 금연에서도 마찬가지입니다. 벽마다 붙어 있는 경고판에는 'No Smoking'이라는 문구에 '법에 의해 금지된다prohibited by law'는 표현이 따라 붙습니다. 세계적으로 담배 그림에 대각선의 빨간 줄 경고판이 보통이지만 싱가포르에서는 제재가 한층 철저하다는 사실을 말해줍니다. 거리 곳곳에 감시 카메라가 설치되어 있어 낭만적인 일탈조차 허용되지 않는 만큼 통제된 분위기에 대한 집단적인 반발 심리를 이해할 만합니다.

리콴유李光耀 전 총리가 타계하면서 이러한 사회 규율이 어떻게 바뀔지 관심이 쏠리고 있습니다. 작은 신생 도시국가를 '일류 국가'로 일으켜 세운 그를 '국부國父'로 추앙하고 있으면서도 그가 남긴 정치·사회적 유산을 어떻게 이끌어가야 할 것인지에 대한 재평가 움직임이 엿보이고 있기 때문입니다. 1인당 국내총생산GDP이 5만 6,000달러에 이르면서도 일탈의 여지가 없는 빡빡한 생활에 대해서는 은근히 불만을 표시하는 그들입니다.

이러한 제재 대상 가운데 하나가 길거리에서 껌을 씹는 것입니다. 껌을 씹다가 함부로 버리게 되면 길거리가 껌 자국으로 지저분해진다는 이유로 껌 수입과 판매가 법으로 금지되고 있습니다. 껌을 씹다가 적발될 경우 쓰레기 투기와 같은 기준에 따라 1,000SGD(싱가포르 달러), 그러니까 우리 돈으로 대략 80만 원 정도의 벌금을 내야만 합니다. 껌 조각의 단물을 빨려면 엄청난 대가를 지불해야 한다는 얘기입니다.

물론 껌을 씹는 자체가 불법은 아닙니다. 껌의 수입이 금지되어 있으므로 개인 반입도 덩달아 금지되어 있는 셈입니다. 잇몸 건강 등의 이유로 껌을 꼭 씹어야 하는 경우에는 치과의사 처방을 받아 약국에서 살 수 있다는 예외 조항이 있다고는 하지만 그렇게까지 해야 한다는 사실에 넌더리를 칠 수밖에 없을 것입니다. 그나마도 미국과의 자유무역협정FTA에 따라 지난 2004년부터 무설탕 껌에 대한 수입이 허가된 결과입니다.

좀 더 정확히 말하자면, 껌의 수입 및 판매 금지는 리콴유의 결정은 아니었습니다. 그의 뒤를 이은 고촉통吳作棟 총리가 1992년 내린 결정입니다. 하지만 리콴유가 진작부터 '깨끗한 싱가포르' 정책을 추진해 왔다는 점에서 같은 맥락으로 바라보는 것이 타당합니다. 리콴유는 평소 "수도꼭지가 새고 수세식 변기가 제대로 움직이지 않거나 정원 잔디밭이 너저분한 것은 나라가 부패했다는 증거"라고까지 강조했습니다.

가지런한 사회 환경이 국가 전체의 청렴도나 건실함으로 연결된다고 간주했던 것입니다. 따라서 이를 위해서는 국민들을 앞서서 이끌어야 하며, 정부 방침을 따르지 않으려는 사람들에 대해서는 과도한 벌금을 매겨서라도 억지로나마 따라오게 만들어야 한다는 게 리콴유의 개인적인 신념이었습니다. 바로 그러한 연결선 위에서 법질서 확립 정책이 추진됐고 공직사회의 부정부패가 척결되었습니다.

그렇다면, 이제 싱가포르 길거리에서 다시 껌을 씹을 수 있도록 허용될 수 있을까요. 지금껏 싱가포르가 고속 성장을 이루는 과정에서 드러난 여러 문제점을 고쳐야 한다는 의견이 대두되면서 엄격한 벌금 제도의 완화 필요성이 제기되고 있고, 그 하나로 이 문제가 주목을 받고 있는 것입니다. 더욱이 최근의 불경기로 미래에 대한 불안감이 증폭되면서 기존 질서에 대한 반발감도 함께 커지고 있다는 사실을 간과

할 수는 없습니다.

하지만 역사적인 경험으로 미루어 하나의 제재가 풀어질 경우 그것으로 그치는 경우는 별로 없었다는 것이 문제입니다. 가령, 껌의 수입과 판매를 떠나서도 쓰레기 투기나 흡연 규제 등 어느 하나의 제재가 느슨해진다면 끝내 연쇄적인 도미노 현상으로 싱가포르 사회를 지탱해 왔던 기존 체제의 전면적인 붕괴로 이어질 가능성이 적지 않습니다. '리콴유 이후'의 싱가포르가 당면한 문제는 껌을 씹도록 허용하느냐 하는 단편적인 문제에 그치지 않는다는 얘기입니다.

더욱 중요한 것은 특별한 부존자원도 없는 싱가포르가 지금처럼 세계적인 부국으로 발돋움할 수 있게 된 비결이 개인들의 사소한 일탈행위에도 엄격한 원칙을 들이댄 데 있었다는 사실입니다. 1965년 독립 당시 마실 물조차 변변찮아 말레이시아에서 공급받아야 했던 처지에서 지금은 아무 수도꼭지에서나 물을 받아 그대로 마실 수 있게 된 것이 거리에 쓰레기를 함부로 버리지 못하도록 다스린 강력한 리더십에 있었음을 기억해야 합니다.

앞으로 싱가포르 사회가 어떻게 변화해갈 것인지는 순전히 싱가포르 국민들이 자율적으로 선택할 문제입니다. 그러나 길거리에 휴지나 담배꽁초를 버릴 경우의 제재가 풀어진다면 현재 싱가포르가 누리고 있는 국제적인 위상을 곧바로 반납해야 한다는 사실을 깨달아야 합니다. 지금 정책에 답답함을 느낀 나머지 완화 정책을 선호한다면 결국에는 좁은 길거리에 가래침을 마구 뱉어도 거의 손을 쓰지 못하는 지경에 이를 수도 있다는 것입니다.

달리 표현해서, 휴지를 길거리에 버려도 제재를 받지 않는 사회가
바람직하거나 자유로운 사회도 아닙니다. 오히려 법질서를 지킨다고
하면서도 지도층부터 법규를 제멋대로 무시하는 사회가 문제입니다.
사회 질서가 그런 식으로 망가진 다음 다시 리콴유의 리더십을 갈망한
다 해도 그때는 이미 버스가 지나간 다음이겠지요. 싱가포르에서 껌
씹는 문제를 포함해 벌금 정책이 어떻게 논의될 것인지에 관심이 쏠리
는 이유입니다.

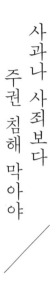

사과나 사죄보다
주권 침해 막아야

정달호(2015. 9. 10)

광복 70주년을 맞은 우리는 통일이
되어야 완전한 광복光復이라고 말합니다. 국어사전에 광복은 '잃었던
나라와 주권을 되찾음'으로 정의돼 있습니다. 우리는 1945년 일본의
항복과 함께 잃었던 나라를 되찾았고 이어 우리의 주권을 회복하였습
니다. 남북통일이 되어 남과 북이 하나로 다시 나야 진정한 광복이라
고 하는 데에 이의를 달 수 없습니다. 그러나 그 이전에 우리의 주권이
온전히 지켜지고 있는가에 대해 한번 생각해보지 않을 수 없습니다.

광복 70주년은 한일 수교조약 체결 50주년이기도 합니다. 이런 특
별한 계기를 맞아 우리는 냉랭한 한일관계 복원에 대한 기대에서 일본
측이 위안부 문제를 비롯한 잘못된 과거사에 대해 사과하고 사죄하기

마르지 않는 붓

를 바라왔습니다. 일본 말을 몰라서 확실하게 말할 수는 없지만 일본인들은 '반성反省'이나 일본어로 '오와비おわび, お詫(び)'란 말을 쓰지, 한자로 '사죄謝罪'란 말은 쓰지 않은 것으로 압니다. 우리는 상대방이 반성하면서 책임을 인정한다는 정도의 사과 표시에 대해서도 이를 굳이 사죄로 부풀려 해석함으로써 상한 마음을 달래려고 하지 않나 싶습니다.

일본으로부터 침략과 가혹한 식민 지배에 대해 사과나 사죄를 받는 일이 중요한 일이기는 하나 거기에 매달리다 보면 본질을 놓칠 수 있다고 봅니다. 국가 간의 관계에 있어 결국에는 명분보다 실질이 중요하기 때문입니다. 독도 문제를 놓고 보더라도, 일본의 독도 영유권 주장은 침략적 의도의 발로임을 알 수 있습니다. 일본의 고유 영토라고 배우고 있는 젊은 세대라면 모를까 일본 정부 당국자들은 독도가 자기들의 영토가 아님을 알면서도 그렇게 주장해오는 것으로 봅니다. 역사를 바로 아는, 양심적인 사람이라면 이런 무리한 주장을 할 수 없을 것입니다. 독도 영유권에 대한 일본 당국의 태도가 우리 주권에 대한 침해가 아니고 무엇이겠습니까? 그들은 말로만 주장하는 것에 그치지 않습니다. 사나흘에 한번 꼴로 관공선을 독도 주변 해역에 보냄으로써 언젠가는 독도를 손에 넣겠다는 의도를 드러내고 있는 것입니다.

우리의 광복에 손상을 주는 도발과 도전을 놔두고 사과나 사죄를 받는 게 무슨 큰 의미가 있겠습니까? 물론, 역사에 대한 인식을 바르게 하여 미래에 이런 일이 다시 일어나지 않도록 한다는 것의 의미가 결코 작다고는 할 수 없습니다. 잘못된 역사 인식에 대해서는 문제가 생길 때마다 바로바로 제기하여 시정을 요구하는 게 맞습니다.

그런데 지금 한일 간 역사 인식의 문제는 어떻게 되고 있습니까? 한일 수교협정 체결 50주년을 찍은 지난 6월 22일 양국 지도자가 각각 상대국 대사관이 주최한 기념행사에 참석하여 모처럼 선린의 분위기가 조성되는 듯했습니다. 한순간의 훈훈한 분위기는 뒤 이은 소위 종전 70주년 담화로 다시 차가워지고 말았습니다. 아베 총리는 조선 식민 지배에 대한 일언반구의 언급도 없이 태평양 전쟁을 일으킨 데 대해 후세들이 더 이상 사과할 필요가 없도록 해야 한다는 식으로 말하였습니다. 일본의 후세들이 선조들이 벌인 과거의 잘못에 얽매어 주눅들 필요가 없다는 취지겠지만 뒤집어보면 한국에 대한 식민 지배나 과거의 전쟁 도발이 그리 잘못된 것이 아니라는 속내를 드러낸 것에 다름 아닐 것입니다.

이런 이웃에 대해 제대로 된 사과나 사죄를 바라는 것은 연목구어緣木求魚일 것입니다. 상대방으로서는 이런 우리의 헛된 기대를 오히려 우스꽝스럽게 생각할 수도 있습니다. 저는 위안부 문제를 비롯한 가혹한 식민 지배에 대해 일본 정부에 사과나 사죄를 요구하지 말자는 게 아닙니다. 다만 진심어린 사과, 진정한 사죄를 기대하지 말자는 것입니다. 쓸데없는 기대를 하면 그만큼 실의失意도 커서 순탄하게 해나가야 할 다른 일들을 그르칠 수 있기 때문입니다.

이미 지난 일이지만, 수교 50주년과 같은 큰 역사적 계기에는 사과, 사죄의 뜻을 표명하라고 상대방 총리의 입만 쳐다볼 것이 아니라 스스로 나서서 역사 인식을 포함한 현안에 대해 우리 입장을 분명하고 강하게 개진했어야 한다는 생각입니다. 우리는 사과, 사죄에 대한 기대로 지새다가 이런 중요한 일도 놓치고 말았습니다. 만일 그렇게 했더라면 일본이 종전 담화에서 과거사를 그렇게 허술하게 짚고 넘어갈 수는 없었을 것입니다. 담화 후에도 우리는 양국 간 역사 인식에 대한 단호한 입장을 내놓지 않았습니다. 그러니 아베 총리에게 역사 해석을 맡긴 결과가 되었다고 해도 할 말이 없게 된 것입니다.

우회적이기는 하지만 일본의 도발은 최근에도 있었습니다. 반기문 유엔 사무총장의 중국 항일전 승전 70주년 열병식 참석을 앞두고 일본 정부 대변인은 유엔 사무총장이 중립을 지켜야 하는 게 아니냐는 항의성 발언을 하였습니다. 이에 대해 엊그제 유엔 사무총장은 유엔은 중립을 추구하는 기구가 아니라 공정과 공평을 추구하는 기구라고 하면서 일본 측 주장을 일축하였습니다. 만일 유엔 사무총장이 한국인이 아니고 강대국이나 선진국 출신이었다면 일본이 이런 망언을 하였겠나, 생각해봅니다. 우리와 관련이 없는 일 같아도 깊숙이 들여다보면 일본은 여전히 한국과 한국인을 만만하게 여기고 있음을 알 수 있습니다. 이는 우리가 미적미적하는 식으로 대응해온 데도 그 이유가 있다고 하겠습니다.

양국 간의 큰 현안은 대략적으로 독도 문제, 위안부 문제, 교과서 문제, 야스쿠니 참배 문제, 야스쿠니 분사分司 문제 등입니다. 과거사 문제에 속하면서도 여태 제기 하지 않은 사안이 또 있습니다. 우리의 가슴을 저리게 하는 관동대지진 조선인 학살 사건입니다. 우리는 이에 대해서도 일본 측에 진상 조사를 요구해야 합니다. 당시 식민지였던 우리 영토 안에서 발생한 일뿐만 아니라 일본 영토와 관할지 내에서 일어났던 생체 실험 등 다른 가혹 행위에 대해서도 그 책임을 물어야 합니다. 위안부 문제에 대해 일본 정부의 책임 인정, 사죄, 배상을 요구한 것처럼 이들 문제에서도 분명하고 단호한 입장을 전달해야 합니다.

주권 침해, 인권 침해, 그리고 역사 인식의 문제에 있어서는 언제든 우리의 주장을 강하고 단호하게 내세워야 합니다. 역사 문제와 관련, 며칠 전 푸틴 러시아 대통령이 아베 담화의 러일전쟁 언급 부분에 대해 강력히 반발하면서 암묵적인 경고까지 준 일이 생각납니다. 외교에서는 문제 되는 사안에 대해 적시에 자국의 입장을 표명하는 것이 매우 중요하다는 것을 상기시켜주는 사례입니다. 독도와 같은 주권 침해적 도발에 대해서는 단호히 대처하되 미래에 있을 수도 있는 실제적 도발이나 침략에 대비한 외교적·군사적 대비책을 마련하는 일이 실로 중차대重且大합니다.

독도에 대한 도발을 외교적으로 막는 방법은 결자해지結者解之의 원칙에 따라 미국으로 하여금 해결을 돕도록 하는 것입니다. 미국이 샌프란시스코 강화 조약에서 일본이 반환해야 할 도서로, 제주도, 거문도, 울릉도와 함께 당초 원안대로 독도를 넣어 표기했더라면 지금과 같은 독도 문제는 생기지도 않았을 것입니다. 냉전에 대비한 미국의 전략 수행에 휘말린 독도의 영유권 시비는 원인 제공자인 미국이 나서서 해결하는 것이 당연한 데도 우리는 이 문제에 관련해 미국에 한마디도 못하고 있습니다. 진정한 동맹이란 무엇보다 동맹의 영토 이익을 지켜주는 것일진대, 이처럼 분명한 영유권 문제에서 어중간한 입장을

취함으로써 한국의 국익에 손상을 줄 뿐 아니라 스스로 추구해온 한·
미·일 삼각 공조를 더 어렵게 만들고 있는 것이 미국입니다.

　미국을 비롯한 어떤 상대국과도 마찬가지지만, 한일 관계도 따질 것
은 따지고 일상적인 비즈니스는 비즈니스로 그대로 계속하여야 합니
다. 밉다고 외면할 수 없는 게 이웃 나라입니다. 이에 관해서는 중국을
본받을 만합니다. 중국은 일본에 대해 역사 문제에서는 최대한 엄중한
입장을 취하고, 그때그때 각인시킴으로써 일본이 역사 왜곡을 하지 못
하도록 압박을 해나갑니다. 그런 한편 정상회담이든 실무회담이든, 필
요한 일상적인 일은 그대로 해나가는 것입니다. 우리 외교도 원칙과
신뢰를 바탕으로 하되 이처럼 성숙한 모습을 갖추도록 노력함이 절실
하다 하겠습니다. 그리하여 우리 스스로 이룬 진정한 광복을 후대에
물려줘야 합니다.

일본의 사과와 반성

황경춘(2008. 1. 28)

　　　　　　　"도대체 언제까지, 그리고 얼마나 사
과해야 합니까? 이렇게 나가다간 우리 두 나라 사이 외교엔 진전이 있
을 수 없잖아요."

　필자가 알고 있는 일본인 특파원 K씨의 지론이며 푸념입니다. 20년
이상 서울에 주재하며 그것도 서울에서의 근무를 자원해 소속 신문사
를 바꿔가며 일하고 있는 좀 괴짜인, 말하자면 친한파는 아니지만 지
한파임을 자타가 공인하고 우리말로 인터뷰를 진행할 수 있을 정도로
한국어에도 능한 그지만 소속사의 성향대로 이념적으론 좀 우파에 가
까운 전형적인 보수주의자입니다.

　그러나 그는 우리 정부나 국민이 원하고 있는 일본의 '진솔한 사과

와 반성'을 헛짚고 있는 것입니다. 우리나 우리 정부는 일본에 새로운 총리가 들어설 때마다 혹은 정부를 대표하는 관리가 올 때마다 사과하라는 것은 결코 아닙니다. 일부 일본인이 비아냥하듯 만날 때마다 사과받으려는 것은 결코 아닌 것입니다.

우리가 원하는 것은 그들이 진정으로 과거 제국주의 시절의 잘못을 사과·반성하고 여기에 이러쿵저러쿵 토를 달지 않기를 원하는 것입니다. 나중에 당사자가 말을 바꾸어 변명조의 발언을 한다는 것이 아니라 뒤에서 정부 의견을 대변할 만한 위치에 있는 인물이 딴전을 부리는 것을 말합니다. 이것이 광복 이후 한일 관계에 있어 몇 차례 외교상의 위기를 초래했던 우리의 경험입니다.

예를 들자면 20세기 초의 국제 조류가 어쨌다느니, 일본의 강점이 없었더라도 그 당시 주변 열강의 어느 한 나라가 반드시 일본과 똑같이 나라 강탈을 했을 거다, 혹은 일본 통치하에서 철도·항만·교육시설 등 사회 발전에 도움이 된 일면도 있지 않았느냐 등등의 군소리 말입니다.

심지어는 당시 정부나 국민 일부가 원했기 때문에 합병한 것이라고 강변한 자도 있었는가 하면 2~3년 전에는 다음 총리 자리를 탐내고 있는 고관이 대학 강연에서 "한국민의 창씨개명도 그들이 원했기 때문에 일본 정부가 응해준 것"이라는 망언을 한 것이 알려지자 급히 발언을 취소하는 소동까지 벌인 일이 있었습니다.

요는 속 다르고 겉 다른 이중인격적인 행위를 그만두고 성실한 사과와 반성을 하라는 것이 우리 입장입니다. 일본인 사이에도 그렇게 생각하는 사람이 꽤 많다는 것을 그들과 접촉하면서 느끼는 것은 필자 혼자만은 아닐 것입니다.

지난해 10월 초, 노인학의 권위자이자 96세의 고령에도 현역 의사로 활동하는 히노하라 시게아키日野原重明 박사가 서울에 와 강연을 했습니다. 그가 모두에서 발언할 한국 국민에 대한 과거사 사과문을 이렇게 하면 어떠냐고 그의 측근 한 사람이 초안을 내게 보여주며 의견을 물었습니다. 아주 간결하면서도 성의 있게 보이는 글에 나는 찬성하고, 요는 여기에 다른 군말을 붙이지 않으면 된다고 덧붙였습니다.

얼마 전 이명박 대통령 당선인이 외신 기자회견에서 일본에 사과나 반성을 요구할 생각은 없다고 말했다는 것이 간략하게 배경 설명 없이 보도되었습니다. 아니나 다를까, 반대편 정당들의 반향이 곱지 않았으며 어떤 당에서는 이명박의 정체성이 드러났다는 말까지 했습니다. 신문보도에도 잘못이 있었습니다.

바로 다음 날 일본에 있는 일본인 친구가 이 발언을 환영한다며 앞서 말한 K 지국장이 쓴 신문 기사를 메일로 보내왔습니다. 거기에는 필자가 본 우리 신문에는 없었던 설명도 있어 당선인의 발언을 이해할 수 있었습니다.

당선인은 과거 일본의 사죄·반성이 형식적이어서 한국 국민에게 별 감동을 주지 못했다고 전제하고, "나로선 성숙한 양국 관계를 위하여 사죄나 반성은 요구하지 않겠다. 일본도 그런 요구가 없어도 그런 이야기를 할 수 있을 정도의 성숙한 외교를 할 것이라고 본다"고 일침을 놓으며 점잖게 말한 것입니다. 자기가 말하는 실용주의는 대일 외교에 있어서도 그런 형식적인 것은 그만두고 실질적으로 잘 해나가자는 것이라고도 했습니다.

당선인의 '정체성'까지 들먹이며 비난하던 측도 이 발언에 대해 다시 한일 관계를 뒤흔들 정도로 흥분하지는 않고 일단은 추이를 관망하는 듯, 이 사과 문제는 더 이상 확대되지 않고 있으니 그나마 다행이라 하겠습니다.

글렌데일의 위안부 소녀상

이성낙(2014. 1. 22)

　　　　LA 여행 계획이 잡히면서 글렌데일 Glendale을 꼭 찾아가야겠다고 마음먹었습니다. 이웃 도시 패서디나 Pasadena에는 이름난 헌팅턴Huntington 미술관이 자리하고 있습니다(공식 명칭은 Huntington Library). 15~18세기 프랑스·영국 풍경화와 함께 많은 고서와 초상화는 물론 근대 미국 작가의 작품도 만날 수 있어 기회가 될 때마다 들르곤 했습니다. 그러나 인근 도시 글렌데일에는 발길을 옮기지 않았습니다. 하지만 우리 교민이 많이 사는 미국 서부와 동부, 남부 지역의 여타 도시도 아니고 왜 글렌데일에 '위안부 소녀상'이 세워져 있을까 하는 의문은 늘 가슴 한구석에 자리 잡고 있었기 때문입니다. 서울 종로구 중학동 일본대사관 앞에 있는 위안부 소녀상과 위안부 할머니들과 함께 1,000번째 '수요 집회'에 참석해 민족의 아픔을 함께 나눈 적도 있고, 기회가 있을 때면 소녀상을 둘러보곤 했기에 기념 동상 자체를 보고 싶어서라기보다 글렌데일에 세워진 유래를 알고 싶어 찾아 나섰습니다. 글렌데일은 재정적으로 비교적 부유한 사람이 많이 사는 도시라고 들었습니다. 특히 할리우드 영화 산업 중에서도 애니메이션과 관련한 특수 영상 제작으로 유명한 곳이라고 합니다. 그런데 그곳에 사는 주민의 주류가 아르메니아Armenia 출신이라는 한마디에 '그렇구나, 그렇다면……'이라는 작은 안도의 기쁨이 스쳐 지나갔습니다. 기념 동상은 계속 건재할 수 있겠다는 생각이 든 것입니다. 얼마 전 글렌데일 시장이 일본의 한 언론 매체와의 대담에서 시장 자신은 개인적으로 동상 건립에 반대 의견을 가지고 있었지만, 다른 다섯 명의 시의원(시장 직무를 시의원 6명이 돌아가면서 맡는 제도) 뜻이 반영된 것이라고 하면서 자신의 부정적 생각에는 변함이 없다는 기사 내용을 읽은 것이 필자의 기억에서 맴돌고 있었기 때문입니다.

한 나라에서 소수 민족으로 살아간다는 것이 얼마나 어려운 일인지는 지금까지의 소수 민족 수난사가 대변하고 있습니다. 코소보 분쟁이 그렇고 지금도 지구촌 곳곳에서 민족 수난사가 많이 일어나고 있지만, 아르메니아인이 겪은 수난사는 대형 비사悲史 중 비사가 아닌가 싶습니다.

필자가 대학 시절 러시아의 문호 도스토옙스키Fyodor Mikhailovich Dostoevsky의 《카라마조프의 형제들》을 읽으면서 탄압받는 다른 소수 민족에 대해 알게 되었습니다. "터키인들은 배를 갈라 내장을 꺼내는 것부터 젖먹이 어린애를 공중으로 던졌다가 그 어머니가 보는 앞에서 총검으로 찌르는 것에 이르기까지……"와 같이 잔학하기 그지없는 만행을 저질렀다는 것을 읽으며 아픈 가슴을 가누기 힘들었던 것을 아직도 기억합니다. 마침 필자를 찾아온 친구에게 막 읽은 작품에 담긴 무서운 내용을 언급하였더니, 당시 터키군이 같은 무슬림이지만 종파가 다른 체르케스인들을 참혹하게 학살할 때 기독교도들인 아르메니아인들은 더 큰 고통을 겪었다고 하였습니다. 필자는 그런 소수 민족, 그 같은 수난사를 처음 알았습니다. 그리고 제1차 세계대전 후 1915부터 1919년 사이에도 오늘날 터키의 전신인 오스만 제국이 150만~200만 명의 아르메니아인을 학살한 사실도 알았습니다. 터키 영토에 살지만 무슬림이 아닌 기독정교Orthodox 신자들을 대상으로 참혹한 학살 행위를 자행한 것입니다. 터키 국가가 현대사에 크나큰 오점을 남긴 것입니다. 아마 그때 '종족 말살genocide'이라는 말이 나왔는지도 모르겠습니다(터키가 그 만행에 대해 아직 공식적으로 사과하지 않았다는 게 현안입니다). 필자는 '소수 민족 수난사' 하면 아르메니아인이 겪은 참상이 떠오르곤 합니다. 한편 '아르메니아인' 하면 두뇌나 이재理財에서 세계 으뜸가는 아주 특출한 민족이라는 정평이 있다고도 들었습니다. 1960년대 당시 세계 제일 부자가 아르메니아인이라고 언론 매체에서 보도하곤 했습니다. 그런데도 아직 아르메니아 사람을 직접 만나본 적이 없습니다. 그 가공할 만한 '종족 말살'의 결과가 아닌가 싶습니다. 피침략자의 엄청난 쓰라린 역사를 가슴에 품고 사는 아르메니아인들이 침략자들의 만행을 지켜보는 정서는 여느 민족과는 사뭇 다를 것입니다.

아르메니아인들의 뼛속 깊숙이 자리한 '원한의 DNA'가 오히려 민족 편견을 넘어 평화에 대해 더 큰 욕망으로 표출된 것이 바로 글렌데일에 세워진 '평화의 기념비Peace Monument'로 응집凝集된 것 같습니다. 우리에게 친숙한 소녀상 옆에 쓰인 비문에 그네들의 깊은 속내가 녹아 있습니다. 기념비문을 요약하면 다음과 같습니다.

"제2차 세계대전 중 일본 제국군 부대에 끌려가 성 노예로 학대당한 20만 명 이상의 네덜란드, 한국, 중국, 타이완, 필리핀, 인도네시아 (중략) 여성들의 희생을 기리는 평화의 기념비다. 2012년 7월 30일 글렌데일이 '위안부의 날Comfort Women Day'을 선포하고, 2007년 7월 30일 일본 정부가 이들 범죄에 대한 역사적 책임을 질 것을 주장하는 미국 연방의회의 결의안 121호가 가결된 것을 기념한다. 이들 인권을 무시한 모독 행위는 결코 다시는 일어나지 않기를 바라는 게 우리의 절실한 희망이다It is our sincere hope that these unconscionable violation of human right shall never recur."(2013. 07. 30)

범인류 차원의 인권 유린 문제라는 경고문입니다. 글귀에서 그네들이 외치는 '영혼의 소리'를 들을 수 있었습니다. 미국이나 유럽 도시에서 유대인들의 사원인 시너고그Synagogue를 만나는 것은 어렵지 않습니다. 그런데 아르메니아인들만의 기독정교 사원은 본 적이 없는데, 글렌데일에서는 어렵지 않게 볼 수 있으며 '평화 기념비'가 아르메니아인의 마음 깊은 곳에서 탄생했다고 생각했습니다. 오랜 세월 힘센 주변국의 소수 민족으로 살아온 아르메니아인들이 평화를 갈망하는 소리가 '위안부 소녀상' 주변에서 맴돌고 있었습니다.

동
해
이
름
지
키
기

정달호(2014. 2. 10)

　　　　　　　　　　미국 버지니아 주 학교 교과서에 동
해East Sea를 일본해Sea of Japan와 병기토록 하는 법안이 지난 1월 동
주 의회 상원 통과에 이어 이달 6일 하원에서도 압도적인 표차로 통과
됨으로써 동 법안은 주법州法으로 공포되어 올 7월부터 효력을 발할 것
이라 합니다. 일본은 이 법안의 통과를 막으려고 무리수를 쓰면서까지
백방으로 힘을 쏟았지만 보기 좋게 실패하였습니다. 동해 이름의 국제
적 통용을 위한 우리의 노력에 큰 획을 긋는 이번 쾌거는 재미 동포들
의 적극적인 활동 덕분이었습니다. 동해를 교과서에 병기토록 하는 버
지니아 주법이 앞으로 미국의 다른 주에까지 영향을 줄 것으로 보면
이 문제를 놓고 한일 양국 간 정부 차원의 외교전과 아울러 일반 국민

까지 가세한 홍보전이 더욱 심화될 것으로 예상됩니다.

한일 두 나라 사이에 있는 바다 이름이 국제적인 이슈가 되어온 것은 1992년부터입니다. 당시 외교부 실무를 맡고 있던 필자는 유엔이 발간한 문서에 "두만강은 일본해로 흘러 들어간다"라든가 "나진 / 선봉 지역이 개발되면 이 지역은 일본해와 유럽 대륙을 잇는 교량이 될" 것이란 문구를 발견하고 아연실색했던 기억이 생생합니다. 우리 국민에게 두만강은 동해로 흘러들어가는 것이 당연한데 동해가 사라지고 일본해가 이를 대치하고 있는 현상에 동료들과 함께 크게 경악할 수밖에 없었습니다. 유엔에 항의 서한을 보냈더니 유엔은 '일본해Sea of Japan' 가 국제적으로 통용되는 지리적 명칭이므로 그렇게 쓰는 데 아무런 문제가 없다는 답변을 보내왔습니다.

아무리 유엔이 권위 있는 기관이라 하더라도 이건 도저히 그대로 넘어갈 수는 없다는 생각이 들었습니다. 바다 이름이 우리의 영토나 영해에 대한 주권에 영향을 주는 것은 아니지만 우리가 예로부터 동해로 불러오던 바다가 '일본의 바다'로 불린다는 것은 우리나라 국민으로서는 결코 받아들일 수 없는 것이기 때문입니다. 나아가 국제적으로 '일본해'가 통용되고 있는 상황에서 동해 바다 이름 문제를 제기하여 어느 정도 결실을 보게 되면 그동안 일본에 뒤지면서도 안간힘을 쓰며 따라잡으려 하는 우리 국민들의 자긍심을 높이는 한편 일제 강점기 이래 오랜 세월 쌓여온 대일본 피해의식을 불식할 수 있다는 생각도 들었습니다.

동해 바다가 오랫동안 국제 해도海圖상으로 한국해Mare Corea 또는 동해Mare Oriental로 표기되어 오다가 일본해로 통용된 것은 근현대에 들어오면서 국제적으로 일본의 세력이 확장된 데 따른 것이었습니다. 특히 러일전쟁(1904~1905)에서 일본이 승리함으로써 일본에 대한 세계의 관심이 급격히 커지면서 그렇게 된 것으로 보입니다. 결정적으로는 일제 강점기 중 국제수로기구IHO가 1929년에 제작한《해양의 경계The Limits of Oceans and Seas》라는 책자에서 '일본해Japan Sea'로 표기되고부터였습니다. 우리나라가 일제에 의한 강점 상태에 있지만 않았더라도 일본해란 이름은 우리의 항의에 부딪쳐 채택될 수 없었을 것입니다.

해방 후 정부가 수립된 후에도 우리나라는 경제적으로 자립하기에 바빠 동해 바다의 국제적인 표기 문제에는 크게 신경을 쓸 수 없었을 것입니다. 물론 민간에서는 동해 바다란 이름을 주장하고 있었지만 그리 국제적인 관심을 받지 못하였습니다. 그러다가 국제적으로 권위 있는 유엔 문서에 동해가 일본해로 표기돼 있는 것을 알게 됨으로써 우리 정부가 공식적으로 문제를 제기하기에 이른 것입니다.

당시 정부 관계자들은 바다 이름이란 결국 더 많이 알려지면 국제적으로 더 많이 통용될 것이며 이를 위해서는 어떤 특별한 계기가 필요할 것이란 생각을 하였습니다. 그 계기가 5년마다 열리는 유엔회의의 장場으로서, 바로 1992년 여름으로 예정된 유엔 지명표준화 회의 UNCSGN였습니다. 이 회의에 동해/일본해 명칭 문제를 제기하고 이를 국제적인 이슈로 만들어서 언론 매체를 중심으로 대내외적으로 홍보를 하면 동해라는 이름이 일본해의 대안으로 부상하게 될 것이고 이런 노력을 꾸준해 해나가면 동해가 일본해를 완전히 대치하지는 못하더

마르지 않는 붓

라도 최소한 일본해와 함께 쓰일 수는 있을 것으로 보았습니다.

그렇게 해서 동해 문제가 그 해에 유엔 지명표준화 회의에 제기되었는데 두 가지 우여곡절이 있었습니다. 첫째, 상대방은 '일본해'라 하는데 왜 우리는 당당하게 '한국해'란 이름으로 나가지 않느냐는 반론이 있었고, 둘째, 막중한 한일 관계를 고려하여 이 문제의 제기를 나중으로 미뤄야 한다는 의견이 득세하여 자칫하면 유엔에서의 문제 제기 자체가 무산될 뻔했다는 것입니다. 후자의 문제는 북한이 나름대로 유엔에 동해 문제를 거론한다는 것이 알려짐으로써 우리로서도 제기하지 않을 수 없는 상황이 되어 거의 자동적으로 해결을 본 셈이었습니다.

그리고 우리 고유의 명칭인 동해, 즉 'East Sea' 대신 과거에 있다가 사라진 한국해, 즉 'Sea of Korea'를 주장했더라면 지금과 같은 성과를 거두었을지는 의문입니다. 바다 이름에 특정 국가의 이름을 붙이는 것이 부당하다고 하면서 대안으로 '한국해'를 주장한다면 자가당착이 되어 국제 사회의 지지를 얻기에는 부족하였을 것입니다. 국내에서는 국제 뉴스에서 동해가 일본해로 표기된 사례가 나오기만 하면 정부를 질타하기 일쑤지만 돌이켜보면 일본해 표기 일색이던 국제 사회의 표기 관행에서 20년 남짓한 기간에 동해란 이름이 이만큼이라도 자리를 찾게 된 것은 결코 작지 않은 성과라 봅니다.

한편 이런 추세에 대응하여 일본은 영토 문제와 함께 동해/일본해 표기 문제에서도 더 밀리지 않겠다는 자세로 매우 공세적인 전략을 펴고 있습니다. 큰 시각으로 보면 두 나라 사이의 바다 이름 문제도 독도 문제처럼 역사 문제의 연장선상에 있습니다. 일본의 독도 영유권 주장이 그들의 침략적 역사를 되풀이하는 것이라면 동해/일본해 문제는 일본 제국주의 유산을 불식하려는 우리의 의지를 반영한다고 하겠습니다. 앞으로도 국제 사회에서 '동해' 이름이 더욱 많이 쓰여 각국의 지도, 교과서, 각종 문서, 신문 방송 등에서 일본해와 병기되도록 또는 경우에 따라 '동해' 이름이 단독으로 표기되도록 정부와 국민이 계속적인 노력을 펼쳐나가야 할 것입니다. 한 걸음 더 나아가, 이번 버지니아 주 법안 통과에서처럼 우리 재미동포의 발언권이 나날이 강해지고 있는 점을 고려하면 독도 문제에도 미국이 나서도록 하는 데에 우리 동포의 힘을 보태는 것이 효과적일 수 있다는 생각을 하게 됩니다.

마르지 않는 붓

고영회(2015. 2. 4)

　　　　　작년 9월 중순 캐나다 토론토에서
열린 세계지식재산전문가단체장회의Global IP Practitioners Networks Summit
Meeting에 참석했습니다. 지난해가 6회째로 4회 회의는 서울에서 개최
된 바 있습니다. 이 회의에서는 지식재산권 제도의 국제 관심사와 현
안 문제를 토론합니다. 회의에서, 한국에서 각 현안을 어떻게 생각하
고 어떻게 처리하는지 묻는 의견이 꼭 나옵니다. 우리의 움직임은 국
제 사회에서 관심거리입니다.

　지난 10월 하순에는 미국지식재산법협회AIPLA(미 지재협) 정기총회
에 초대받아 참석했습니다. 먼 길을 가는 김에 그쪽 집행부와 합동이
사회를 열어 주요 현안을 논의하자고 제의했습니다. 사실 정기총회는

세계 각국에서 많이 참석하는 큰 행사이기 때문에 어느 한 나라를 위해 시간을 내기는 쉽지 않습니다. 또 회장과 사무총장이 바뀌는 때이어 상당히 번잡한 시기이기도 했습니다. 이런 상황임에도 미 지재협은 우리와 45분 동안 합동이사회를 열었습니다. 우리 쪽 참석자는 5명인데 그 쪽은 무려 13명이 참석했습니다. 그 속에는 현 회장과 차기 회장, 현재와 차기 사무총장, 전임 회장 등 미 지재협을 이끄는 주요 인사가 거의 다 포함됐습니다. 인적 균형이 맞지 않아 걱정스러울 정도였습니다. 합동이사회가 끝난 뒤 총회장에서 한국에서 온 여러 변리사를 만났습니다. 그들에게서 장내 방송으로 "한국에서 대한변리사회장이 참석했다"고 소개했다는 것을 들었습니다. 국제 지식재산권 분야에서 한국의 위상을 보여주는 한 단면이었습니다.

한국은 세계 지식재산 분야에서 중요한 자리를 차지하고 있습니다. 한국은 특허출원 수에서 미국, 중국, 일본, 유럽연합에 이어 세계 5위입니다. 우리 특허청은 지식재산 분야 국제 현안을 논의하는 5대국 특허청장 회의를 제안하여 이끌어오고 있습니다.

한국어는 출원된 특허 기술을 공개할 때 사용되는 언어입니다. 2007년 9월 28일 스위스 제네바에서 열린 '세계지식재산권기구WIPO 제43차 총회'에서 183개 회원국이 만장일치로 한국어를 국제특허협력조약PCT 국제 공개어로 채택했습니다. 한국어는 포르투갈어와 함께 세계 10대 국제 공개어가 되었고, 2009년 1월부터 한국어로 국제특허 출원을 합니다. 한글은 국제어에 한 걸음 더 다가갔습니다. 우리 국력 덕분입니다.

지식재산 분야의 지표는 연구 개발 투자와 연구 능력을 종합 평가한 결과입니다. 우리나라 각 분야의 수준이 대개 10위에서 15위권인데, 지식재산 분야는 평균 수준보다 훨씬 앞서 있습니다. 우리 제도는 다른 나라가 도입하려고 눈독을 들일 정도로 관심을 받는 제도입니다.

　우리 제도나 정책은 우리 독자성으로 설계하고 시행해야 합니다. 하지만 우리 제도에는 아직도 일본 제도 그대로인 것이 많습니다. 특허법을 보면 그 생각이 더욱 도드라집니다. 특허 요건을 규정한 특허법 29조가 일본법과 조문 번호까지 같습니다. 일본변리사회가 회의와 세미나에서 우리 제도를 물을 때마다 난감합니다. 조문 번호만이라도 당장 바꾸면 좋겠다는 생각이 절로 듭니다.

　세계 각국 변리사회와 교류하면서, 각국 변리사 제도를 살펴봤습니다. 우리 변리사 제도가 세계 최고입니다. 우리 변리사 제도는 1961년에 만들어졌습니다. 그때는 기술을 개발할 생각조차 하기 어려운 때였습니다. 그런 상황에서도 우리 선배들은 세계에서 가장 좋은 지식재산 전문가 제도를 만들었습니다. 지식재산이 선진국이 되는 중요한 열쇠가 될 것이란 것을 알아챈 예지가 있었나 봅니다. 한편, 문제도 있습니다. 변리사법에 보장된 특허소송 대리권을 합리적 이유도 없이 인정하지 않습니다. 제도 도입 초기 변리사가 모자라 도입된 자동자격이 아직도 살아 있습니다. 이런 것은 비정상입니다. 이런 비정상을 고치면 세계 어디에 내놔도 자랑스럽고, 전 세계에서 모범이 되기에 모자람이 없는 제도입니다.

　우리 앞날은 우리 정체성을 어떻게 살리느냐에 달려 있다고 봅니다.

다른 나라를 기준 삼아서는 세계 최고가 될 수 없습니다. 우리다움이 세계의 기준이 될 때 우리 것이 자연스레 세계 최고가 됩니다. 올해는 우리 독자성을 다지는 해가 되면 좋겠습니다. 지식재산에서도 우리 것을 다지면, 그게 세계 최고입니다.

마르지 않는 붓

김홍묵(2015. 3. 19)

　　　　얼마 전 교육부가 중고등학교의 상
업 과목을 없애기로 했다는 짤막한 기사를 보고 적잖이 놀랐습니다.
우리가 먹고 입고 잠자는 생활 일상은 상행위를 벗어나 이루어질 수가
없습니다. 그런데 어떻게 그런 발상을 했는지, 그것도 교과 과정에서
아예 삭제하겠다는 것인지, 아니면 교육부 어느 간부의 '개인적인' 의
견인지 알 길도 없습니다.

　다만 외국에서 학교에 다닌 적이 있는 아들과 손자 이야기를 들어보
면 우리나라 교육 시스템과 엄청난 차이가 있음을 알게 됩니다. 입시
위주의 주입식 교육이 아닌 체력과 인성교육, 삶에 필요한 생활교육,
남에게 폐를 끼치지 않는 사회교육 등입니다. 직접 경험하거나 들어서

아는 사람도 많겠지만 새겨들을 몇 가지만 소개할까 합니다.

18년 전 1997년 봄, 고등학교 1학년짜리 둘째 아들을 오스트레일리아 멜버른으로 유학 보냈습니다. 속속 외국으로 나가는 친구들 소식과 멜버른 출신 원어민 영어 교사의 권유로 몸살을 앓는 아들을 여러 번 말렸지만 주저앉힐 수가 없었습니다. 물론 당시 서울에서의 학비, 과외비, 생활비보다 그곳의 모든 비용이 더 싸다는 계산 끝에 내린 결론이었습니다.

그해 겨울, 방학(그곳은 여름방학)을 맞아 1년 만에 귀국한 아들이 털어놓은 객지 생활의 소회는 안쓰러운 점도 한두 가지가 아니었지만, 그곳 교육 과정은 무릎을 치게 만들었습니다. 고등학교 1학년까지 10학년(초등 6년+중등 3년+고등 1년)을 수료하면 시민으로서의 자격을 인정하는 제도입니다.

우선 고1이 되면 학생들은 은행에서 예금과 대출 과정 등 금융 거래 실습과 부동산 매매, 임대, 전월세 등에 관한 요령을 부동산 개발 회사에서 직접 익히도록 합니다. 그리고 스스로 이력서를 작성해 기업에서 한 달가량 인턴 과정을 실습하고, 턱시도와 이브닝드레스를 입혀 남녀 학생이 파티를 열어 춤도 추고 테이블 매너도 배우도록 합니다.

이처럼 사회생활에 필요한 몇 가지 실습 교육이 끝나는 고1 학기말에 학교가 인정해주는 것이 시민 자격입니다. 이전에 익힌 가감승제, 구구단 등 셈법과 국어(영어), 역사 등 기본 지식을 토대로 사회생활을 하는 데 필수적인 생활교육입니다. 영국의 정치범, 사상범들을 대거

마르지 않는 붓

이주시킨 나라인데도 교육 시스템은 놀랍다는 생각이 들었습니다.

　# 지난달 맏손자가 멜버른의 초등학교에 들어갔습니다. 놀라운 것은 바로 2학년에 편입한 사실입니다. 태어나 줄곧 스위스에서 살아 영어를 전혀 모르고, 작년 그곳 초등학교에 두 달 남짓 다닌 것이 고작인데도. 아이 엄마가 걱정을 했지만 멜버른 학교의 교장과 담임 교사들(한 반 학생 20명에 담임 3명)의 강권으로 학교생활 첫해에 월반을 한 셈입니다.

　교장과 담임 교사들의 주장은 교과 과정을 익히는 것보다 아이가 또래들과 비슷한 상황(나이, 키 등 발육 상태)에서 어울려야 즐겁게 뛰어놀고, 적응도 더 잘하게 된다는 것입니다. 다행히 손자는 매일 교복 차림에 도시락을 싸 들고 혼자 등교해 친구도 사귀고, 놀이도 즐기며 재미있어 한다고 합니다. 성적보다 건강한 신체, 건전한 정신을 중시하는 인성 교육인 것 같습니다.

　손자가 스위스 학교에 다닐 때는 절대 부모가 데려다주거나 데려오지 못하도록 했다고 합니다. 아이가 20여 분이나 혼자 걸어 다니다 혹시 유괴라도 당하면 어쩌나 걱정되어 엄마가 등굣길 반쯤을 바래다주다가 들켜 경고를 받기도 했습니다. 스위스는 '안전한 나라'라는 정부의 자부심과 지신감이 코흘리개 교육 때부터 적용되는 본보기입니다.

　# 오래전 캐나다 토론토의 은행 지점에 몇 해 근무한 적이 있는 친구는 상당히 감동받은 사건이 있었다고 털어놓았습니다. 딸아이가 다

니던 초등학교에서 한쪽 팔이 없는 장애 어린이가 친구들한테 놀림을 받고 울음을 터뜨린 일이 벌어졌습니다. 우리 같으면 우는 아이를 달래고 악동들을 나무라거나, 쉬쉬할 정도이지만 그 학교의 징벌은 달랐습니다.

교장이 직접 전교생을 모아놓고 이튿날 전원 보조대로 한쪽 팔을 목에 걸고 등교하도록 엄명을 내렸습니다. 만 하루를 한 팔만으로 가방 메고, 밥 먹고, 운동하도록 한 것입니다. 철없는 몇몇 어린이들의 잘못이지만 전교생 모두가 장애 어린이의 불편을 체험하고, 아픔을 공유하게 한 것입니다. 남에게 피해를 주어서는 안 된다는 사회교육입니다.

오마리(2013. 8. 21)

　　　　　사람들에게 프랑스 파리를 방문한
소감을 물으면 대부분 다시 가고 싶은 아름다운 도시로 첫손을 꼽을지
도 모릅니다. 그런데 나는 파리, 하면 떠오르는 것이 을씨년스러운 잿
빛 하늘과 뼛속 깊이 저리는 습도 높은 추위, 부슬부슬 내리는 비와 우
산을 든 파리장과 파리잔느의 모습을 바라보며 구질구질한 지하철과
거리를 걸어 다니던 기억뿐입니다. 매년 두 차례 방문해야만 했던 유
럽행은 하필이면 항상 가장 기후가 나쁜 초봄과 가을이었는데 파리 외
곽에서 열리는 패션 박람회 프레미에르 비종PREMIERE VISION 참관 때
문이었습니다. 그래서인지 개인 관광이었던 소녀 시절 초여름의 초행
방문길 말고는 그다지 또 가고 싶다는 생각은 들지 않는 좀 지겨운 도

시였습니다.

이 파리의 쇼는 이탈리아에서 열리는 이데아 코모IDEA COMO와 독일 인터슈토프INTERSTOFF에서 열리는 세계 삼대 원단 소재 박람회 쇼 중 세계 패션 산업에 가장 영향력이 큰 컬렉션 쇼입니다. 패션계의 트렌드를 창조적으로 제안하고 제시함으로써 디자이너들과 패션 비즈니스 업계에 막강한 영향을 미치는 이 쇼의 박람회장에서는 세계 전역에서 몰려드는 독특한 차림의 패션계 종사자들의 개성 있는 차림새를 볼 수 있어 무척 흥미롭습니다. 그 큰 박람회장을 며칠간 정신없이 돌아다니며 소재 선택과 발주에 피를 말리는 격무는 힘들지만 패션 세계의 사람들과의 즐거운 시간도 많았습니다.

어느 가을 쇼가 끝나는 마지막 날, 점심을 먹기 위해 박람회장 안에 임시 설치된 식당으로 향하고 있는 내 앞에서 매우 우아한 뒷모습을 가진 여성이 남성들과 함께 식당을 향하여 걷고 있었습니다. 와, 저렇게 아름다울 수가 있을까? 그 이전도 이후도 다시는 볼 수 없었던 아름다운 뒤태의 그녀가 입은 의상과 머리 스타일은 눈이 부셨습니다. 그녀의 뒷모습이 보여주는 전체적인 미학적 균형과 그녀의 패션 센스는 머리에서부터 신발까지 완벽하여 눈이 그녀로부터 떠날 수가 없었습니다. 동성인 내가 반할 정도였으니까요.

그녀의 일행도 나도 같은 식당으로 가고 있었는데 앞서가던 그녀가 갑자기 식당 입구에서 나를 향해 돌아섰습니다. 그런데 웬일입니까? 기절을 할 뻔했습니다. 그 어느 미소녀도 견줄 수 없는 몸매를 가진 그녀의 돌아선 얼굴 모습은 주름이 자글자글한 70 노인의 얼굴이었던 것입니다. 나는 잠깐 충격을 받아 정신을 차려야 했습니다. 멋진 미니스커트를 입고 완벽한 팔등신의 각선미를 자랑하던 그녀는 엄청 쭈그러진 할머니였으니까요.

나는 젊었던 때나 늙어가는 지금이나 별로 거울 앞에 오래 있지 않고 화장하는 시간도 5분에 끝내는 습관이 있습니다. 그러니 내 뒷모습에 많은 공을 들이지 않고 간단히 머리를 묶고 다닙니다만 그 쇼 이후로 여성이든 남성이든 앞모습에만 신경을 쓰지 말고 뒷모습에도 신경을 써야 하지 않나 하는 생각을 하게 되었습니다. 상황과 경우에 따라서는 머리 뒤에 꽂는 머리핀 하나라도 조심스럽게 꽂아야겠다는 생각이 들었던 것은 앞모습보다 뒷모습이 아름다운 사람이 웬일인지 더 믿음이 갔으며 더 깊은 인상을 남겼기 때문입니다.

그러나 외형적인 앞모습과 뒷모습, 자태가 아름다우면 그 사람의 내면이나 인성도 아름다울까요? 사람에 따라 그 사람이 풍기는 분위기가 더욱 중요한 경우도 있습니다만 그 또한 전부가 아닐 것입니다. 그래서 함께 일을, 도박을, 여행을, 동거를 해보아야 그 사람의 진면목을 알 수 있다고 합니다. 그렇지만 그보다 더욱 중요한 것은 그 사람이 살아온 평생의 개인사입니다. 사람마다 일생 동안 살아오며 쌓은 이력은 바로 그 사람의 추미醜美를 잴 수 있는 척도일 터이니까요.

지난달 국회가 통과시킨 일명 '전두환 추징법(공무원 범죄에 관한 몰수·추징 특례법 개정안)' 이후 전두환 전 대통령의 미납 추징금에 대한 사실이 신문에 연일 대서특필되고 있습니다. 전두환 전 대통령은 지난 1997년 대법원에서 추징금 2,205억 원을 내라는 판결이 확정됐지만

24퍼센트인 533억만 냈습니다. 2003년 검찰이 재산 명시 신청을 내자 법정에서 판사에게 재산은 29만 1,000원밖에 없다고 해서 국민의 조롱과 공분을 샀습니다.

검찰이 전 전 대통령 일가의 재산 형성 과정을 확인함과 동시에 압수해온 수백 점의 미술품, 전 전 대통령의 자녀들의 부동산 차명 보유, 자녀들의 회사 자금 횡령·탈세, 해외 페이퍼컴퍼니를 통한 은닉 재산의 국외 유출 의혹 등이 국민을 실망시키고 있습니다. 심지어는 전 전 대통령은 처남을 통하여 500여억 원의 땅을 차명 관리해왔다는 사실이 드러났으며 전 전 대통령이 재임 시절 기업으로부터 받은 비자금 규모가 당초 알려진 2,205억 원보다 더 많은 9,500억 원을 웃돈다는 정보가 사실이라면 더욱 국민의 용서를 받을 수가 없을 것 같다는 생각이 듭니다. 서민들에게는 계산해보기도 어려운 천문학적인 돈이니까요.

그런데다 전 전 대통령은 추징금을 납부하겠다는 의사를 사면 전에 확실히 표현했지만 김영삼 전 대통령이 특별사면으로 전 전 대통령을 풀어주자 추징금을 납부하겠다는 생각을 접었다고 합니다. 사람이란 것이 간사하여 화장실에 들어갈 때와 나올 때가 다르다고 하는데 이것이 어떤 동네 철수네 집의 얘기가 아니고 일국의 대통령을 지낸 국가원수였던 사람에 대한 사실이어서 실망이 더욱 큽니다.

전 전 대통령은 자신이 부정 축재를 하여 모은 재산을 자식들에게 물려주기 위해서 주변의 친인척을 동원하여 돈 세탁을 하며 차명 계좌, 차명 부동산 등으로 불법과 거짓과 부정직한 행위를 일삼았습니다. 그러한 비리를 저지르지 않았다면 대통령 연금만으로도 충분히 깨끗하고 조용하게 이름을 남기고 세상을 떠날 수 있을 전 전 대통령이 이러한 부정직한 일을 저지른 것은 자신이 죽은 후 자식들을 호의호식시키고 싶은 욕심에서 시작되었을 것입니다.

그러나 전 전 대통령이 꼭 깨달아야 할 것이 있습니다. 그는 가장 중요한 것을 간과한 것입니다. 자신의 부정직한 모습을 바라보며 자란 그의 자녀들은 부모로부터 무엇을 배웠을까요? 일국의 대통령이 아닌 필부나 사기꾼이 저지를 불법 행위를 배우게 하였거나 공범으로 만든 것입니다. 또한 그런 불법 자금을 세탁하기 위해 이용한 친인척들도 공범이 되도록 유도한 거나 다름없으며 그들에게조차 불법을 가르친 것입니다. 그것만이 아닙니다. 국가와 정부를 우습게 보고, 국민을 바보로 본 것입니다.

국민의 모범이 되고 국민의 사랑을 받으며 역사에 존경받는 대통령으로 남아야 할 사람이라면 그 누구보다도 그가 남기고 가는 뒷모습과 뒷자리가 아름다워야 할 것입니다. 인류의 사표가 되지는 못할지라도 최소한 대한민국의 사표는 돼야 할 사람이 그의 사후 두고두고 수치스러운 기록과 입방아에 오를 것이니 좀 망신스럽겠습니까? 머지않아 떠나야 할 사람의 뒷모습이 이렇게 남루하고 비루해서야 되겠는지요?

숨이 멈춘 사람의 안식을 위해서는 필요한 것이 무엇일까요? 한 평의 땅, 이것이면 족하다고 생각합니다.

울창한 강산에서 우리의 문화를 보다

이성낙(2014. 10. 16)

　　　　　　　얼마 전 우리나라를 찾아온 독일인 경제학자와 와인 잔을 앞에 놓고 오붓한 분위기에서 대화를 나눈 적이 있습니다. 그분은 한국의 경제 관련 자료를 보면 짧은 기간 동안에 놀라운 발전을 이룩한 것은 틀림없는데, 어떻게 그 눈부신 성공을 이뤄낼 수 있었는지에 대한 설명은 별로 없다며 의아해했습니다. 그분도 필자가 경제 전문가가 아니라는 사실을 잘 알고 있기에 아마 부담스럽지 않은 질문을 화두로 던진 것이라고 판단했습니다. 그래서 조심스럽기는 하지만 비전문가의 의견이라는 점을 강조하면서 나름대로의 생각을 들려주기로 했습니다. 경제 문제와는 약간 동떨어진 우리의 푸른 강산 이야기를 꺼냈습니다.

　　　　　　　　　　　　　마르지 않는 붓

독일 유학 중이던 1964년의 일입니다. 일시 귀국차 올림픽을 개최한 도쿄를 경유해 한반도 상공에 들어섰습니다. 그런데 드디어 고국에 왔다는 벅차고 설레는 감동보다는 암담한 심정을 금할 수 없었습니다. 비행기에서 내려다보는 조국의 강산이 거의 사막화되어 있었기 때문입니다. 특히 한국전쟁의 격전지였던 낙동강 유역은 헤아릴 수 없는 공중 및 지상 포격에 의해 그야말로 폐허나 다름없었습니다. 참담하게도 푸른 나무라곤 없는 흉측하기 그지없는 민둥산들만 보였습니다. 그런 크고 작은 민둥산은 서울에 이르기까지 계속 이어졌습니다. 이런 얘기를 해준 다음 필자는 그분에게 물었습니다. "그런데 지금은 당신이 보듯 남한의 산야가 푸른 수목으로 꽉 들어차 있지 않습니까?" 그러자 그분은 언젠가 유엔 기구가 발간한 보고서에서 제2차 세계대전 이후 재산림녹화사업Reforest Project을 추진한 수많은 나라 중 한국만이 유일하게 성공했다는 자료를 읽은 기억이 있다며 이렇게 덧붙였습니다. "한반도의 강산이 그런 무서운 몸살을 앓았는지는 미처 몰랐습니다. 경제 부흥보다 산림을 재조성하는 게 훨씬 더 어려운 일인데 정말 놀랍습니다." 그분의 얼굴엔 감동의 빛이 역력했습니다. 필자는 그분에게 식목일 얘기도 해주었습니다. "해마다 4월 5일을 국가 지정 휴일로 정해 너도 나도 몇 그루씩 나무를 심었습니다. 학생과 공무원을 비롯해 온 국민이 참여했죠. 이와 더불어 정부는 산림 보호를 위해 입산 금지 정책을 철저히 지켰고요. 그 덕분에 오늘날의 푸른 강산이 가능했던 겁니다. 국가가 '나무 심는 날'까지 지정했다는 얘기를 듣고 그분은 무척 놀라워했습니다. 우리나라가 오늘의 경제 발전을 이룩할 수 있었던 데는 독일의 경우처럼 한 민족의 결집된 혼이 있었기에 가능했다고 생각합니다. 아울러 유구한 역사를 가진 문화 민족이기에 가능한 일이었다는 사실도 결코 간과할 수 없습니다. 필자의 이런 설명에 그분은 무릎을 치며 말했습니다. "한국의 울창한 산야에서 한국의 살아 있는 문화를 볼 수 있다는 말씀이군요." 그렇습니다. 필자는 우리나라가 경제 발전을 이룩한 데에는 문화라는 보이지 않는 저력이 있었기에 가능하다고 믿습니다. 그러나 근래 우리 사회는 문화를 소중히 여기고 우선시하기보다는 편안함을 추구하는 문명에 지나치게 끌려가는 게 아닌가 싶어 걱정이 앞섭니다. 그렇기에 일제 강점기라는 시련을 겪어 황폐하고 허약한 국가적 상황에서도 부강한 나라가 되기보다 높은 문화의 힘을 가지길 바랐던 백범 김구 선생님의 높고도 깊은 뜻이 새삼 가슴에 와 닿습니다.

마르지 않는 붓

고영회(2009. 3. 12)

평소 별 생각 없이 지나치지만 가만
생각해보면 이상하게 느껴지는 몇 가지를 들어보겠습니다.

어느 사람이 생일을 맞습니다. 생일은 무사히 한 해를 잘 살아왔고
건강하고 발전된 모습으로 다음 생일을 맞이하길 축원해주는 거야 인
종 국가를 가리지 않고 공통된 의식일 것으로 생각합니다. 그런데 우
리가 생일을 축하할 때 부르는 노래에 눈길을 돌려보십시오. '생일 축
하합니다'로 시작하는 노래에서 우리를 찾을 수 없습니다. 우리도 먼
조상 때부터 생일을 축하해왔을 텐데 어찌 서양에서 들어온 노래가 우
리 생일을 독차지하고 있을까요?

결혼식장에 가봅니다. 신부 입장과 행진에서 연주되는 노래 역시 우

리와 거리가 멉니다. 이어지는 혼인 서약과 성혼 선언문은 천편일률적으로 같습니다. 현재의 결혼 의식이 비록 외국에서 들어온 것이라 하더라도 우리도 수천 년 동안 결혼식을 치러왔는데 결혼식의 핵심이라고 할 수 있는 부분에 우리 것이라고 할 만한 것은 찾을 수 없고, 내용도 사람마다 똑같다는 것이 이해되지 않습니다.

골프장에 갔습니다. 우리나라에 있는 골프장은 우리 것 같지 않습니다. 여러 가지 골프장 안내, 쓰는 말, 경기 중 구호 등 거의 모든 것이 외래어 그대로입니다. 그렇다고 그 골프장을 이용하는 외국인이 많은 것 같지도 않습니다. 우리나라 사람이 이용하는 골프장인데 우리 것이라고 할 만한 것은 찾아볼 수 없습니다.

우리 고유문화 속으로 외국 문화가 들어올 수 있습니다. 그럴 경우 들어온 문화는 고유문화와 융합하면서 그 모습을 바꾸어 정착하는 것이 보통일 것입니다. 그런데 생일, 결혼 등 생활과 밀접한 문화와 결합하면서 저렇게 원형 그대로 들어올 수 있는지 의아합니다. 생일에 축가를 부르는 문화가 도입될 수 있어도 그때 부르는 노래는 우리의 정서에 맞는 노래를 만들어 즐길 수 있어야 할 텐데요.

전통 음악 즉 국악을 하는 분들이 생일을 축하하는 모습을 볼 기회가 있었습니다. 그분들은 그때 '와 이리 좋노, 와 이리 좋노, 와 이리 좋노. 동지섣달 꽃 본 듯이 와 이리 좋노'라고 노래 불러 축하해주더군요. 제겐 그 노래가 생일 축하로 제격이란 느낌이 신선하게 와 닿았습니다.

주례를 설 기회가 있었습니다. 한 해에 수십만 쌍이 결혼을 해도 모두 똑같은 혼인 서약과 성혼 선언문이 낭독된다는 게 이상하지 않습니까? 그래서 혼인 서약과 성혼 선언문을 다른 내용으로 바꿔보기도 하고, 신랑 신부에게 서로에게 지켜야 할 것들을 축하객들이 모인 곳에서 약속하도록 강요(!)하기도 했습니다. 신랑 신부는 괴로웠을지 모르지만 만인 앞에서 약속하고, 그것을 영상으로 기록해둔다면 평생의 생활지침이 될 수 있지 않을까요?

저는 우리 것만 지키며 살아야 한다고 생각하지 않습니다. 우리 문화 속으로 외부 문화가 다양하게 들어올 수 있고, 들어와야 한다고 생각합니다. 그렇지만 외부 문화가 들어오더라도 어디까지나 우리 것을 중심으로 재해석하여 받아들이는 것이 기본자세가 되어야 한다고 봅니다. 새로운 용어, 새로운 놀이 문화, 새로운 의식 등이 처음 들어올 때 우리의 고유문화나 정서와 융합시키려는 노력을 했더라면 마치 외국 골프장에 가 있는 듯한 느낌은 덜 가졌을 것이기 때문입니다.

세계는 한 지붕이 되어 숱한 외래 문물이 매일 밀려들고 있습니다. 밀려온 것이 대대로 내려온 우리 것을 밀어내버리도록 내버려둬서는 곤란하겠습니다. 그런 일이 계속될수록 우리가 누구인가 하는 정체성도 점차 바랠 것입니다. 자기 정체성을 잃은 민족이 사라지는 것은 역사 속의 진실이고 우리가 그 비운의 주인공이 되어서는 안 되겠습니다.

적의 존경을 얻지 못하면 무너진다

김홍묵(2015. 8. 26)

세상에서 가장 가난한 대통령 무히카

"적의 존경을 얻지 못한 사람은 결국 무너지게 된다. 나는 우리의 투쟁이 가치를 지니고 있다고 확신한다. 그러나 그 가치는 적이 우리를 존중했을 때에만 느낄 수 있다."

1960대 독재 정권에 맞서 싸운 좌파 게릴라였던 우루과이 혁명가 호세 무히카Jose Mujica. 1970년대 이후 13년간의 감옥살이로 젊은 날을 보냈고, 엄청난 정치적 박해를 받으면서도 2009년 대통령에 당선된 무히카는 삶의 가치를 이렇게 설파했습니다.

"이쪽 사람이라고 모두 좋은 사람은 아니며, 저쪽 사람이라고 모두 나쁜 사람은 아니다. 좋은 사람과 나쁜 사람은 모든 당파에 다 존재한다. 우리 모두는 다르다. 사회는 이 점을 인식해야 하고 양성兩性을 존중해야 한다."

자칭 '농부(화초 재배인)'로 재산이라고는 허름한 농가와 트랙터 2대, 손수 운전하는 1987년산 폴크스바겐 비틀이 전부인 그는 반 년 전인 2월 27일 5년 임기를 마치고는 대통령궁을 떠나 수도 몬테비데오 외곽의 낡은 자기 집으로 돌아갔습니다.

'세상에서 가장 가난한 대통령' 무히카는 대통령 월급(약 1,300만 원)의 90퍼센트를 사회단체 등에 기부하고, 대통령궁 일부를 노숙자 쉼터로 개방했습니다. 그러나 자신은 낡은 차를 몰고 집에서 출퇴근하면서 히치하이커를 태워주기도 했습니다.

반면 공무원 노조가 파업하자 경찰력으로 해산시키고 임금을 삭감하기까지 했습니다. 공기업과 자치단체에 야당의 참여를 허용해 외자 유치, 철광산 발굴, 석유 탐사 등 경제개발정책을 펼쳤습니다. 현재 우루과이는 남미 국가 중 중산층이 가장 많고, 극빈층이 거의 없는 나라가 되었습니다.

그런 무히카를 프란치스코 교황은 '현자賢者'라고 칭송했습니다. 후안 카를로스Juan Carlos 스페인 전 국왕은 그를 넬슨 만델라Nelson Mandela와 같은 반열에 올려놓았습니다. 게릴라 활동 시절 '로빈 후드'라 불리기도 했던 무히카에 대한 존경에 아무도 토를 달지 않았습니다.

인도를 강국으로 만든 압둘 칼람 대통령

인도 국민의 존경을 한 몸에 받아 온 압둘 칼람Abdul Kalam 전 대통령이 한 달 전 7월 27일 타계했습니다. 12억 인구 중 13퍼센트에 불과한 무슬림 출신으로 야자열매로 끼니를 잇는 가난을 딛고 과학 영재로 자라, 인도를 핵보유국이자 군사 강국으로 키운 주역이었기에 인도 전역은 그에 대한 추모 열기로 숙연했습니다.

토종 인도 과학자인 칼람은 헬리콥터 설계(1960년), 독자 개발 인공위성 로히니 발사(1979년), 탄도미사일 개발과 2차 핵실험(1998년) 등 대형 프로젝트를 잇달아 성공시킴으로서 인도의 국제적 위상을 높였습니다. '미사일 맨'이라는 별명을 얻어 정치인보다 높은 인기를 누리기도 했습니다.

하지만 평생 독신으로 채식주의자였던 그는 1992년 정부 수석 과학 고문 직에서 물러날 때 국가가 제공한 최고급 빌라를 마다하고 평소 살던 허름한 단칸방으로 돌아갔습니다. 2007년 7월 대통령 임기 5년이 끝나자 "내가 가져 온 것을 그대로 가져간다"며 달랑 가방 두 개와 책만 들고 나왔습니다.

은퇴 후에도 저술, 강연, 봉사활동으로 국민과 가까이한 칼람은 '국민 대통령' 칭호를 얻었습니다. 그는 자서전 《불의 날개》에서 "코란을 인용하며 큰 꿈을 가지라고 독려한 아버지, 가정환경과 운명은 아무 상관없다고 힘을 실어준 고교 시절 선생님 덕분에 꿈을 펼칠 수 있었다"고 술회했습니다.

마르지 않는 붓

나렌드라 모디Narendra Modi 총리는 그의 서거를 듣고 "인도는 위대한 과학자, 훌륭한 대통령, 무엇보다도 뛰어난 영감을 주었던 분을 잃은 슬픔에 빠졌다"고 애도했습니다. 평생 자신의 문제에 얽매이지 않고 국가를 위해 헌신한 위대한 사람, 칼람에 대한 최대 숭앙의 표현입니다.

포용, 소통, 진실 속에 살 길이 있다

자고 나면 밤새 안녕한지. 날 저물면 내일은 어떨지…….

요즘 한반도는 노염老炎보다 더 뜨겁습니다. 어뢰에 이은 지뢰 도발, 대북방송 재개, 비무장지대 포격, 원점 타격, 전시체제 돌입, 전면전 불사로 이어지는 남북 간 일촉즉발의 긴장과 위기상황 때문입니다.

이 와중에 일본은 한반도 긴장을 빌미로 안보법의 타당성을 강변하고 있습니다. 러시아에 이어 중국은 내달 3일 전후 최대 규모의 전승절 퍼레이드를 준비하고 있습니다. 주변 초강대국들의 세 과시 경쟁 속에 우리만 '다른' 서로를 인정하지 않고 필살검을 휘두르고 있으니 안타깝고 덥지 않겠습니까?

먼 나라지만 무히카나 칼람 같은 지도자들의 행적을 음미해보면 한반도 문제 해결에도 길이 있지 않을까 생각이 듭니다. 우선 무히카는 포용과 성장으로, 칼람은 부국강병으로 백성의 먹거리와 자긍심을 채워주고는 미련 없이 가난한 평민으로 국민 속에 묻혔습니다. '존엄'만으로는 배가 부르지 않습니다.

또한 나라의 안정에는 강경했습니다. 무히카는 공무원노조의 불법 파업엔 강제력을 동원하는 한편 월급까지 깎아버렸습니다. 칼람은 열강의 견제와 압박을 무릅쓰고 인도를 핵보유국이자 군사 강국으로 발돋움시켰습니다. 안보와 경제 같은 남의 나라에 맡길 수 없는 국가적 현안에는 목숨을 거는 각오를 보였습니다.

거기엔 내 편 네 편 모두를 설복할 수 있는 진실이 담겨야 존경과 신뢰가 따릅니다. 남북 고위급 회담이 극적으로 성사됐지만 과연 어느 쪽이 진실과 원칙을 지키고 실천할 것인지 두고 볼 일입니다.

마르지 않는 붓

홍여새 ⓒ 김태승

쇠제비갈매기 ⓒ 김태승

4
기억나는
그 사람

웅기솜나물 ⓒ 박대문

방석순(2006. 9. 8)

　　　　　질병과 내전으로 얼룩진 고난의 땅
아프리카 킨샤샤에는 유명인사의 어머니 이름을 딴 병원이 둘 있습니
다. 하나는 전 대통령 모부투Mobutu Sese Seko의 어머니 이름을 붙인 '마
마 예모', 또 하나는 미국 프로농구NBA 스타 디켐베 무톰보Dikembe
Mutombo의 어머니 이름을 붙인 '비암바 마리 무톰보'입니다. 사람들은
두 병원을 콩고민주공화국의 암울했던 과거와 희망찬 내일의 상징으로
대비하곤 합니다.

　1965년 쿠데타로 집권한 모부투는 2,000병상의 큰 병원을 세웠습니
다. 한때는 중앙아프리카의 자랑이었습니다. 욕심만 많고 능력 없는
지도자가 국민들에게 고통만 남기고 떠난 지금 병원 이름은 '킨샤샤

종합병원'으로 바뀌었습니다.

그 사이 시설도 서비스도 엉망이 됐습니다. 환자들은 병원 밖에서 약을 구해다 먹어야 하고, 돈이 없어 퇴원 못한 환자들은 아이들과 함께 등나무 줄기로 엮은 침대에서 구호식품으로 연명해야 합니다. 의사들 역시 쥐꼬리만 한 급료를 받으며 탈출 기회를 노리기는 환자들이나 마찬가지입니다.

타고난 스포츠재능으로 자본주의 나라 미국에 진출해 돈을 모은 디켐베 무톰보는 1997년 모부투가 반군에게 축출되는 난리 통에 어머니를 잃었습니다. 킨샤샤가 온통 소요상태에 빠져 어머니가 병원 문턱에도 못 가보고 숨진 것입니다.

무톰보는 9남매를 낳아 참다운 인간이 되도록 가르친 어머니를 기리며 고향 킨샤샤에 300병상의 최신식 병원을 세우는 데 앞장섰습니다. 건설비 290억 원 가운데 150억 원을 대기로 했습니다. 오는 10월 진료가 시작될 병원의 개원을 앞두고 무톰보는 "충분하지는 않겠지만 그래도 사랑하는 어머니의 이름으로 고향 사람들에게 베풀 수 있다면 가치 있는 일"이라며 기뻐하고 있습니다.

일곱 차례나 NBA 올스타로 뽑힌 스타 무톰보는 아내 로즈 사이에 아들 딸 하나씩을 두었습니다. 그리고 아들 둘, 딸 둘을 또 입양해 모두 여섯 명의 자녀를 키우고 있습니다. 오래전부터 사회봉사에 참여해 1999년에는 자원봉사자로서는 최고의 영예인 대통령 봉사상을 받았습니다. 그는 키 218센티미터에 몸무게 120킬로그램이 넘는 거구입니다. 공룡센터 샤킬과 함께 NBA에서 가장 큰 신발을 신는 선수입니다.

그러나 고향 킨샤샤를 품을 만큼 가슴이 더 큰 남자입니다.

국내 농구코트에도 미약하나마 '사랑의 3점슛'이라는 선행이 잇따르고 있습니다. 3점슛이 성공될 때마다 연탄 100장씩을 적립해 불우이웃을 돕기도 하고, 병상의 어린이나 장애인들을 돕는 행사들이 벌어져 훈훈한 정을 전하곤 합니다.

많은 사람들이 사회의 양극화를 우려합니다. 무한경쟁을 전제로 하는 시장경제, 세계 시장의 개방이 지구촌의 거스를 수 없는 대세가 돼버렸습니다. 양극화 현상은 더욱 심화될 것이라고 걱정합니다. 국가의 복지 정책도 국민들의 주머니 한계를 넘을 수는 없는 일입니다. 그래서 많은 사람들이 불법적인 부의 세습을 비난합니다. 그러면서도 노동의 기득권은 고수하겠다고 일자리의 상속을 주장하는 이기심을 감추지 못하는 게 인간입니다.

숨이 막힐 듯 각박해져가는 세상에 세계 두 번째 부자라는 미국의 자산가 워런 버핏Warren Buffett이 전 재산의 85퍼센트(약 37조 원)를 자선단체에 기부하겠노라고 선언해 화제가 됐습니다. 아시아 최고의 갑부라는 홍콩의 리카싱李嘉誠도 재산 3분의 1(약 6조원)을 의료 보건과 교육 사업을 위한 재단에 내놓겠다고 공언했습니다.

이렇듯 조건 없이 베푸는 나눔 정신이야말로 대안 없이 비판받는 자본주의 실험의 성공에 기대를 걸어볼 만한 희망으로 여겨집니다. 사랑하는 어머니의 이름으로, 아버지의 이름으로, 아들딸의 이름으로 이웃을 생각하는 선행들이 메마른 사회에 온정의 꽃을 피우고 자본주의의 꽃을 피울 수 있으리라는 희망을 가져봅니다.

가곡 〈명태〉 60년

임철순(2012. 3. 26)

　　가곡 〈명태〉와 나는 동갑입니다. 한국전쟁이 한창이던 1952년 피난지 부산에서 바리톤 오현명에 의해 초연된 〈명태〉는 시인 양명문의 가사에 변훈이 곡을 붙인 노래입니다. 초연 당시 이 파격적인 노래에 객석은 곧 술렁이기 시작했고, 여기저기서 웃음이 터져 나와 감상이 어려울 지경이었다고 합니다. 다음 날 신문에는 "이것도 노래냐"는 혹평이 실렸습니다. 작곡자 변훈은 비난과 악담에 기가 죽었지만 오현명은 기회가 있을 때마다 이 노래를 불렀고, 〈명태〉는 드디어 "비로소 한국 가곡이라 부를 수 있는 곡이 탄생했다"는 극찬을 받기에 이르렀습니다.

　　변훈은 함흥에서 태어나 연희전문 정외과를 졸업한 뒤 외교관으로 활동한 분입니다. 그는 미8군 통역관 시절 우리나라 최초의 음악감상실인 대구의 녹향(1947년 개업)에서 만난 양명문과 의기투합해 〈명태〉를 작곡했습니다. 정규 음악 교육을 받지 않고도 대학생일 때 이미 작곡을 시작했는데, 전업 작곡가의 꿈은 끝내 이루지 못했습니다. 그러나 1981년 외교관으로 은퇴할 때까지 〈명태〉 외에 〈금잔디〉 등 많은 노래를 남겼습니다. "하나님 어쩌자고 이런 것도 만드셨지요"로 시작하는 〈쥐〉는 해학적인 면에서 〈명태〉와 비슷합니다. 가장 널리 알려져 있고 발표 때부터 호평을 받은 그의 작품은 아마도 〈떠나가는 배〉(1953년)일 것입니다.

내가 〈명태〉라는 노래가 있다는 걸 처음 안 것은 1970년 대학 입학 직후 이맘때의 봄이었습니다. 아직 서로 서먹서먹했던 신입생들이 학교 앞 막걸리집에서 술을 마실 때 고금석이라는 녀석이 이 노래를 불렀습니다. '뭐 저런 노래가 다 있나' 했지만, 듣다 보니 이내 좋아져서 단 둘이 술을 마실 때 한사코 노래를 배웠습니다. 그리고 나중에는 노래를 바꾸자고 윽박질러 내가 잘 부르던 남일해의 〈메리케인 부두〉를 떠넘기고 〈명태〉를 내 것으로 만들었습니다. 앞으로 내가 있는 자리에서는 절대로 〈명태〉를 부르지 않는다는 약속도 받아냈습니다.

그 뒤 나는 기회가 있을 때마다 이 노래를 자랑스럽게 불렀습니다. 누구나 신기해하고 재미있어 했습니다. 해학적인 가사도 인상적이지만, 끝부분의 '아~하하하하' 하고 웃는 대목을 다들 좋아했습니다. 하도 이 노래를 자주 불러 내가 가입했던 이념서클 민족이념연구회의 후배들은 나를 '명태 형'이라고 불렀습니다. 비쩍 마르고 시커매서 명태의 이미지와 닮았다고 생각한 모양입니다. 그러나 금석이는 내가 준 〈메리케인 부두〉가 별로 마음에 들지 않았는지 잘 부르지 않았습니다. 나는 치사하게도 그가 없는 자리에서는 〈메리케인 부두〉도 곧잘 불렀습니다. 결국 나는 그에게서 노래를 빼앗은 꼴이 돼버렸습니다.

2학년 때의 어느 봄날, 그와 나는 남산 독일문화원(괴테 인스티튜트)에 찾아가 독문과 대학생들의 연극단체 프라이에 뷔네Freie Bühne(자유무대)에 가입했습니다. 연극을 하면서 독일어 회화도 저절로 하게 되는 좋은 단체라고 생각한 거지요. 마침 독일 극작가 게오르크 뷔히너Georg Büchner의 〈당통의 죽음-Dantons Tod〉 공연을 준비 중이었습니다. 그의 배역이 무엇이었는지 생각나지 않지만, 내가 맡은 배역은 혁명재판소 판사인 에르만이었습니다. 그나 나나 단역을 맡은 것은 신참이니 당연한 일입니다. 그러나 나는 대사도 몇 마디 되지 않는 데다가 악역이어서 (나는 초등학교 학예회 때 연극 〈개미와 베짱이〉의 주인공이었는데 어따 대고!) 한두 번 갔다가 말도 없이 발길을 끊었습니다. 그러나 금석이는 그때부터 연극에 빠져 외교관이 되려는 꿈을 접었고, 학교 성적은 학년이 올라갈수록 더 나빠졌습니다. 대학은 거의 10년 만에 졸업했습니다.

예나 지금이나 연극인들은 춥고 배고픕니다. 그는 배우로, 명연출가로 연극판에서 이름을 날렸지만 무대 밖의 삶은 고달프기만 했습니다. 그는 교열기자로 몸담았던 신문사를 연극을 계속하려고 뛰쳐나간 일도 있습니다. 이런 남다른 열정은 남다른 가난과 고통으로 이어질 수밖에 없었습니다. 국립극단 단원, 극단 우리극장 창단, 전주시립극단 상임연출 등으로 경력을 쌓으면서 생활을 위해 카페를 경영하기도 했지만, 연극 외의 일에는 별로 소질이 없었습니다. 젊은 시절에 그가 연극에 미쳐 있는 동안 나는 신문기자로 일에 빠져 있었고, 그래서 자주 만나지도 못했습니다.

지금부터 두 달 전인 1월 중순, 그의 아내가 숨졌다는 연락이 왔습니다. 병원에 가보니 너무 일찍 가서 그런지 빈소에는 영정도 꽃도 없었고, 그는 추리닝(트레이닝복이 맞는 표기이겠지만) 차림으로 참 어색하게 나를 맞았습니다. 나와 같은 회사에서 근무한 적도 있는 그의 아내는 가슴샘암이라는 희귀 암을 9년이나 앓다가 끝내 이기지 못하고 세상을 떠났습니다. 아내가 투병을 하는 동안 그는 형언할 수 없는 고통과 어려움을 겪었습니다. 위로를 한답시고 어깨와 등을 두드리다 보니 그는 뼈만 앙상한 것 같았습니다.

제목은 잊었지만 그가 대학교 1학년 때 교지에 발표한 시에는 "해읍스름한 어둠 속에서도 마냥 히죽거리고 있었다"라는 대목이 있습니다. 아마 시작 부분이었을 것입니다. 그 시를 읽고 난 뒤부터 나는 걸핏하면 "야, 해읍스름한 어둠 속에서도 마냥 히죽거리는 고금석!" 이렇게 부르곤 했습니다. 그런 멋쩍고 어색하고 어울리지 않는 표정과 몸짓으로 그는 아내를 보내고 있었습니다. "나한테는 역시 이런 배역이 잘 안 맞아"라고 말하는 것 같기도 했습니다.

연극쟁이로 명성을 얻었지만 그는 원래 무척 수줍은 사람입니다. 사람들 앞에 서면 얼굴이 빨개지고 말도 잘 하지 못해 초년 시절에는 왕대포를 들이켜고 알딸딸해진 상태로 무대에 올라간 일도 있습니다. 자신의 삶에서 연극을 빼면 아무것도 없다고 믿는 그는 낮에는 직장에서 일하고 밤에는 연극을 하며 살아왔습니다. 그러나 내게는 아직도 그가 성품이나 행동에서 전혀 달라진 게 없어 보입니다. 얼굴도 그대로입니다. 해읍스름한 어둠과 마냥 히죽거리는 수줍음, 어색함이 40여 년 전 그대로인 것 같습니다. 그런 수줍음과 어색함은 바꿔 말하면 겸손이나 정직과 같습니다.

그러나 나는 그를 속속들이 다 알지 못합니다. 40여 년 동안의 삶의 무대는 서로 너무나 달랐습니다. 내가 노래를 빼앗아간 사실도 그는 아마 잊어버렸을지 모릅니다. 나도 까맣게 잊고 있다가 며칠 전 오현명의 그 굵고 따뜻한 목소리로 〈명태〉를 들을 때 이 사실을 떠올렸습니다. 노래를 들으면서, 이제 그는 앞으로 어떻게 살아가는 것일까, 나는 어떻게 살아가는 것일까 하는 생각을 했습니다. 그리고, 그와 함께 둘이서 이 노래를 불러보고, 겨뤄보고 싶다는 생각도 했습니다.

명태는 이름도 참 많습니다. 생물이면 생태, 얼리면 동태, 내장을 빼면 명태, 4~5마리를 한 코에 꿰어 꾸덕꾸덕 말린 건 코다리, 오랫동안 말린 건 북어, 얼다가 녹다가 한 끝에 노랗게 마른 것은 황태라고 한답니다. 이렇게 이름이 각각이듯 사람은 누구나 자신이 스스로 생각하는 모습과 남들이 보는 모습이 다를 수 있습니다. 그러나 〈명태〉의 가사처럼 "짝짝 찢어지어 내 몸은 없어질지라도 내 이름만 남아 있으리라"고 믿습니다. 그가 상처喪妻의 아픔을 딛고 시련과 고통을 이기며 자신의 삶의 무대에서 주어진 배역을 충실히 살아 아름다운 이름을 남기기 바랍니다.

110세까지 현역이고 싶다

황경춘(2015. 7. 27)

　　언론계의 친구 한 사람이 들려준 이야기입니다. 그의 고등학교 시절 미술 선생님을 우연히 만났는데 금년이 백수라 하여 기념 개인전을 준비 중이라고 들었답니다. 문득 이웃 나라 103세 현역 의사 히노하라 시게아키 박사가 머리에 떠올랐습니다. 그 히노하라 박사가 도쿄에 있는 한국인 특파원과 만났다는 뉴스가 국내 언론에 보도되었습니다.

　　'인생 50'에서 '100세 시대'로 바뀐 요즘, 100세를 넘어서도 왕성한 현역 활동을 계속하고 있는 히노하라 박사에게 저는 인생의 후배로서 특히 관심이 많았는데, 보도에 따르면 내달 초순 그가 테너가수 배재

철 씨와 함께 우리 교포가 많이 사는 오사카에서 공연을 할 예정이라는 흐뭇한 소식이었습니다.

아시아 최고의 테너 가수라고 명성이 높았던 배 씨는 2005년에 갑상선 질환으로 목소리를 잃었다가, 일본 후원자의 헌신적 도움으로 어려운 수술 뒤에 목소리를 되찾아 다시 무대에 서게 되었다는 이야기가 영화나 기사로 많은 음악팬을 감동시켰습니다.

2년 전 친구가 마련한 생일잔치에서 배 씨를 알게 된 히노하라 박사는, 배 씨의 노래를 '신神의 소리'라고 극찬하고, 도쿄의 한국 교회에서의 배 씨 공연에서는 히노하라 박사가 작사·작곡한 〈사랑의 노래(愛の歌)〉를 합창할 정도로 가까워지고, 그의 고향인 고베 등에서 같이 공연을 하기도 했답니다.

한일 관계가 순탄하지 못한 요즘, 평화를 주창하고 일본 사회에서 많은 존경을 받는 히노하라 박사의 이러한 행보는 두 나라 친선에 큰 도움이 되겠지만, 히노하라 박사의 한국과의 인연은 참으로 기구합니다. 그는 1970년 3월 31일 학회 참석을 위해 후쿠오카 행 비행기를 탔다가, 그 유명한 JAL기 하이재킹 사건의 희생자로, 하마터면 극좌 테러리스트에 의해 평양에 납치당할 뻔했습니다. 다행히 김포에 도중 착륙한 범인들과 협상 끝에 납치범 9명은 여객을 3일 후에 석방하고 자신들과 비행기만이 평양으로 갔습니다.

일본 언론 미디어를 통해 히노하라 박사 이야기를 대충 알고는 있었지만, 그의 존재를 저에게 특별히 소개한 분은 다 같이 노후 생활을 걱정하던 일본인 친구였습니다. 히노하라 박사가 2001년에 쓴 《훌륭하

게 살아가는 길(生きかた上手)》은 저를 결정적으로 그의 팬으로 만들었습니다. 이 책은 발행 얼마 후 100만 부를 넘는 '밀리언셀러'가 되었습니다.

이 단행본은 50대 이상의 독자가 많은 《이키이키(싱싱)》라는 잡지에 연재한 글을 그의 만 90세 생일인 2001년 10월 4일에 맞추어 다시 정리하여 책으로 낸 것이었습니다. 이 책은 그의 생애 236권째의 출판물로, 난생 처음으로 출판기념회를 친구 분이 마련해주었다고, 책 후기에 쓰여 있었습니다.

90회 생일 기념 책답게 그의 간추린 앨범도 실려 있었습니다. 그 앨범에 의하면, 그는 교토대학 재학 중 폐결핵으로 1년 동안 휴학을 했으며, 태평양 전쟁이 일어난 1941년에 도쿄에 있는 성루가聖路加 국제병원에 취직했습니다. 그는 이 책을 쓸 당시 그 병원 이사장이었으며, 현재는 명예이사장으로 있습니다.

이 책에서 그는, "건강이란, 수치數値에 안심하는 것이 아니고, 자기가 '건강하다'고 느끼는 것이다"라고 하고, "늙는다(老)는 것은 쇠약衰弱이 아니고, 성숙한다는 것이다"고 말했습니다. 그는 2000년에 75세 이상의 노인만이 회원이 될 수 있는 '신노인운동新老人運動'을 시작하여 전국적으로 활동을 개시했습니다.

저는 10여 년 전, 규슈九州 중심부에 있는 구마모토熊本에서 열린 이지방 '신노인운동' 창립대회에 초대되어 그의 30분에 걸친 열정어린 연설을 듣고, 개인적으로 대담하는 기회도 가졌습니다. 강연회장의 청중석 맨 앞줄에 앉아 있다가 연설 차례가 되자 좁은 나무 계단을 가볍게 뛰듯이 연단에 올라가는 그의 체력에 감탄했습니다.

우리 나이로는 104세가 되는 히노하라 박사는, 지금도 1년에 100회 정도의 강연을 하며, 그의 일정표에는 2년 치 예정이 꽉 차 있다고 합니다. 이사장, 회장, 고문 등 직책으로 관여하는 사회단체가 30곳을 넘는 그의 일과는 전처럼 바쁩니다. 작년부터 장거리 이동에 가끔 휠체어를 이용하지만 아직 건강에 큰 이상은 없습니다.

취미로 음악생활을 즐기는 그는 뮤지컬도 작곡하여 공연했으며, 피아노 연주도 좋아합니다. 현역 활동을 110세 될 때까지 계속하는 것이 희망이라는 그의 생활태도는 '100세 시대'에 돌입한 우리 사회 노인들에게 좋은 모범으로, 배울 점이 많다고 생각합니다.

"사람은 몇 살이 되어도 생활하는 방법을 바꿀 수 있습니다"라는 말이 있는가 하면, "'고맙습니다'라는 말로 인생을 마감하고 싶다"는 의미심장한 대목도 있는 그의 책《훌륭하게 살아가는 길》을 다시 읽어 보았습니다.

2001년의 시점에서, 그는 4,000명 이상의 환자 임종을 돌보았다고 합니다. 의사로서 연전연패連戰連敗였지만, 패배감은 없다고 했습니다. "최첨단 의술로써도, 죽음을 정복할 수는 없다"는 게 그의 결론이었습니다. 그러나 "끝이 좋으면 만사가 좋다"는 셰익스피어William Shakespeare 희곡 제목처럼, 인생이야말로 "'고맙습니다'라는 말 한마디를 남기고 떠나고 싶다"고 했으며, 플라톤Platon의 "장수의 장점은 안락한 죽음을 가질 수 있다"는 말로 맺었습니다.

불
꺼
진
창

오마리 (2013. 5. 17)

　　　　　　　　어김없이 찾아온 봄, 그녀의 집 뜨락
에 개나리가 노랗게 피어나더니 지기 시작하고 있습니다. 뒤뜰에 피어
난 노랑 빨강 오렌지 튤립들은 여전히 이 아름답고 천국 같은 캐나다
의 화사한 봄을 노래하고 있습니다. 그러나 나의 옆집 할머니, 북국北
國의 길고도 외로운 겨울을 잘 견디는 것처럼 보였던 매리언은 어머니
날을 일주일 앞둔 봄의 초입에서 영원히 세상과 작별하였습니다. 이제
매리언은 집 창밖으로 펼쳐지는 그림 같은 캐나다의 풍경보다 더 아름
다운 낙원에서 다른 생을 시작하고 있을지. 주인을 잃은 화단의 꽃이
나 나무들은 더없이 싱그럽기만 합니다.
　나는 더 이상 밤마다 그녀의 방이 어둠에 잠겨 있는지 확인을 하거

나 그녀의 집 뒤뜰에 다가가 기척을 살피는 일도 할 필요가 없어졌습니다. 주말이면 음식을 챙겨 나르던 일도 그만두어야 합니다. 다음 주이탈리언 식당에 모시고 가겠다던 약속을 지킬 필요도 없어졌고 피아노 반주를 할 테니 함께 부르자던 찬송도 다음 세상에서나 만나면 가능할 것 같습니다.

지난 월요일 아침 뒤뜰에서 잔디에 물을 주고 있던 내게 한 이웃이 언덕을 내려가다 다가와 일요일 아침 매리언네 집에 경찰이 왔노라며 무슨 소식이 있는지 아느냐고 물었지만 나는 전혀 깜깜했습니다. 내 집과 이웃 할머니 매리언네 집은 거리가 상당히 떨어져 있어서 사실 나는 월요일까지도 경찰이 매리언네 집에 다녀간 사실을 전혀 알지 못했습니다. 무슨 일이 생겼으리라고는 상상도 할 수 없었으니까요. 그녀와 나는 열흘 전 함께 식당에서 점심을 즐겼으며 그 삼일 후 일요일 저녁에 돈가스를 만들어 가져다 드렸을 때도 즐거워하셨고 지난 수요일 목요일에 그녀가 뒤뜰에서 사람과 담소하는 모습을 보았습니다. 토요일과 일요일 종일 그녀가 보이질 않고 집이 어두워 어쩌면 딸네 집에 가셨나 했던 것입니다.

고령의 노인이었지만 키도 훌쩍 큰 사람이 아주 강건해 보이는 체질로, 아직까지 운전을 하는 등 언어와 행동에 전혀 문제점을 느끼지 못했습니다. 지난 번 식당에서 대화 중 자신의 건강에 별 문제점이 없다, 단 요사이 심장 박동이 느려졌다고만 해서 별다른 우려는 하지 않았는데 나는 엄청난 충격을 받은 것입니다. 그녀가 이 세상과 영원히 작별을 한 토요일 새벽 1시부터 월요일 아침까지도 그녀의 죽음을 몰랐으며 나는 그 토요일 종일 정원 일을 하면서도 그녀의 집을 자주 바라보기만 했지 침대에 숨진 채 홀로 남겨진 그녀를 일요일 아침까지 내버려두었던 것입니다.

일요일 오전 경찰이 왔을 때도 나는 정원 일을 하면서 매리언의 사망을 눈치 채지 못한 것, 그녀의 죽음을 지척에 두고도 토요일 내내 모르고 내 할 일만 했던 것, 일요일까지도 그녀의 인기척이 없어 아직도 너무 건강해 보이던 그녀가 자녀들의 집에 갔거나 교회를 갔으리라 생각했던 것, 세상을 떠난 그녀를 바로 옆에 두고도 그 죽음을 모르고 내 일만 했다는 것이 인간사의 비애를 단적으로 보여주는 것 같아 눈물이 한없이 흘렀습니다.

그녀는 금년 6월 2일 만 90세, 젊음을 모두 타국에서 선교하는 데 바친 사람입니다. 선교사인 부모를 따라 중국에서 태어나 어린 시절을 중국에서 보내고 고등교육을 캐나다로 돌아와 받은 후 선교사인 남편을 만나 일본에서 30여 년을 선교에 바쳤습니다. 또한 네 명의 자녀를 잘 키워낸 어머니이며 모국 캐나다로 돌아온 지 19년쯤 된 시점에 이곳 토트넘에서 영면한 것입니다. 그러니까 그녀가 모국에서 살았던 시간은 그녀의 90년 삶 중 겨우 25년도 되지 않습니다.

그녀가 남편을 먼저 떠나보내고 고독과 싸우던 1년 반이란 시간 동안 옆에서 지켜보던 나는 사람이 산다는 것에 대한 심한 회의가 생겼습니다. 그녀가 90 평생 사람들에게 바친 젊음과 사랑, 신앙에 대한 답은 쓸쓸한 것이었으니까요. 한 달에 두 번 찾아오는 자동차로 1시간 30분 거리에 사는 딸, 일 년에 두 번 찾아오는 5시간 거리의 딸, 일 년에 한두 번이나 찾아오는 2시간 반 거리에 사는 아들, 그나마 지인들의 방문은 거의 없었던 걸로 기억합니다. 물론 그들의 삶도 팍팍하기 때문이란 것은 압니다. 매리언의 딸 조이가 어머니의 사망을 알리러 내 집에 왔던 월요일 아침, 눈물을 흘리는 내게 "딸들인 우리보다 당신이 더 나아요. 고마워요. 매리언도 하늘에서 감사할 거예요"라고 한 표현은 정말 우리말에 '이웃사촌'이란 언어를 실감나게 했습니다.

작년 8월 말 한국 방문길에 나서야 하는 날더러 언제쯤 돌아올 것이냐고 묻던 매리언, 3개월 후라고 했더니 얼마나 쓸쓸한 표정을 하던지, 특히나 춥고 음울한 캐나다의 겨울 그 3개월 동안 그녀가 얼마나 외로워했을까. 연말에 돌아온 나에게 보이던 그녀의 기뻐하던 표정을 어찌 잊겠습니까? 그런데도 돌아오자마자 건강이 나빠져 보행이 불편했던 나는 거의 이 봄이 오도록 간신히 그녀에게 식사를 가져다드리기만 했을 뿐 그녀와 자주 담소할 경황이 없었습니다.

할머니의 식사를 만들어드리는 것이 귀찮지 않으냐고 묻던 사람도 있었지만 겨우 일주일에 한 번 정도인 것이 무어 대수였겠습니까? 이제는 더 많이 못해드린 것을 후회하고 있습니다. 이 단지로 이사 온 지 3년이 되었지만 작년까지는 집안일과 정원일로 너무 바빠서 마음의 여유가 없었습니다. 그러나 올해부턴 시간적 여유도 있을 것 같아 조금 더 잘해드려야겠다, 식당에도 자주 모시고, 내 정원의 패티오에도 자주 초대해 이 봄과 여름을 함께 만끽하리라, 그래도 한두 해는 더 세상의 즐거움을 누리다 가시리라던 내 기대는 물거품이 돼버린 것입니다.

그녀가 떠난 후 불 꺼진 창을 빤히 알면서도 그녀의 집 창문을 바라

마르지 않는 붓

보는 버릇은 여전합니다. 집 밖으로만 나가면 머리는 자꾸 그 집을 향하여 어김없이 돌아갑니다. 나는 물끄러미 그녀의 창을 바라다보며 이런 생각이 들었습니다. 나도 그녀처럼 한 인간으로서 어머니로서의 생을 깨끗하게 마감할 수 있을까? 누구에게도 폐를 끼치지 않고 홀로 조용히 떠나간 그녀와 같은 죽음은 복이라고도 생각했습니다. 웰다잉 well-dying입니다. 떠나신 날까지 심신이 치매 없이 건강했고 중병이 없어 병원에서 지냈던 적도 없었으니까요. 더구나 자식들과 주위 사람들을 조금도 귀찮게 하지 않으셨으니 웰다잉이지요.

그녀처럼 누구에게도 짐이 되지 않고 추한 모습을 보이지 않고 자신의 존엄성을 지키면서, 특히 자식들의 짐이 되지 않는 어버이로서 세상을 마감하는 것은 누구나의 바람이겠지요. 건강이 항상 좋지 않은 나는 더욱 그렇습니다. 그래서 죽음을 두려워하지 않고 가까이 있는 친구처럼 받아들이려고 노력합니다. 한 세상 왔다가 떠나는 것은 모두에게 공평한 신의 섭리이지 않습니까?

단지 내게 가장 큰 걱정이 있다면 불편하고 고통스러운 삶을 살다가, 그로 인하여 누군가에게, 내 자신에게도 짐이 되지나 않을까 하는 것입니다. 오월의 둘째 주 일요일, 캐나다의 어머니날인 오늘 나는 이 글을 쓰면서 자식들 지인들에게도 폐를 끼치지 않고 한 사람으로서, 어머니로서 생을 마감하고 싶다는 생각을 해보았습니다. 비록 마지막엔 외로웠던 매리언일지라도 그녀의 고통 없고 평화로웠던 최후처럼 나도 어느 날 나의 세상 끝에서 그렇기를 소망합니다.

〈울지마 톤즈〉

방석순(2011. 1. 24)

　　영화 〈울지마 톤즈〉가 해를 넘겨서
도 많은 사람들의 심금을 울리고 있습니다. 영화가 끝난 후에도 눈물
을 주체하지 못해, 울렁이는 가슴을 진정하지 못해 한동안 객석에 주
저앉은 관객들이 적지 않다고 합니다. 무엇이 먼지가 나도록 메말라
있던 사람들의 가슴을 그토록 뒤흔들어놓는 것일까요.

　　'톤즈Tonj'는 딩카 족, 줄루 족, 봉고 족 등 아프리카 흑인들이 살고
있는 남부 수단의 마을 이름입니다. 정권을 장악한 북부의 아랍인들과
오랫동안 맞서 싸우느라 황폐할 대로 황폐해지고 가난과 질병을 숙명
처럼 끌어안고 사는 곳입니다.

　　거기에 한국인 이태석 신부가 발을 들여 놓은 건 9년 전 일이었습니

다. 홀어머니 슬하 많은 형제들 틈에 끼여 어렵게 자라 의과대학을 졸업하고 군의관으로 병역을 마친 후였습니다. 집안의 희망이던 그는 맞서지 못할 어떤 힘에 이끌려 사제 수업을 받고, 자원해서 남부 수단의 오지로 선교를 떠납니다.

전쟁과 살육으로 숱한 목숨이 사라져간 곳, 40도 이상의 고온에 말라리아와 콜레라가 극성을 부리는 곳, 성한 사람보다는 아픈 사람이 더 많은 곳, 물도 식량도 턱없이 부족한 곳, 선교보다는 치료가, 청진기보다는 삽질이 더 급한 그곳에서 그는 8년 동안 병원을 짓고 학교를 세우고 환자들을 치료하고 아이들을 가르쳤습니다.

이 신부는 이렇게 자문자답합니다. '예수님이라면 이 땅에 학교를 먼저 지으셨을까, 성당을 먼저 지으셨을까. 아마도 학교를 먼저 지으셨을 것 같다. 사랑을 가르치는 성당 같이 거룩한 학교를.'

친구의 소개로 한참 늦게서야 찾은 이 신부의 책 《친구가 되어주실래요?》를 읽으면서 몇 번이나 찡해오는 코를 들고 하늘을 쳐다보아야 했습니다. 마침 파란 하늘 어디에선가 그의 얼굴을 찾아낼 것도 같았습니다.

이 신부는 총이 장난감이던 아이들 손에 악기를 들렸습니다. 전쟁과 가난으로 생긴 상처를 어루만지고 기쁨과 희망을 줄 수 있는 좋은 방법이라고 생각한 것입니다. 피리, 기타, 오르간으로 시작된 음악 교육은 여러 곳에서의 후원에 힘입어 트럼펫, 트럼본, 클라리넷, 북이 더해지고 나중엔 어엿한 35인조 브라스밴드도 만들어졌습니다.

아이들의 악기 습득 속도도 놀라울 정도로 빨라서 마침내 두어 달

후 성가 '천사의 양식'을 연주할 수 있게 되었습니다. 수십 년 동안 울리던 총성 대신 아름다운 음악 소리가 울려 퍼지던 그날 아이들 눈에는 진주 같은 이슬이 맺혔습니다.

톤즈에서 가까운 '쇼나'라는 나환자촌 방문 진료에서 이 신부는 새로운 충격을 맞습니다. 예닐곱 살 먹은 딸아이의 손을 잡고 온 아낙이 "우리 딸 나병 맞지요?" 하고 묻습니다. "다행히 나병은 아니로군요. 축하합니다"라는 대답에 실망한 아낙이 풀이 죽어 돌아섭니다. 나병 환자들에게만 배급 주던 강냉이와 식용유가 너무도 절실했었던 것입니다.

감각이 마비되어 상처투성이인 환자들의 손과 발에서 고름을 짜내고 약을 바르고 상처를 감싸다가 이 신부는 그들에게 신발을 신겨야겠다고 작정합니다. 그러나 사람마다 발가락 수가 다르고 발 모양이 달랐습니다. 그래서 그들의 발 모양을 일일이 그려서 슬리퍼를 주문 제작해야 했습니다.

비록 감각신경이 마비되고 찢어지게 가난한 나환자들이지만 이 신부는 작은 것에 기뻐하고 감사할 줄 아는, 보통 사람보다 수십 배 민감하고 아름다운 그들의 영혼에 감동합니다. 그들을 보면서 '육체적으로 완전한 감각을 지니고 많은 것을 누리고 살지만 그런 것들을 당연히 여길 뿐 감사할 줄 모르는 우리들의 무딘 마음이 혹시 나병을 앓고 있는 건 아닌지' 회의합니다.

이 신부는 숱한 사람들이 왜 하필 수단이냐고 물었지만 어떤 답도 할 수 없었답니다. 그러나 그곳 나환자들의 삶을 지켜보면서 비로소 자신을 그 땅으로 부른 하느님의 뜻을 깨닫습니다. "나로 하여금 소중한 많은 것들을 뒤로 하고 이곳으로 오게 한 것은 주님의 존재를 체험하게 만드는 나환자들의 신비스러운 힘임을 생각하며 그들에게 미리 숙여 감사한다"고 말합니다. 그들은 우리에게 오신 작은 예수님일 수도 있고, 마지막 심판을 예비하도록 미리 파견된 천사일 수도 있고, 우리에게 천국의 문을 열어줄 천국의 열쇠일지도 모른다고 생각합니다.

이 신부는 사람마다 나름대로의 향기가 있다고 믿습니다. 주위 다른 사람에게 어느 정도의 영향을 끼치는 자기장과 비슷한 향기가. 어떤 사람의 향기는 좁은 범위에 아주 미약한 파장을 만들어내지만, 어떤 사람의 향기는 미치는 영향이 놀랍도록 커서 시공을 초월하는 자기장을 만들어내기도 한다고 믿습니다. 수천 년 동안 세상에 엄청난 영향을 미치고 있는 예수처럼.

그래서 우리의 삶에 향기를 만들어야 한다고 말합니다. 후각만 자극하는 향기가 아니라 사람들의 존재에, 삶의 원소적 배열에 변화를 일으키는 자석 같은 향기를 만들자고 말합니다.

〈울지마 톤즈〉는 이태석 요한 신부가 지난해 1월 대장암으로 48세의 아까운 나이에 세상을 떠난 후 그의 봉사와 희생정신을 담은 다큐멘터리입니다. 수백억 원을 들여 흥행을 노리는 블록버스터들과는 상관없이 지난해 9월 개봉되어 조용하게, 진한 감동으로 수십만 명의 관객을 모았습니다.

영화는 또 이 신부가 생전에 처음 방문해 성령대회에서 그의 아프리카 선교 활동을 전했던 미국 LA에서도 상영되었습니다. 거기서도 한인 동포들을 중심으로 20만 명에 이르는 관객들이 영화를 지켜보며 눈물을 흘렸습니다.

이태석 신부의 선종 소식을 전해들은 톤즈도 눈물바다가 되었습니다. 아이들은 브라스밴드의 연주를 은인에 대한 마지막 선물로 바쳤습니다. 일찍이 이 신부가 가르쳤던 노래, "사랑해 당신을 정말로 사랑해 / 당신이 내 곁을 떠나간 뒤에 / 얼마나 눈물을 흘렸는지 모른다오." 브라스밴드 앞줄에는 이태석 신부의 사진이 펄럭였습니다.

지금 그의 사랑에 감염된 많은 사람들이 후원자로 나서서 아프리카를 돕는 운동이 전개되고 있습니다. 톤즈에서 처음 그를 만난 아이들 가운데 우리나라에 와서 의학, 농학을 공부하며 '쫄리John Lee' 신부가 사랑의 씨앗을 뿌린 고향땅을 더욱 기름지게 가꾸겠다고 의지를 보이는 아이들도 있습니다. 이 신부가 말하던 바로 그 향기가 아시아와 아메리카, 아프리카 대륙에 걸쳐 거대한 사랑의 자기장을 뻗치고 있는 건 아닐까요.

"당신은 정말 그렇게 살다가 그렇게 가실 작정이십니까?" 이태석 신부는 우리에게 그렇게 묻는 듯합니다. 힐책하는 것도 아닙니다. 우리 스스로도 찾을 수 있는 그 아름다운 생을, 참다운 행복을 제대로 누려보지 못하고 못난 욕심에 갇혀 살다 가는 데 대한 안타까움을 말하는 듯합니다.

지난 14일이 그의 1주기였습니다. 그는 사람이 태어나서 어떻게 사는 것이 정말 사람답게 사는 것인지, 종교가 해야 할 일이 어떤 것인지, 몸으로 보여주고 하늘로 갔습니다. 문득 그가 바로 이 땅의 메마른 영혼들을 위해 하늘이 보낸 천사가 아니었을까 하는 생각이 듭니다.

마르지 않는 붓

안진의(2015. 2. 24)

　　　　　　테이블 위에는 파란 하늘이 그려진
책 한 권이 놓여 있습니다. 한국자생식물원 김창열 원장의 전국일주 마
라톤 기행입니다. 그는 찬바람이 시작되던, 2013년 11월 1일 부터 75
일간 1,508.8킬로미터를 달렸습니다. 평창의 식물원에서 출발하여 동
해안에서 남해안으로, 이어서 서해안에서 다시 임진각으로, 그리고 평
창의 출발점으로 돌아오는 동안 마라톤과 이 땅의 꽃 이야기를 합니다.

　그는 오대산 자락 한 뼘 양지에 둥지를 틀고, 꽃 농사를 시작했습니
다. 우리 자생 식물이 돈이 될 것이라고는 아무도 상상하지 못했을 때
입니다. 그리고 처음으로 설악산의 에델바이스, 즉 솜다리 씨앗을 채
취해서 대량 재배에 성공합니다. 1980년대 초 에델바이스를 넣은 액자

가 설악산의 관광기념품으로 대단한 인기를 얻을 때였습니다.

저도 학창시절 〈에델바이스〉 노래를 흥얼거렸던 기억이 선명합니다. 노래를 부르며 얼마나 아름다운 꽃일지 궁금했지만, 실제 에델바이스를 직접 본 것은 어른이 되고 나서도 한참이 지난 후, 식물원에서였습니다. 그 덕분에 스위스까지 가지 않고, 설악산 벼랑 끝에 위험천만 매달릴 필요도 없이, 쉽게 우리의 에델바이스, 솜다리 꽃을 볼 수 있게 된 셈입니다.

그는 나아가 천연기념물 섬백리향을 증식하고, 유일하게 우리나라에만 서식한다는 벌개미취 군락을 곳곳에 만들었습니다. 그리고 흔히 외래종을 식재하던 골프장 조경지와 전국의 초등학교에 우리 꽃을 심는 등, 우리의 멸종 위기와 희귀 자생, 그리고 특산식물 등을 재배하고 보존하는, 우리 꽃을 지키는 꽃지기입니다.

어느 날 그는 우리가 흔히 보는 민들레의 대부분이 서양 민들레인데, 잎 받침이 위로 향한 모양이면 토종이고 아래로 쳐져있으면 외래종이라며, 어디선가 날아든 꽃씨로 외래종 민들레가 식물원에 꽃을 피우면, 가차 없이 뽑아버리곤 했습니다. 그도 그럴 것이 그가 지켜내는 식물원이 다름 아닌 우리 꽃 식물원이기 때문입니다.

아프니까 청춘이란 말이 있지만 자신은 미칠 수 있으니까 청춘이라고, 젊은 날부터 그는 우리 꽃에 미쳐 있었습니다. 그리고 어려운 환경에서의 성쇠는 강건함 만이라며 달리기를 시작했다고 합니다. 사실 그는 42.195킬로미터 마라톤 풀코스를 100회 이상 완주한 실력을 갖고 있습니다. 하지만 60대의 나이에, 한 겨울 전국을 달린다는 것은 혀를 내두를 만큼 독하지 않고는 해내기 어려운 정신력입니다.

농상에 걸려 하마터면 발가락을 잘라내야 할지도 모를 만큼, 혹독한 추위 속에 지쳐 뛰면서, 그는 유독 어머니 생각을 많이 한 것 같습니다. "내 눈꺼풀에는 늘 어머니가 매달려 있습니다. 검고 깡마른 얼굴보다는 하도 일을 많이 해서 거칠어진 손마디가 마치 갈퀴 같은 손, 그 손이 늘 내 눈가를 맴돌고 눈물이 됩니다."

다른 곳이 아니라 힘없는 눈꺼풀에 어머니가 매달려 있다니, 그가 얼마나 어머니를 그리워했을지 절절히 느껴지는 대목입니다. 그는 좋아하는 색이 파란색이라며, 파랑의 중심에는 희망과 꿈이 있는 것 같아 좋다고 하였는데, 생각해보면 그의 파랑은 그 어머니의 파랗게 멍든 가슴이 씻어낸, 희망의 파랑이었는지도 모릅니다. 여자로서 태어나 일하며 자식들 부양하느라 살기가 어찌나 힘들었는지, 다시 태어난다면 남자로 태어나겠다고, 젊은 날, 손수 남자 수의를 준비하셨다는 그의 어머니입니다. 오늘날의 그를 있게 해준 분, 그가 "행동의 가치는 끝까지 이루는 데 있다"고 되새기며, 완주에 성공할 수 있도록 하늘에서 도운 분은, 세파 속에서 그를 키워낸 어머니일 것입니다.

이제 눈꺼풀에 매달린 어머니를 고이 그의 눈 안에 넣어, 더 큰 강건함과 현명함으로, 이 땅의 우리 꽃지기로 더 묵묵히 달려주기를 바랍니다. 그리고 우리 땅, 우리 꽃에 대한 애정으로, 북녘 땅도 달리고 싶다던 그의 꿈대로, 임진각 자유의 다리가 북한을 달리기 위한 출발점이 되어, 언젠가는 힘차게 달릴 수 있길 바랍니다. 더불어 그곳의 야생화도 우리가 함께 마주하는 기쁜 날이 오기를 소원합니다.

흥남 대탈출에서
〈환희의 송가〉가 들려온다

이성낙(2014. 12. 29)

　　　　　　64년 전 1950년 12월 24일, 흥남부
두에 집결한 수많은 피란민을 태운 마지막 수송선 LST가 항구를 떠났
습니다. 그리고 잠시 후, 부두는 물론 흥남 시가지 여기저기에서 무서
운 폭음과 함께 거대한 검은 폭연爆煙 기둥이 하늘로 치솟아 올랐습니
다. 배에 탄 피란민들은 이 광경을 넋 놓고 바라볼 수밖에 없었습니다.
이 사건을 일컬어 '흥남 대탈출' 일명 '흥남 철수 작전'이라고 합니다.
'흥남 대탈출'은 우리 한반도에서 벌어진 수많은 전사戰史 중에서도 특
별한 역사적 사건입니다. 그리고 그 중심에 당시 28세의 젊은 의사 현
봉학玄鳳學 박사가 우뚝 서 있습니다(1944년 세브란스의대 졸업, 1947~
1949년 미국 버지니아 주립의대 임상병리과 수련, 1950년 세브란스의대 임상

병리 강사). 영어를 구사할 수 있는 사람이 아주 드물던 당시, 한국전쟁에 참전한 제10군단장인 에드워드 앨먼드Edward M. Almond 소장은 우연히 미국에서 유학한 젊은 현봉학 박사를 만나게 되고, 자신의 전속부관(통역관)으로 그를 차출해 유엔군의 동부 전선 그리고 그의 고향 지역이기도 한 흥남-함흥-장진호長津湖로 이어지는 전투에 투입합니다. 그때 현봉학 박사는 미국 유학에서 갓 귀국했는데, 전쟁이 발발하자 한국 해병대 소속 군의관으로 자원입대한 상태입니다(소아마비로 군복무 면제 대상인데도). 그렇게 앨먼드 소장과 현봉학 박사의 만남으로 '흥남 대탈출'이라는 역사적 드라마는 시작합니다. 전장에서 북진하던 유엔군은 11월 중순경 전혀 예기치 못한 돌발 사태에 직면합니다. 인해전술로 중공군이 한국전에 참전 개입하면서 전황이 급변하자, 유엔군 사령부가 전선에서 퇴각할 것을 명령한 것입니다. 여기서 '흥남 대탈출'의 드라마가 연출됩니다. 무엇보다 미군이 굴욕적으로 참패해 퇴각하는 긴박한 상황에서 민간인을 구출하는 작전이라는 점에서 더욱 특별한 의의가 있습니다. 특히 민간인의 철수를 돕기 위해 군인들이 자기 목숨과도 같이 여기는 작전용 중장비를 수송선에서 내려놓고 그 공간에 더 많은 피란민을 태워 수송했다는 사실입니다. 이는 오로지 인종, 국경, 종교, 이념이라는 모든 벽을 훌쩍 뛰어넘은 인간사랑humanity이라는 큰마음이 움직였기에 가능했던 대서사극이라는 점에 각별함이 있습니다. 역사적 모뉴멘트monument가 아닐 수 없습니다. 또 흥남 대철수 작전은 엄청난 수의 피란민을 구출했다는 사실 하나로도 세계사에 남을 역사役事로 기억되어야 합니다. 〈구약성경〉에 의하면 모세Moses

가 이집트 땅에서 노예로 착취당하며 살던 동족을 이끌어낸 민족 대이동이란 거사에는 6만 명이라는 수치가 뒤따릅니다. 그리고 〈쉰들러 리스트〉로 잘 알려진 독일인 오스카 쉰들러Oskar Schindler가 나치 수용소에서 구해낸 유대인의 수는 약 1,200명이라고 합니다. 그런데 우리 현봉학 박사는 숨 막히는 전쟁터에서 10일간(1950년 11월 14~24일)의 짧은 기간 동안 10만 명의 피란민을 구출하는 데 성공한 것입니다. 이는 실로 특기할 만한 사실입니다. 10만이라는 숫자 자체가 이미 감동적이지만 현봉학 박사가 그 같은 결과를 이끌어내려고 집요하게 설득하고 또 설득한 끈기와 노력, 군단장인 앨먼드 소장과 그의 참모부장 에드워드 포니Edward H. Forney 대령 그리고 유엔군 더글러스 맥아더Douglas MacArthur 사령관의 이해와 협조가 없었다면 아주 다른 역사의 궤도를 밟았을 것입니다. 그래서 필자는 젊은 현봉학 박사의 피란민에 대한 인간 사랑의 호소를 맥아더 사령부가 받아들여 그의 동의 아래 앨먼드 군단장의 흥남 철수 작전이 이루어질 수 있었다고 봅니다. 그렇습니다. 기록에 의하면 본부에서 철수 명령이 떨어지자, 흥남부두에서는 군수물자를 하역하게 하면서 부산기지에서는 한국해군 소속 수송선 LST 3척을 흥남으로 배치했다고 합니다. 그리고 동시에 일본으로부터 다른 수송선 7척이 흥남으로 급파되었다고 합니다(김성은 당시 해병대 부대장, 훗날 국방장관). 그러나 흥남 대탈출 작전은 미국인에게 '잊힌 전쟁The Forgotten War', 즉 '잊고 싶은 전쟁'으로 몰고 간 장진호 전투를 빼놓고 이야기할 수 없습니다. 장진호 전투는 동절기 북한 산악 지대의 지형적 악조건에다 인해전술로 포위망을 좁히며 몰려오는 중공군과 싸우기도 버거운데, 때마침 10년 만에 닥쳐온 영하 30도의 살인적 추위暴寒로 수많은 동사자凍死者를 포함해 7,000명이 넘는 희생자를 내고 말았습니다. 그만큼 희생이 컸던 장진호 전투에서 미군은 보름간의 악전고투 끝에 적군의 포위망을 뚫고 함흥으로 이동했습니다. 그리고 그 철수하는 미군들의 마지막 집결지는 우연치 않게 '흥남'이었습니다. 흥남부두라는 좁은 공간에는 장진호 전투에서 후퇴하는 10만여 명의 미군과 수많은 군중장비들 그리고 피란민 10만 명이 집결했으니 얼마나 혼잡했는지는 충분히 짐작하고도 남음이 있습니다. 그런데 그렇게도 형언할 수 없는 최악의 상황에서도 군사령부는 약 10만 명에 이르는 9만 8,000명을 수송선으로 피란시키기로 결정한 것입니다. 필자는 장진호 전투에서 참패한 엄청난 아픔에도 불구하고 미군이 민간인 10만 명을 구출한 '흥남 철수 작전'이란 대서사극으로 전투를 마무리했다는 사실은 결코 간과해서는 안 될 역사의 한 장章이라고 생각합니다. 따라서 '흥남 대탈출 작전'이야말로 인간이 빚어낸 장엄한 드라마라고 감히 말할 수 있습니다. 그래서 이 역사적 드라마를 떠올릴 때면 배경음악으로 베토벤Ludwig Van Beethoven의 〈환희의 송가An Die Freude〉, 그중에서도 "그대의 부드러운 날개가 머무는 곳, 모든 인간은 형제가 되노라(Alle Menschen werden Brueder, wo dein sanfter Fluegel weilt)"라는 소절이 더욱 가깝게 들려오는 듯싶습니다.

가을의 시인

방석순(2011. 11. 14)

　　　　　　하얀 그림자를 뿌리며 석촌호수를
수놓던 몇 마리 백조들이 오늘은 어디론가 모습을 감춰버렸습니다. 호
숫가 산책길을 꽃처럼 고운 단풍으로 물들이던 왕벚나무들도 이젠 거
의 알몸을 드러냈습니다. 발밑에서 와삭거리는 낙엽이 하루하루 더 두
껍게 쌓여갑니다. 어쩐지 허전하고 공연히 외롭고 누군가가 그립
고…… 방향도 없이 서성이며 무언가를 자꾸 골똘히 생각하게 되는 계
절입니다.

　바로 옆 벤치에서 초로의 한 남자가 바람에 일렁이는 잔물결을 바라
보며 하얀 종이에다 무언가를 열심히 쓰고 있습니다. 떠나간 사랑에게
보내는 마음의 편지일까요. 혹시 만추의 감상을 시로 풀어내고 있는지

도 모르겠습니다. 문득 며칠 전 늦은 밤에 보았던 TV의 특집방송이 떠오릅니다. 새파랗게 젊은 나이에 남의 나라 옥에서 숨을 거둔 시인 윤동주를 그 나라 사람들이 애도하고 추모하는 내용이었습니다.

죽는 날까지 하늘을 우러러 / 한 점 부끄럼이 없기를, / 잎새에 이는 바람에도 / 나는 괴로워했다. / 별을 노래하는 마음으로 / 모든 죽어가는 것을 사랑해야지 / 그리고 나한테 주어진 길을 / 걸어가야겠다. / 오늘 밤에도 별이 바람에 스치운다. - 〈서시〉

시인이 연희전문 졸업을 앞둔 1941년 11월 첫 시집 《하늘과 바람과 별과 시》 출간을 준비하며 쓴 시입니다. 우리가 사춘기 때 노래처럼 읊조리다 어느덧 까맣게 잊어버린 그 시를 일본 사람들은 지금 중년이 되어서, 노인이 되어서 눈물을 흘려가며 외고 있었습니다. 더러는 명함 뒷면에 깨알 같은 글씨로 적어 다니기도 했습니다.

계절이 지나가는 하늘에는 / 가을로 가득 차 있습니다. / 나는 아무 걱정도 없이 / 가을 속의 별들을 다 헤일 듯합니다. / 가슴 속에 하나 둘 새겨지는 별을 / 이제 다 못 헤는 것은 / 쉬이 아침이 오는 까닭이요, / 내일 밤이 남은 까닭이요, / 아직 나의 청춘이 다하지 않은 까닭입니다. / 별 하나에 추억과 / 별 하나에 사랑과 / 별 하나에 쓸쓸함과 / 별 하나에 동경과 / 별 하나에 시와 / 별 하나에 어머니, 어머니,
- 〈별 헤는 밤〉

이 시도 같은 해 같은 달에 쓴 것입니다. 윤동주는 이렇게 늦가을에 꼭 어울리는 시인의 이름입니다. 그의 시에선 외로움, 그리움, 부끄러움이 덩어리져 쏟아집니다. 그의 시는 수많은 사람들을 부끄럽게 만듭니다. 서른도 채우지 못한 그 짧은 생애에 무얼 그리 저지른 죄가 있어 구절마다 부끄러움을 토로하고 참회의 한숨을 지었을까요. 읽다 보면 공연히 미안해지고 덩달아 부끄러워집니다. 그래서 페이지를 넘기지도 못하고 긴 숨을 토하게 됩니다. 아예 책을 덮어 두 번 다시 보지 않으려는 사람도 있을 것입니다.

서정과 순수의 시인. 그는 가장 어두운 곳에서도 별을 그리고, 고향을 그리고, 어머니를 그리고, 또 밝은 내일을 그렸습니다. 어느 시 한 편에서도 핏발을 세운 저항이나 저주, 신랄한 비판이나 비난을 찾아보기 어렵습니다.

그런 시인을 일경은 1943년 치안유지법 위반으로 잡아들였습니다. 정말 그가 감옥에 격리될 만큼 위험한 사상범이었을까요? 시인은 스스로 "나는 세계관, 인생관, 이런 좀 더 큰 문제보다 바람과 구름과 햇빛과 나무와 우정, 이런 것들에 더 많이 괴로워해 왔는지도 모르겠습니다"(〈화원에 꽃이 핀다〉 중에서)고 고백했었습니다. 그를 후쿠오카 형무소에 밀어 넣은 일제의 횡포는 좀 터무니없어 보입니다. 어쩌면 그런 그의 시어詩語를 다른 어떤 자극적이고 반동적인 언사나 선동 구호보다 더 두려워했던 때문인지도 모르겠습니다.

인생은 살기 어렵다는데 / 시가 이렇게 쉽게 씌어지는 것은 / 부끄러운 일이다. / 육첩방은 남의 나라 / 창밖에 밤비가 속살거리는데, / 등불을 밝혀 어둠을 조금 내몰고, / 시대처럼 올 아침을 기다리는 최후의 나, / 나는 나에게 작은 손을 내밀어 / 눈물과 위안으로 잡는 최초의 악수. - 〈쉽게 씌어진 시〉

이 시는 일경에 검거되기 한 해 전 일본 땅에서 쓴 것입니다. 한때 윤동주가 다녔던 도쿄의 릿쿄立敎 대학 졸업생들은 '윤동주를 기념하는 릿쿄 모임'을 만들어 그의 시를 읽고 기념하고 있었습니다. 모임의 한 여성은 시인과 관련된 자료들을 보물처럼 자랑했습니다. 그는 "윤동주의 시는 내면 깊은 곳에서 우러나와 시대는 물론 언어의 장벽을 넘어 마음을 울린다"고 말했습니다. 10여 년 전 만주 용정으로 시인의 생가를 찾았었다는 그는 '시인을 우리가 죽였다'는 죄스러움에 지금껏 흐느끼며 뛰는 가슴을 진정시키지 못했습니다.

윤동주가 교토로 옮겨 다니던 도시샤同志社 대학 교정에는 선배 정지용과 그의 시비가 나란히 세워져 있었습니다. 이곳 사람들은 시인이 생전에 즐겨 산책하던 우지宇治 강가에도 기념비를 세우겠다며 벌써 5년째 교토 부청府廳과 줄다리기 중이랍니다. 그들은 윤동주를 한 민족과 문화에 대한 사랑을 넘어 인류 평화를 염원했던 시인으로 기리고 있었습니다.

시인이 27년여의 짧은 생을 마감한 후쿠오카에도 '윤동주의 시를 읽는 모임'이 있었습니다. 이들은 매년 국내 인사들을 초청해 함께 추모제를 열며 시인의 넋을 위로하고 있었습니다. 윤동주 시인에 대한 열기는 드라마나 K팝이 주도하는 한류와는 또 다른 모습으로 일본 땅에 널리 깊이 있게 퍼져가고 있는 듯했습니다. 시를 낭송하고 토론하고 연구하는 그들의 지극한 윤동주 사랑에 '이러다가 시인을 저들에게 빼앗길지도 모르겠다'는 엉뚱한 염려까지 들었습니다.

집으로 향하는 차창 밖 한 해의 수고를 거둬들인 들녘이 허허롭습니다. 고개 숙인 해바라기 머리 위로 하늘이 파랗게 높아갑니다. 책장 깊은 곳에서 케케묵은 먼지에 덮여 있을 윤동주, 그의 시집을 꺼내 세상사는 부끄러움을 다시 일깨워야겠다고 다짐해봅니다. 그의 맑은 시심詩心으로 오염된 영혼을 조금이나마 씻어 보아야겠습니다.

후투티 ⓒ 김태승

매실나무 ⓒ 박대문

5

과거,
현재,
그리고 미래

개개비 ⓒ 김태승

옛날 옛적
자본주의는

박상도(2012. 7. 30)

　　　　성경에 "부자가 천당에 가는 것은 낙타가 바늘구멍을 통과하는 것보다 어렵다"고 쓰여 있습니다. 그리고 이 말은 꽤 오랫동안 진리로 여겨졌습니다. 그런데 세상이 바뀌기 시작했습니다. 신분이 우선하던 사회에서 돈이 우선 고려 대상이 되는 사회로 변하기 시작한 것입니다. 중세 봉건 사회에서 시민 사회로 세상이 바뀌어가면서 돈 많은 중산층이 등장하기 시작하였고 이들에게는 자신들이 돈을 버는 일에 대해 정당성을 부여하는 일이 당장 풀어야 할 과제였습니다. 당연히 종교도 새로운 교리가 필요했습니다. 그래서 탄생한 것이 프로테스탄티즘Protestantism이었고 막스 베버Max Weber가 이 프로테스탄티즘과 자본주의 정신을 하나로 묶어서 책을 발간하였습니다. 이 책의 중요한 사상은 돈을 버는 것은 하느님이 내게 내려준 소명을 다하는 행위로 돈을 벌어서 쌓아놓는 것은 하느님의 은총을 쌓아 올리는 행위로 간주한다는 것입니다. 이로써 자본주의의 문이 활짝 열리게 된 것인데 사람들이 이제 마음껏 돈을 벌어도 되는 세상이 된 것입니다.

수백 년 동안 유교적 가치가 지배해왔던 우리 사회는 '사농공상土農工商'의 순으로 신분 질서가 유지되어왔기 때문에 해방 후 경제 개발이 본격적으로 이루어지기 시작한 후에도 얼마 동안은 단순히 돈을 버는 것보다는 출세를 해서 권세를 누리는 것을 더 좋은 것으로 생각하였습니다. 또한 한국 전쟁으로 표면화된 동서의 갈등이 냉전이라는 용어를 만들어내며 첨예하게 대립하던 시대에는 자유민주주의에 근거한 자본주의가 잠시 숨 고르기를 하였습니다.

하지만 구소련의 붕괴와 중국의 개방으로 승리에 도취한 자본주의는 브레이크 없는 질주를 계속하게 됩니다. 돈이 "길이요 진리요 생명"인 시대가 된 것입니다. 과거에는 사람들이 돈을 경계하는 마음이 있었습니다. 양반이 머슴에게 새경을 줄 때, 수무집전手毋執錢이라 하여 젓가락으로 엽전을 집어서 준 이유는 엽전이 더러워서가 아니라 돈을 요물로 생각했기 때문일 것입니다. 유럽에서도 돈을 빌려주는 대부업종의 종사자는 대부분 유대인들이었습니다. 당시 유대인들의 토지 소유가 금지됐었기 때문이기도 합니다만 돈으로 돈을 버는 직업은 천박한 일이며 옳지 못한 일이라 여겼기 때문에 그러한 일은 예수님을 부정한 유대인들이 하는 것이 옳다고 본 것입니다. 성경에 세리, 즉 세금을 걷으러 다니는 사람들이 부정적으로 묘사되는 이유도 그들이 돈을 직접적으로 취급하는 사람들이었고 그러다 보니 부패와 타락의 길로 접어드는 경우가 많았기 때문입니다.

서구 자본주의를 이해하는 데 근간이 되는 막스 베버의 《프로테스탄티즘의 윤리와 자본주의 정신》에는 '돈이 돈을 버는 현상'에 대한 언급은 없습니다. 오히려 장 칼뱅Jean Calvin의 금욕주의 사상이 베버가 성찰한 자본주의의 요체였습니다. 즉, 근면 성실하게 일해서 정당하게 돈을 벌고 이렇게 부를 축적하는 것이 구원을 받는 길이라는 것입니다. 칼뱅의 예정설에 따르면 인간의 구원은 하느님이 미리 정해놓은 것으로 되어 있는데 문제는 누가 구원을 받기로 되어 있는지 알 길이 없다는 것이었습니다. 하지만 베버는 그 구원의 길을 부를 축적하는 것으로 구체화시켰고 이로써 사람들은 부자가 되는 것이 천국으로 자신을 인도하는 것으로 믿게 된 것입니다.

그런데 여기서 우리가 간과하지 말아야 할 것이 있습니다. 부의 축적은 오로지 근면과 성실 그리고 금욕적인 생활로 이루어내야 한다는 전제가 베버의 이 역사적인 저술에 깊게 깔려 있다는 사실입니다. 초기 자본주의 시대에 상업적 생산 활동을 하는 사람들의 장부에 'In the name of God'이라는 글귀가 새겨져 있었던 것은 많은 것을 상징합니다. 우선 자신의 장부에는 거짓이 없다는 것을 천명하는 것이었고 하늘이 보기에 떳떳하게 돈을 벌고 있다는 자부심의 표현이고 종교적 숭고함이 자신의 사업의 근간이 됨을 의미합니다. 따라서 자본주의의 조상이라고 할 수 있는 베버의 시각으로 오늘날 신자유주의에 입각한 자본주의를 본다면 이는 자본주의가 아니라 탐욕과 쾌락 그리고 타락으로 치닫는 지옥의 입구로 보일 것입니다.

이러한 문제의 발단은 모두 '돈이 돈을 버는 현상'에서 시작되고 있습니다. 헤지 펀드와 핫머니가 국제 금융 시장을 종횡무진 누비고 있고, 부동산 과열을 틈타 서브프라임 모기지subprime mortgage가 성행한 것 역시 근본은 '돈이 돈을 버는 현상'에 사람들이 편승한 것이기 때문입니다. 영국의 경제학자 콜린 클라크Colin Grant Clark의 분류에 의하면 금융업은 3차 산업에 속합니다. 3차 산업은 1차 산업이나 2차 산업이 생산한 재화의 이동, 소비, 축적과 관련된 일을 합니다. 그런데 오늘날의 금융시장은 돈이 '더 많은 돈을 버는' 직접적인 재료가 되고 있습니다.

막스 베버뿐만 아니라 자본주의에 대해 강한 비판을 했던 카를 마르크스Karl Marx조차도 그의 저서인 《자본론》에서 '돈이 돈을 버는 현상'에 대한 언급은 하지 않았습니다. 단지 '돈이 돈을 버는 행위'가 이자의 형태로 언급이 되고 있을 뿐, 돈을 빌려주는 행위가 이윤을 창출하는 것으로 보지는 않고 있습니다. 이윤은 생산 활동에 의해서만 창출된다고 보고 있습니다.

벌써 100년도 훌쩍 지나가버린 오래 전 사상가의 생각이라서 오늘의 현상에 적용을 한다는 것이 부적절하다고 생각할 수도 있습니다. 하지만 오늘날 자본주의는 심각하게 변형되어 환부를 도려내야 하는 현실에 직면해 있습니다. 실물 경제가 따라가주지 않은 상황에서 흥청망청 돈 잔치를 벌인 유럽이 휘청거리고 있습니다. 허리띠를 졸라매자는 얘기가 통하지 않는 이유는 양극화된 부의 편재에 대한 반감이 크기 때문입니다. 정치는 딜레마에 빠지고 이 와중에도 돈을 버는 기업은 계속 많은 이익을 내고 있습니다.

"We are 99 percent"를 외치며 월스트리트Wall Street를 강타한 시위는 시작에 불과할지도 모릅니다. 막강한 정보와 로비의 힘으로 부를 축적한 극소수의 사람들은 호황기엔 이익을 거의 독차지했으며 과도한 탐욕으로 금융위기가 도래했을 때는 우월한 지위를 이용하여 피해를 최소화했습니다. 그리고 그 피해를 대다수의 서민에게 전가했습니다. 더 큰 책임을 져야 할 사람들이 더 큰 몫을 챙기는 모습에 대중은 참을 수가 없었던 것입니다.

도덕적 불감증에 빠져 더욱 더 뻔뻔해지고 악랄해지는 거대 자본에 대해, "본류 자본주의의 숭고한 정신은 당신들을 용납하지 않는다"고 이야기를 해야 할 때가 되었습니다. 미국에서는 집값이 반토막이 나자 담보 가치의 하락으로 더 이상 은행에서 대출 연장을 받지 못한 수많은 집주인이 거리에 나앉았습니다. 십여 년 동안 갚아온 돈은 허공에 날아가버린 것입니다. 우리나라에서도 내 집 장만의 꿈을 이루기 위해 전세를 안고 대출을 받아 주택을 구입한 속칭 '하우스 푸어House Poor' 들의 집은 이른바 '깡통집'으로 전락하고 있습니다. 열심히 살면서 부자의 꿈을 키워나가도 세상의 거친 파도가 한 번 출렁이면 다시 출발점에서 시작해야 하는 상황인 것입니다. 그리고 근면하게 성실하게 사는 사람들이 마땅히 가져가야 할 몫이 거대 자본의 가공할 중력에 흡수되고 맙니다.

자본주의의 태동기에 돈은 '천국으로 가는 수단'이었습니다. 그런데 이제 돈이 그 자체로 '목적'이 되었습니다. 돈이 목적인 사회에 '금욕적 윤리'를 기대할 수는 없습니다. 그리고 천국은 멀어져만 가고 있습니다.

　얼마 전, 오랜만에 고등학교 동창 한 명을 만났습니다. 미국에서 MBA 공부를 하고 돌아와 기업 인수합병M&A을 하는 친구였습니다. 머리는 거의 다 빠졌고 피부는 탄력을 잃어 제 나이보다 훨씬 더 들어 보였습니다. 제가 건강을 묻자, "사람이 할 짓이 아닌 걸 하고 사니까 이렇게 쉽게 늙는구나……" 하고 한탄을 합니다. 우리는 알고 있습니다. 우리가 가고 있는 이 길이 옳은 길이 아니라는 것을. 그리고 옳은 길을 찾는 방법은 왔던 곳을 돌아봐야 보인다는 것을.

　돈에 눈이 먼 우리들은 눈 뜬 장님과 다를 바 없습니다. 화담 서경덕 선생이 갑자기 눈을 뜬 장님에게 제 집 찾아가는 방법을 가르쳐주기를 "도로 눈을 감아라!" 하셨습니다. 이제 자본주의의 본 모습을 찾아가야 할 때입니다.

　　　　　　　　　　　　　　　　　　　　　마르지 않는 붓

꿈꾸는
아라뱃길

김영환(2015. 11. 25)

　　젊은이들에게 열정의 주말이라는 '불금(불타는 금요일)'이 우리 부부에겐 손녀를 맡는 날입니다. 손자는 커녕 마흔 넘도록 결혼을 안 해 자식 걱정하는 친구들이 수두룩한데 며느리는 예쁜 손녀를 두 명 안겨주었으니 손녀 돌보는 것이 의무라고 여깁니다.

　초가을의 어느 금요일, 손녀들에게 바람을 쏘여주자는 아내의 말에 차를 아라뱃길로 돌렸습니다. 한참 응석 부릴 세 살 배기를 좀 컸다고 엄마가 요즘 다시 일을 시작해 아침에 아파트 어린이집에 맡기면 오후 너덧 시 할머니가 데리러 갈 때까지 매여 있는 일상이죠. 어린이집에 안 간다고 떼도 쓰는데 때로 해방감을 줘서 이런 생활에 길이 들게 해야 한다고 아내는 말합니다.

아라뱃길(경인운하) 공원에 닿자마자 손녀들은 용수철처럼 튀어나갔습니다. 풀 섶에 앉은 잠자리도 맨손으로 잡으려 안간힘 쓰고 나무 계단도 위태롭게 뛰어내려 물가의 목책을 넘어가려 들었죠. 공원에는 딱히 장난감이라고 할 게 없었지만 그들의 눈에는 모든 것이 놀이도구였습니다.

김포에서 인천 정서진正西津까지 약 18킬로미터의 아라뱃길 옆으로 펼쳐지는 찻길은 돌로 만든 과속 방지턱이 워낙 많은 탓인지 평일엔 꽤 한적합니다. 그래서 나는 강화도로 이어지는 조용한 이 길을 자주 오가는데 운하 개통하고 3년이 지나도록 손녀들을 유람선에 태워 보여준다는 계획만 갖고 있다가 유람선이 어느새 사라져버려 나 역시 늘 지나가기만 했던 아라뱃길을 손녀들과 함께 보겠다고 온 것입니다.

아라뱃길은 13세기 고려 고종 때의 실력자 최우가 처음 구상했답니다. 그는 변변한 도로도 운송 수단도 없던 항몽 전쟁의 무력한 시대에 물길에서 돛을 올리면 사람과 물자를 쉽게 빨리 나를 수 있음을 잘 알았을 것입니다. 최우는 삼남의 세곡을 천 섬이나 싣는 조운선들이 물살이 거센 강화도와 김포 사이의 염하鹽河로 한참 올라가지 않고 인천에서 곧장 물길을 파는 게 경창京倉으로 가는 지름길이라고 보았다고 운하를 건설한 케이워터는 소개합니다. 당시 발달했던 고려의 조운선은 여러 지자체에서 복원해놓았다고 하니 가봐야겠습니다.

부평 원통이 고개 돌산에서 접었던 최우의 꿈이 나와 손녀들 눈앞에 펼쳐졌습니다. 세 살 터울의 큰손녀에게 말했습니다. "이 물은 배가 빨리 다니도록 일부러 땅을 파서 한강물이 바다로 흐르게 한 거야. 수백 년 전 고려라는 우리 옛 나라가 있었는데 최우라는 사람이 생각했던 걸 지금 만든 거야. 이런 걸 운하라고 해."강물은 전부 바다로 흘러가지요?"라고 물었던 손녀니 운하의 개념은 잘 알았겠죠.

김포공항으로 착륙하는 거대한 여객기가 쉴 새 없이 아라뱃길 위로 우람한 동체를 드러내며 고도를 낮추고 있었습니다. 작은손녀는 눈이 부신 줄도 모르고 "비행기, 비행기" 하면서 눈을 떼지 못했습니다. 어린 시절 눈에 움직이는 신기한 것들은 모두 로망으로 자리 잡나봅니다. 나 역시 국민학교 저학년 시절 미군 헬리콥터를 보려고 몇 킬로미터를 가슴이 터지도록 뛰어 공원으로 올라가서 보고야 말았습니다.

"할아버지, 저 배 뭐야?" 배는 없고 비행기와 자전거만 자주 지나가는데 물길에서 배를 처음 본 작은손녀가 손으로 가리켰습니다. '강물이 졸려 하니까 눈 비벼 주는 거야'라고 하려다가 환경탐사선 같아서 "강물이 더러운가 알아보는 거야"라고 대답해주었죠. 손녀가 고개를 끄덕였습니다.

운하를 만드는 데 조 단위로 들인 돈과 '위대한 항해의 출발' 혹은 좀 부풀려진 '천년의 숙원'이라는 구호는 때를 잘못 만났는지 아라뱃길은 우리들의 전용처럼 한가로워 안쓰러웠습니다. 논란을 딛고 1천년 조상의 꿈을 이룬 것이라면 마땅히 잘 활용해야 하건만 물길은 놀고 있었습니다.

역사적으로 만드는 사람과 이용하는 사람의 목적이 꼭 일치하는 것이 아닙니다. 최우가 이 쓸쓸한 물길을 보면 어떤 생각을 할까 쓸쓸했습니다. 관광 자원이 부족한 우리나라에서 아라뱃길을 따라 '커넬워크'를 잘 조성하고 수상 혹은 수변시장이라도 열면 창조적인 풍광으로 자라나지 않을까 생각했습니다. 요즘 시대에 무슨 느림보 배 타령이냐고 할지 모르지만 사람들이 속도만 중시하지 않는다는 사실은 여러 지자체들이 경쟁적으로 만든 올레길이니 둘레길을 찾아 걷는 사람이 많다는 데서 드러납니다. 우리라도 아라뱃길 곁에 더 자주 오자고 공원 매점에서 고객 쿠폰을 만들고 도장도 받았습니다.

아라뱃길 꿈은 길고 긴 호흡의 대물림이었습니다. 레오나르도 다빈치Leonardo da Vinci의 조인鳥人 꿈은 사백 년 뒤의 라이트 형제를 기다렸습니다. 어린 손녀들은 뭐가 될지, 그들의 꿈은 내가 아무리 궁금해한들 안갯속이죠. 그러나 '꿈은 크게 꾸어야 해. 아라뱃길도 봤으니까!' 나는 운하로 자극을 조금이라도 받았을까 궁금해하면서 가까이 서 있는 작은손녀를 번쩍 안고 통통하고 뽀얀 두 볼에 기습적인 뽀뽀를 가했습니다.

김수종(2006. 9. 4)

　　　　　　　열흘쯤 전 강원도 오대산에 갔습니
다. 35도의 열파가 서울을 녹여버릴 듯이 더울 때였습니다. 오대산에
는 월정사와 상원사를 둘러싼 전나무 숲이 일품입니다. 침엽수가 뿜어
내는 상쾌함은 냉장고에서 갓 꺼낸 사이다 한 모금을 삼켰을 때의 맛
과 같았습니다.

　그런데 오대산의 시원한 삼림 속에는 공포의 흔적도 있었습니다. 숲
길 곳곳에 흙더미와 돌무더기가 널려 있는 것이 눈에 띄었습니다. 숲
속을 들여다보았더니 산비탈이 패이고, 굴러오다 멈춘 돌덩이들이 사
람 몸집만 한 크기였습니다. 태풍 위에니아가 쏟아부은 집중호우의 상
처였습니다. 바윗돌을 굴리는 물살의 위력인데 산비탈 농경지가 흔적

도 없이 사라지는 것은 당연합니다.

200밀리미터니 300밀리미터니 하는 강우량과 텔레비전에 비치는 수해 현장을 보았을 때는 그저 비가 엄청 쏟아졌구나 하고 생각했습니다. 그러나 홍수의 습격을 직접 당했던 사람들이 전하는 말을 들으니, 그날 밤 강원도 수해 지역 사람들이 겪었던 공포가 고립무원이었음을 실감할 수 있었습니다.

"컴컴한 숲 속에서 물이 걸어 나오는데 혼비백산했습니다." 물 사태를 설명하는데 이 이상 말이 필요 없을 것 같습니다.

소슬바람이 불면서 우리는 고통스럽던 8월의 더위를 잊어버립니다. 올해는 더 이상의 태풍이나 집중호우가 없을지도 모릅니다. 그런데 왜 이렇게 자연재앙이 근년에 문제가 되는 걸까요. 태풍도 집중호우도 새로운 일은 아니며, 과거에도 사람이 죽고 재산을 앗아갔습니다. 자연은 그대로 있는데, 배가 부른 인간이 안전에 더 신경을 쓰게 되고 매스컴의 발달로 구석구석의 일이 보도되면서 문제가 사실 이상으로 과장 부각되는 것은 아닐까요. 그런 일면도 있을 것입니다.

그러나 자연현상이 이상해진 것도 분명합니다. 태풍이든 국지성 호우든 최근 우리나라에 퍼붓는 집중호우는 더욱 살인적입니다. 올해 수해도 심했지만, 몇 년 전 강릉에는 870밀리미터의 집중호우가 쏟아졌습니다. 언덕이 계곡으로 변하고 강이 물길을 바꿨던 모습이 아직 생생합니다. 과거에는 사나흘에 불과하던 열대야 현상(밤 최저기온 25도 이상)이 8월 내내 계속되고 있습니다. 기록과 통계가 이상 현상을 입증합니다. 과학자들은 이걸 기후변화로 규정하고 있습니다. 우리는 재앙

마르지 않는 붓

의 가장자리에 서 있는 게 분명해 보입니다.

우리는 이 새로운 위험에 대비를 잘하고 있을까요. 우리가 하는 일은 기껏해야 응급구호와 복구 및 보상에 집중되어 있습니다. 중앙 정부에는 종합적인 기후변화 대응 체계가 없고, 지방 정부는 장기적인 계산 없이 산비탈을 부수며 토목공사에 열을 올립니다. 우리의 마을과 도시는 난개발로 재앙을 맞을 준비를 열심히 하고 있는 듯합니다.

다행히 올해 인구가 밀집된 서울 지역에는 수해가 상대적으로 덜했습니다. 방비를 잘한 덕분이라고 볼 수 있습니다. 그러나 하루 800밀리미터 비가 내린다면 서울이 안전할까요. 기록을 경신하는 집중호우는 서울에 대한 경고음으로 받아들여야 할 것입니다. 올해 오대산 숲에서 걸어 나왔던 물이 내년에 서울, 또는 다른 대도시의 골목길에서 걸어 나올지 누가 알겠습니까.

선진국에서는 개발 계획을 수립할 때 물의 수급에서 토목공사의 안전계수 설정에 이르기까지 기후변화를 반영하기 시작했다고 합니다. 우리도 그런 방향의 정책 변화가 필요합니다.

인간의 위대함과 왜소함

임종건(2013. 10. 2)

　　　　　　　　　지난달 12일 미 항공우주국NASA은 36년 전에 발사된 우주탐사선 보이저 1호가 태양계를 떠나 성간 우주(태양계와 또 다른 태양계 간의 중간 지대)를 지나고 있다고 밝혔습니다. 기자 초년병 시절이었던 1977년 9월 5일 보이저 1호가 미국 플로리다주 케이프 커네버럴 우주기지를 떠날 무렵《뉴욕타임스》과학면은 보이저 1호의 항로를 그래픽과 함께 특집으로 소개했습니다.

　우주과학에 관해 문맹에 가까운 처지에서 사전을 뒤적이며 기사를 탐독했던 기억이 생생합니다. 내가 그 기사에 빠지게 된 것은 10년, 50년에서 100년, 1,000년, 수만 년 후에 보이저 1호가 우주의 어디쯤 가 있을 것이라는 그래픽의 설명이 너무 신기하게 여겨졌기 때문이었습니다.

보이저 1호 안에 지구의 문물을 소개하는 자료들을 타임캡슐로 탑재해 외계의 어느 행성에 도달했을 때 그곳의 생명체에게 지구의 존재를 알린다는 대목에 이르러서는 생텍쥐페리Antoine Saint-Exupéry의《어린 왕자》가 연상되기도 했습니다.

타임캡슐에 한글을 포함한 지구인의 언어로 된 인사말을 담은 디스켓, 지구의 방위方位 설명서, 지구의地球儀 등과 함께《뉴욕타임스》한 부도 넣었다는 내용이 기억납니다. 보이저 1호의 정신과 기술을 생각하면서 그것을 만든 미국이라는 나라와 과학의 힘이 참으로 대단하게 여겨졌습니다.

이보다 8년 앞서 미국은 아폴로 계획에 의해 인간을 달에 보냈습니다. 우주에 대한 인간의 도전정신이 왕성했던 그때, 목성과 토성 등 태양계의 행성들을 탐사한 이후 태양계 밖의 우주로 나가도록 설계된 보이저 1, 2호를 발사함으로써 미소 간의 우주 경쟁에서 미국의 우위는 보다 확실해졌습니다.

그 보이저 1호가 발사 36년 만에 태양으로부터 190억 킬로미터 떨어진 곳을 시속 6만 킬로미터로 항해하고 있으며 이 속도라면 4만 년 뒤 작은곰자리 별에서 1.7광년 떨어진 곳을 통과하게 된다고 합니다.

통신기술의 발달로 광속(초속 31만 킬로미터)은 일상생활의 용어가 됐습니다. 태양으로부터 190억 킬로미터 떨어져 있다지만 광속으로는 17시간이면 연락이 닿을 수도 있다니 그리 멀게만 느껴지지는 않습니다.

앞으로의 긴 항해에 비기면 보이저 1호는 우주의 문지방을 넘은 것에 불과하지만 인간이 만든 물체가 수만 년 후에도 우주의 어디를 떠돌고 있다는 것은 상상만 해도 신비한 일이 아닐 수 없습니다.

보이저 1호의 기능은 앞으로 20년 안에 멈춘다고 합니다. 그래도 인간이 만든 물체가 부식이나 풍화됨이 없이 우주에서 영원히 존재할 수 있다면 보이저는 우주를 돌고 돌다가 억겁의 세월이 지난 뒤 다시 지구로 돌아오지 않을까 하는 공상도 해봅니다.

NASA가 하는 일은 대체로 신비롭지만 그중에서 또 하나 기억나는 일은 2008년 창립 50주년 행사로 비틀스의 노래, 〈우주를 건너서Across the Universe〉를 빛에 실어서 북극성을 향해 발사한 사건입니다.

인도의 구루Guru에 심취한 존 레넌John Lennon이 만들어 부른 이 노래는 광속으로 우주를 건너서 431년 뒤에 북극성에 도달하게 된다고 합니다. 북극성에 인간과 같은 생명체가 있어 이 노래를 들을 수 있다면 아마도 천 년 안에 북극성에서 '잘 들었다'는 기별이 올지도 모릅니다.

보이저 1호는 나로 하여금 올해 유난히 밝게 떠오른 한가위 대보름달을 한동안 우러르게 했습니다. 광대무변한 우주를 향한 인간의 도전이 얼마나 위대한가를 생각하면서, 동시에 지구와 인간은 얼마나 하찮은 존재인가를 생각해봅니다. 둘레가 4만 킬로미터에 불과한 지구는 우주 안에서는 티끌인데, 그 안에서 100년 살기도 힘든 인간들은 천년만년을 살 것처럼 욕심을 부리고, 미워하고, 싸우고 있습니다.

그 좁은 지구에서 다시 눈을 한반도로 돌려 보면 남북이 갈려 있고,

남쪽 절반도 지역 이념 등으로 갈려 싸우고 있습니다. 한때 꼴불견을 조롱하는 유행어로 "지구를 떠나거라"가 있었습니다만, 한반도 상공을 덮고 있는 퇴행의 적폐들을 태양계 밖으로 멀리 내던지는 날이 언제일는지요.

우주, 그 행복한 연대 連帶

김영환(2013. 2. 5)

    2013년 1월 30일 오후 4시 전남 고흥군 외나로도 나로우주센터에서 발사된 나로호는 과학기술자들의 열정과 염원처럼 뜨거운 2,500도의 푸른 불꽃을 내뿜으며 장쾌히 우주로 날아갔습니다. 우리나라 첫 우주인이자 아시아 일곱 번째, 세계 457번째인 이소연 박사가 2008년 4월 러시아 우주선을 타고 우주정거장으로 간 지 근 5년 만의 일입니다.

    2019년에는 우리 손으로 만든 우리 위성을 우리 발사체에 실어 하늘에 띄운다니 기대가 크지만 우리는 우주 경쟁에서 많이 처졌습니다. 북한조차 자신들의 발사체로 수천 킬로미터를 비행하는 물체를 만들고 있으니 더 말이 필요 없지요.

1957년 10월 4일 소련이 사상 최초의 인공위성 스푸트니크 1호 발사에 성공했습니다. 해외 사정에 밝은 이승만 대통령의 독려로 1958년 10월 인천 고잔동 해안에서 길이 1.7미터인 최초의 국산 로켓이 발사에 성공했고 1959년에는 이 대통령이 인천에서 시민들과 함께 3단 로켓의 발사 성공을 참관했습니다. 그러나 그 열기는 이어지지 못했습니다.

우주개발은 사치해서 실생활에는 아무 소용이 없는 것이라고 착각하기 쉽죠. 하기야 입에 풀칠하기도 어려웠던 겨울의 끝자락에서 '절량농가絶糧農家'나 '보릿고개'라는, 요즘 신세대들이 당최 이해하지 못할 단어들이 신문 지면을 장식하던 결핍의 시대에 무슨 우주 이야기가 먹혀 들어갔을까요? 그러나 모든 나라들이 꿈을 잃지는 않았습니다.

1969년 7월 21일 미국의 아폴로 11호 탐사선에서 나온 우주인은 달표면을 걸었죠. 선장 닐 암스트롱Neil Armstrong은 "이것은 사람에게 한 작은 발걸음이지만, 인류에게는 하나의 거대한 도약이다(That's one small step for (a) man, one giant leap for mankind.)"라고 말했습니다. 나중에 암스트롱은 'for a man'이라고 말하고 싶었는데 'a'는 안 들렸다"고 회상했습니다. 미국은 작년 8월 9개월간 6억 6,700만 킬로미터를 비행하여 화성에 착륙한 탐사 로봇 큐리오시티가 화성의 토양을 파헤친 사진을 공개했습니다.

일본은 1970년 2월 11일 동경대 우주항공연구소가 큐슈의 오스미大隅 반도에서 최초의 국산위성을 궤도에 진입시켰습니다. 소련, 미국, 프랑스에 이은 네 번째 우주국이었습니다. 다른 나라처럼 탄도미사일 개발의 부산물로 습득한 인공위성 발사 기술이 아니라 순수 민생기술이라고 일본은 자랑합니다. 질량 23.8킬로그램의 이 초미니 위성은 설계 수명인 30시간을 못 채우고 14시간 만에 기능이 정지돼 33년간 궤도를 돌다가 낙하하여 불탔습니다.

두 달 뒤 중국은 동방홍 1호를 발사했습니다. 마오쩌둥毛澤東은 1958년 우리도 인공위성을 해야 한다고 부르짖고 1965년에 1970~1971년경의 인공위성 발사를 결정했습니다. 장정 1호 로켓에 실린 72면체의 공 모양인 동방홍은 172킬로그램이었는데 28일간 기능했습니다. 중국은 2009년 무인 우주실험실인 톈궁 1호를 발사했고 작년에는 유인 우주선 선저우 9호가 도킹에 성공했습니다. 올해 6월엔 선저우 10호를 발사하여 우주인 세 명을 톈궁 1호로 데려갈 계획입니다. 또 올해 창어 3호를 달 표면에 상륙시키고 천체망원경으로 달에서 본 천체를 찍고 토양을 채취할 계획입니다.

무서운 저력의 인도도 2008년 10월 최초의 달 무인 탐사선 찬드라얀 1호를 발사해 달의 궤도에서 관측을 실시하던 중 열 달 쯤 뒤에 통신이 끊겨 탐사는 종료됐습니다. 인도는 2015년을 목표로 달의 표면에서 토양을 채취해오는 찬드라얀 2호를 발사할 계획입니다.

지난 2007년 우리 대선에서 우주산업을 크게 일으키겠다고 주장한 후보가 있었죠. 우주산업은 수학, 물리, 화학, 생물학 등 종합과학의 결정판이죠. 실생활에도 알게 모르게 우리 곁에 그 혜택이 들어와 있습니다. 자동차 내비게이션, 레이저 라식 수술, 형상 기억 브래지어, 정수기, 공기청정기, 가상현실 제어 기술 등이 대표적입니다. 우주산업은 통신, 방송, 조기경보, 신호 전달, 기상 등 각종 관측, 지구 환경, 위성인터넷, 행성 탐사 등 발전 가능성이 무궁하죠. 2010년 우주산업의 시장 규모는 2,765억 달러였는데 2015년에는 4,500억 달러로 예측하고 있습니다. 2013년부터 2020년까지 상업적인 위성 발사 횟수는 227회, 발사할 위성은 369기로 계속 신장할 것이라고 합니다.

국가 안보로 보나 산업기술의 발전으로 보나 우주과학 산업은 우리의 필수적인 전략 분야입니다. 젊은이들만이 아니라 온 국민들에게 비전을 심어주기에 우주보다 적합한 것도 드물다고 생각합니다. 이명박 대통령은 "우주의 무한한 공간에 젊은이들의 꿈이 모아진다면 대한민국도 우주 강국이 될 것"이라고 명언했습니다. 세상의 변화하는 이치를 보나 미래에 먹고 살 일을 생각하면 우리가 지난 10년간 행정수도 분할 같은 무모한 땅파기에 '올인'할 것이 아니었습니다. 나로호는 땅바닥으로 기어 다니는 서민들의 무거운 현실을 훌훌 털어주는 장거였습니다. 최고위 공직 지명자의 부동산과 아들 병역 면제 논란으로 정 떨어지는 세상을 모두가 기뻐하는 국민 행복의 연대로 바꾸어준 것이 바로 나로호입니다. 마치 아폴로 11호가 전 세계인을 감동시킨 것처럼⋯⋯.

생성된 지 137억 년이 넘었다는 우주는 그 거리를 빛의 주행시간으로 재야 하는 광대무변입니다. 아등바등 하는 인생은 거의 영원한 우주의 시공에 잠시 서 있는 것이죠. "가장 높이 나는 새가 가장 멀리 본다"는 리차드 바크Richard Bach의 말이 아니더라도 국가와 사회와 국민을 상향할 도구로 우주화만큼 적절한 것도 없다고 봅니다. 다만 입만으로 선진국을 따라갈 수 없으니 자원 배분을 합리화하여 지금 선진국의 몇십분의 1 혹은 몇백분의 1에 불과한 정부의 지원을 대폭 늘려야 한다는 것입니다.

오마리(2011. 10. 17)

　　　　　　　　캐나다 국기에는 빨간 단풍잎이 그
려져 있습니다. 단풍잎은 캐나다의 상징일 정도로 그 아름다움에 감탄
할 때가 많습니다. 설탕단풍나무, 꽃단풍나무, 자작나무, 전나무, 소나
무 들이 어우러져 언덕, 숲과 초원에서 만들어내는 풍경은 찬란하기
그지없습니다. 형형색색 빛나는 가을은 캐나다에서 가장 아름다운 계
절입니다. 그러나 캐나다의 자랑, 단풍잎들도 심술을 부리는 기후 앞
에서는 속수무책입니다.

　추적추적 내리는 가을비, 금년 가을엔 무슨 비가 이렇게 많이 내리
는지 시심詩心도 사라집니다. 단풍이 한참 절정을 이루어야 할 시기와
단풍이 들도록 나무 스스로 준비해야 할 가을 초입에 비가 많이 내린

탓인지 올해 단풍은 색깔을 곱게 물들이기도 전에 흉한 모습으로 떨어지고 있습니다. 단풍뿐만이 아니라 가을 내내 내린 비에 정원의 가을꽃들과 늦가을까지 꽃을 피워주는 장미조차도 맥을 못 추고 말았습니다.

　작년과 금년 봄여름 내내 삽질을 한 날들이 많았습니다. 나쁜 흙을 들어내고 좋은 흙으로 바꾼 후 화훼들을 심는 일은 고된 노동이었습니다. 농사일이 그렇듯이 정원 가꾸기도 감상할 때의 즐거움에 비하여 수십 배의 힘과 땀, 인내를 요구하는 일입니다. 그런 노고를 하면서 심혈을 기울였던 정원조차 올해는 뜻하지 않은 잦은 비로 별 즐거운 결과를 얻지 못했습니다. 그러나 이런 기후에도 오히려 잘 크거나 꽃을 피우는 나무나 화초들이 그나마 정원의 체면을 세워줍니다. 서늘한 기후와 물을 좋아하는 클라우드 9 같은 나무는 비가 많아야 무럭무럭 자라 내년 봄에 필 하얀 꽃망울들을 준비합니다. 꽃은 피우지 않더라도 일 년 내내 녹색의 가지들을 하늘로 뻗치고 서 있는 시더CIDER 상록수도 비를 좋아합니다. 물을 자주 주지 않으면 말라 죽거나 비틀어집니다. 레이디스 멘틀이나 제이콥스 레더(꽃고비), 호스타(옥잠화) 같은 화초들은 그늘을 좋아하고 그늘 속에서도 꽃을 아름답게 피워냅니다. 하이드렌지아(수국)도 물을 좋아하고 그늘을 좋아하며 그런 환경에서 핀 꽃은 더욱 아름답습니다. 그래서 또 그들은 그들끼리 코드가 잘 맞아 그런지 함께 어우러져야 그 조화로움이 빛을 발합니다.

　거기에 비하면 태양을 좋아하는 장미나 노란 꽃을 피우는 블랙아이수잔, 빨갛고 하얀 꽃들을 무리지어 피우는 플럭스 데이비드는 물기가 줄기에 닿으면 곰팡이가 피어 잎들이 썩어가고 꽃들을 잘 피우지 않아 흉측한 모습을 드러냅니다. 그러나 장미는 장미이되 작은 꽃송이가 계속 무리지어 피는 그라운드 커버 장미들은 많은 비와 가뭄에도 씽씽하게 잘 버텨내고 꽃을 피웁니다. 그런데 오히려 그렇게 잘 견뎌주는 장미들에게는 관심을 덜 가지고 사랑을 덜 주게 됩니다. 말없이 순하게 자라주고 피워주는 꽃들이기에 팽개쳐두는 것이지요. 사람의 마음이란 것이 얼마나 간사한지 그러다 다른 꽃들이 시들시들할 땐 이 꽃들이 고마워 가만히 보고 있노라면 미안한 마음이 생깁니다. 그리고 "얘들아 미안하구나"라는 말을 나도 모르게 중얼거리지요.

식물에게도 영혼이 있다면 나의 행동이 얼마나 원망스럽겠습니까?

가끔 나는 화초들과 나무를 대할 때 싱긋 웃을 때도 있고 말을 걸 때도 있습니다. 그들에게도 영혼이 있는 것 같아서입니다. 그들은 피를 흘리지 않을 뿐 그들도 아파할 경우가 많을 것이란 생각이 듭니다. 아니 어쩌면 거미나 개미에게도 영혼이 있을지도 모른다는 엉뚱한 생각을 했던 것은 금년에 내가 죽인 거미와 개미의 숫자가 어마어마하기 때문입니다. '발보리심發菩提心'이란 말을 외치며 죽이긴 했지만 그래도 죽이면서도 괴로워했던 것은 사실입니다. 내가 생물이 되어보지 않았으니 그 속은 모르겠지만 단 사람이 아니니까 덜 양심에 걸렸을 뿐이었습니다. 비가 내리는 정원을 돌아보며 사람의 영혼 또한 생각해보았습니다. 문득 "영혼도 일종의 정원이지"라고 말하는 '디뉴의 주교님'을 떠올린 것입니다. 《레 미제라블》에서 빅토르 위고Victor-Marie Hugo가 파악했듯이 우리의 영혼이 정원이라면, 우리 각자가 지니고 있는 영혼의 정원은 어떤 형상이며 무엇이 담겨 있을까, 하루 종일 깨어 있는 시간에는 무엇으로 채워지고 있을까? 내일은 증권이 폭락할지 몰라, 어느 지역 아파트 값이 올랐을까, 금값은 추락인가 상승인가, 복권을 사볼까, 은행에 맡긴 예금은 탈이 없는 것인지, 추악하기 그지없을 수도 있겠고 선하기 그지없을 수도 있으리라는 생각이 들었습니다.

《레 미제라블》에서, 빵 한 조각을 훔친 죄로 손발에 쇠고랑을 찬 도형수로 지내다 석방된 후 다시 주교의 은촛대를 훔친 장 발장을 누구나 잘 알고 있을 것입니다. 그를 형사 자베르의 손에서 벗어나게 한 주교의 영혼은 어떤 정원이었을까요? 보통 사람들이 지니지 못한 인류애와 인간의 존엄성으로 향긋한 꽃을 피우고 있는 정원일 것입니다. 물론 소설 속의 이야기이지만 그래도 장 발장으로 하여금 사랑을 깨닫게 하였고 그가 양심에 따라 선행의 삶을 실천하도록 참사랑을 보여준 주교를 생각했던 것은 아마 쓸쓸한 가을 탓인 것 같습니다.

우리의 영혼은 생물과 달리 섬세하고 미묘하고 신비스럽고 무섭기도 합니다. 우리가 어떻게 가꾸느냐에 따라 아름다울 수도 추해질 수도 있기에 수시로 가꾸어주어야 하는 정원입니다. 지저분한 낙엽들, 시꺼멓게 죽은 꽃들이 꽃대에 매달려 있거나 떨어져 쌓여 있는 정원으로 놔둘 수는 없겠지요. 시든 꽃들을 제때 빨리빨리 가위로 잘라주어야 새 꽃들이 더 많이 활짝 피어나는 섭리처럼 영혼 속의 찌든 것들을 자주 쓸어내야 우리의 삶이 윤택하고 평화로워질 것입니다. 물론 욕망의 때로 얼룩진 세상에서 독야청청할 수 없겠지만, 그래도 가을비 속을 걸으며 어둡고 추해진 영혼에 불을 밝혀야 한다고 생각했습니다.

일
회
용

고
기

불
판

신아연(2015. 8. 21)

혼자 사니 밥도 주로 혼자 먹습니다.
식당에서 혼자 '늠름하게' 밥을 시켜 먹는 일에도 이제는 익숙해졌습
니다. 하지만 고깃집에 혼자 갈 생각은 아직 안 해봅니다. 혼자 불판을
껴안고 궁상을 떠는 꼴만큼은 남에게 보이기 싫어서인지, 아니면 1인
분을 시키려니 주인의 눈치가 보여서인지(팔지 안 팔지도 모르지만) 저도
잘 모르겠습니다. 그러다 최근에, 역시나 혼자 사는 선배 하나가 어느
날 하도 고기가 먹고 싶어서 '보무도 당당히' 식당 문을 열고 들어가
삼겹살을 시켜먹었다는 말을 듣고 저도 '용기'를 냈습니다.

며칠 전 동네 닭갈비집엘 혼자 갔던 것입니다. 아니나 다를까, 원래
는 1인분은 안 팔지만 개시 손님이니 그냥 돌려보내기 뭣해서 먹게 해

주겠다며 주인 여자가 오만 생색을 다 냅니다. 내 돈 내고 밥 먹으면서 이렇게 눈치를 보기는 또 처음입니다. "혼자도 설워라커늘 퇴박조차 주실까" 하며 정철의 시조에 내 처지를 얹어 읊조리며 그나마 못 먹고 쫓겨나지 않은 것에 감지덕지하면서 주인 여자가 앉으라는 자리에 얌전히 앉았습니다.

'혼자 상인데도' 기본 찬이 다 놓입니다. 당연한 일임에도 다시금 황공합니다. 숯불이 날려져 오고 불판이 놓이고 거기에 달랑 몇 점의 닭 갈비가 오르자 저는 그만 주인 여자에게 아부라도 해야 할 것만 같아졌습니다. 겨우 1인분에 더러워진 불판을 씻게 해서 미안하다고 짐짓 비굴하게 구는 순간 돌아온 주인 여자의 말은 고기 맛이 싹 가실 정도로 충격적이었습니다.

"불판은 일회용이에요. 한 번 쓰고 버리지요. 불판 닦는 게 얼마나 번거로워요. 그 일만 하는 종업원을 따로 써야 할 정도니까. 일하는 사람 더 쓰느니 이렇게 한 번 쓰고 버리는 게 오히려 돈이 적게 들어요. 위생적으로도 더 낫고. 그러니 1인분만 시키는 손님도 큰 부담 없이 받을 수 있는 거지."

저는 그만 아연했습니다. 일회용 불판 덕에 고기를 먹게 된 것이라면 시작부터 엄두도 내지 않았을 겁니다. 주인 여자가 내게 강조한 '위생적'이라는 말도 귀에 들어오지 않을 만큼 이건 절대 아니라는 생각을 넘어 분노마저 일었습니다. 주방 한 편에 잔뜩 쌓여 있는 일회용 불판이 담긴 박스가 그제서야 눈에 들어왔습니다. 게다가 중국산이라고 인쇄된 문안을 보자 선입견 탓에 위생적이라는 말에도 선뜻 신뢰가 가질 않았습니다. 고깃집 주인으로서야 위생보다야 인건비 절감에 가치를 더 두었을 테니 애초 위생을 위해 일회용 불판이 제작되지는 않았을 겁니다. 살인적 경쟁으로 몸살을 앓는 요식업계의 사활이 인건비 규모에 달려 있다는 것을 모르지 않지만 그래도 이건 아니지 않나요?

그 많은 고깃집에서 불판을 죄다 한 번만 쓰고 버린다면 유기물 쓰레기처럼 썩는 것도 아닌 그 엄청난 화학적 폐기물이 어디에 가서 쌓일지 생각만으로도 소름이 돋습니다. 재활용 처리를 한다 해도 전량이 수거될 리가 없고 그 처리 비용은 또 얼마나 막대하며 이미 극한 상황에 이른 지구 환경은 도대체 어떻게 되라는 것일까요.

저는 카페나 푸드 코트에서 제가 쓴 포크나 숟가락 등 플라스틱 용기를 집으로 가져옵니다. 카페에서 커피나 차를 마실 때도 되도록이면 머그잔에 담아달라고 합니다. 일회용 컵으로 마시더라도 내용물이 아주 뜨겁지 않은 한, 컵을 감싸고 있는 원통형의 종이 보호대와 플라스틱 뚜껑은 그 자리에서 벗겨 다시 돌려줍니다. 길에서 음료수나 주스를 사 마시면 그 병도 집으로 가져와 물병으로 몇 번 쓰다 버리고, 물한 번 받아 마신 종이컵을 덥석 버릴 '용기'가 없어서 가방 속에 넣고 다니며 하루 동안이라도 사용합니다. 음식점에서 한 번 쓴 냅킨도 가능하면 이리 첩첩, 저리 첩첩 해서 한두 번 더 씁니다.

저의 근심은 끝이 없습니다. 비 오는 날 건물 앞에 비치되는 젖은 우산을 넣는 비닐 주머니를 보면 나중에 저걸 다 어디다 버리나 하고 걱정이 앞섭니다. 요즘은 대형 건물이나 공공장소뿐 아니라 작은 음식점에도 우산 주머니가 비치되어 있는 걸 보면 가슴이 철렁 내려앉습니다. 비가 왔다 하면 하루에 억 단위의 비닐 주머니가 소모된다지요. 여기서도 제가 할 수 있는 것은 맨 처음 방문한 장소에서 한 장을 뺀 후 우산 손잡이에 말아 가지고 다니면서 다른 곳에 갈 때에도 재사용하는 것뿐입니다. 한 번 뽑아낸 비닐 주머니에 젖은 우산을 다시 집어넣는 것에 얼마간 짜증이 나지만 그 정도는 감수하고 있습니다.

종이컵을 예로 들자면 종이컵 소비가 늘어나야 원자재 납품 업체, 컵에 무늬를 넣는 인쇄업체, 유통업체 등등이 모두 잘 돌아갈 것입니다. 취업이나 창업을 원하는 사람들도 이 거대 연쇄 고리의 한 점에 연결되길 원하는 것이며, 경기가 좋다, 나쁘다 할 때의 의미도 소비와 직결된 개념입니다. 서로 사주고 팔아주고 써주고 해야 경기가 잘 돌아가는 것이지요. 그러다 보니 온갖 것을 다 만들고 온갖 것을 다 팔게 되었습니다. 여기에 딜레마가 있습니다. 경기가 돌아가려면 소비가 일어나야 하지만 환경에 초점을 맞춘다면 "이건 너무하는구나, 이런 것까지 만들어 팔아야 하나" 하는 절망적인 상황과 맞닥뜨리게 된다는 것이지요.

제가 아연실색한 일회용 고기 불판 같은 것도 그런 것 중 하나입니다. 저라면 고기를 덜 사 먹음으로써 한 번 쓰고 버리는 불판 사용을 적극 저지하겠습니다. 한동안 고기를 못 먹은 저만 여태껏 몰랐을 뿐, 일회용 불판은 고깃집에 이미 쫙 깔렸는지 모르지만 말입니다.

소
오
명
동

김창식(2011. 12. 19)

　　　　　　　　1973년 세밑. 어느 날 해질녘의 명
동 거리가 떠오릅니다. 제대한 지 일 년여가 돼가던 나는 무어 하나 되
는 일 없는 대학졸업반 학생이었습니다. 방학을 맞아 특별히 할 일도
없고 해서(하라는 공부는 안 하고!) 무작정 명동으로 향했지요. (구)내무
부 쪽 '훈목薰沐'다방 앞 길목에 서 있는데 사람들이 외투 깃을 올린 채
달력을 몇 개씩 말아 쥐곤 바삐 걸음을 옮겨요. 구세군이 딸랑딸랑 종
을 치는데 길가 레코드 가게에서 성가가 흘러나왔어요. "온 세상아 주
님을 찬양하라~."
　당시의 명동은 문화, 패션, 예술과 젊음의 거리였죠. 명동 입구에 이
르니 마침 시계탑이 시간을 거꾸로 가리키고 있군요.

5부 과거, 현재, 그리고 미래　　　　　　　　　　　　　　　　　**313**

우린 누구나 홀린 듯 명동으로 갔는데 그곳에서 데이트를 하지 않으면 중요한 것을 놓치는 것 같았답니다. 젊은 여자들은 은성銀盛한 무도회라도 가는 양 성장盛裝을 하고 남자 친구와는 30센티미터 거리를 두고 걸으며 쇼윈도 글라스에 자신의 모습을 비쳐보곤 했죠. 개중엔 딱히 할 일이 없어도 혼자서 명동 거리를 소오笑傲하는 사람도 있었다고요. 누군가 봐 줄 사람이 있겠지 하고. 그러려고 그녀들은 몇 시간이고 정성들여 화장을 했다니까요, 글쎄.

우린 명동성당을 둘러보고 난 후 글렌 캠벨의 노래를 들으며 YWCA 언덕배기 건너편 '타임' 다방에서 차를 마시곤 했죠. 그 시절 '다방 순례'는 가난하지만 낭만을 찾고 싶은 연인들에게 일상의 일이거나 통과 의례였다고 할 수 있어요. 낮은 담장의 건물들이 늘어선 골목길에 숨어 있던 설파雪波 다방에서 귀에 익은 클래식 음악을 듣곤 했지요. 비니압스키의 〈전설〉, 베르디의 오페라 나부코 중에서 〈히브리 포로들의 합창〉, 스메타나의 〈나의 조국 중 몰다우 강〉…. 운이 좋으면 앙드레 프레빈이 지휘하는 런던 심포니 오케스트라와 정경화가 협연하는, 차이콥스키의 〈바이올린 협주곡 D 장조 Op. 35〉도 들을 수 있었고요. 그때 프레빈은 미아 패로의 남편이었을 거예요, 아마.

술 생각이 날 땐? 자주는 아니지만 유네스코 빌딩 뒷골목 '뢰벤브로이'나 '카이자호프'에서 생맥주를 마셨죠. 주머니 사정이 허락한다면 말이에요. 그 옆 명동의 랜드마크인 맥주홀 '오비스 캐빈'에선 송창식, 윤형주, 서유석, 양희은이 차례를 기다리며 담소하고 있었을 거예요. 뚜아에무아와 라나에로스포도 앞서거니 뒤서거니 기타 줄을 고르고 있었을 테고. 어디선가 괄괄하고 거친 창법의 노래가 들려왔는데, 그게 바로 한대수의 〈행복의 나라로〉였어요. 우리 포크음악의 효시가 된 기념비적인 노래죠. 왼쪽으로 골목 하나만 더 꺾어들면 '마음과 마음 Heart to Heart'이죠. 그곳에선 지금과 똑같은 머리 스타일에 가로 줄무늬 네이비 셔츠를 입은 김세환을 볼 수 있었답니다. 노래는 〈사랑하는 마음〉이었을 걸요. 〈길가에 앉아서〉였나? 아무렴 어때요.

두어 집 건너 지하 라이브 카페 '청맥青麥'에선 머리칼이 땀에 젖어 이마에 달라붙은 창백한 얼굴의 김정호가 〈이름 모를 소녀〉, 〈작은 새〉를 혼신의 힘을 다해 부르고 있었습니다. 영혼의 가객 김정호는 32세의 아까운 나이에 세상을 떠났지만, '자신의 고통으로 우리의 고통을 감減해준' 그를 어찌 잊을 수 있으려나요. 근데, 〈작은 새〉는 어니언스의 노래 아니냐고요? 그 그룹이 불러 유명해지긴 했죠. 그렇지만 원래는 김정호 노래예요. 그뿐 아니라 〈저 별과 달을〉, 〈사랑의 진실〉 등 대부분의 어니언스 노래는 김정호가 작곡해준 것이라고요. 이건 뭐 별로 중요한 건 아니지만.

어, 김민기가 빠졌네? 본인은 아니라고 우기지만 그는 우리 젊은이들의 우상이자 우울한 초상이었어요. 〈아침 이슬〉이나 〈친구〉 같은 노래는 금지곡이었잖아요. 그래서 우린 친구 자취방이나 어둑하고 삐걱거리는 계단을 내려가 지하 창고 같은 가건물에서 알음알음으로 모여 그의 노래를 듣곤 했답니다. 그의 노래를 들으면 마음속에 알 수 없는 파도가 일대요. 그때 우린 고아처럼 느끼기도 했고, 숭고한 이념에다 동지애 같은 것도 설핏 느낀 것 같은데 확실친 않아요. 지금 돌이켜보

니 그 감정이 '덤'이었지 않나 생각이 드는군요. 아니, '멋'이라고 해야
하나요? 글쎄, 어쩌면!

허영섭(2015. 5. 19)

　　　　　　섬진강이 흘러가는 전남 곡성군 시
골 마을의 폐교에서 야외 음악회가 열렸습니다. 잔디 사이로 잡풀이
제멋대로 자란 운동장에 임시 무대를 설치하고 진행된 초여름 밤의 음
악회입니다. 저 멀리 지리산과 가까이 천마산을 비롯해 사방이 산으로
둘러싸인 신록의 주변 경관이 무대를 더욱 돋보이게 장식해주고 있었
습니다. 지난 주말 자유칼럼 필진들이 모처럼 야유회에 나섰다가 덤으
로 즐긴 뜻밖의 작은 행운이었습니다.

　무대에 적힌 주제부터가 눈길을 사로잡기에 충분했습니다. '5월, 선
율에 취하다—'. 그렇지 않아도 자연에 취하고, 꽃향기에 취하고, 섬
진강 맑은 물소리에 넋을 놓을 만한 계절입니다. 서로 어깨동무하듯

어우러진 운동장의 잡풀조차도 저마다 계절의 싱그러운 냄새를 풍겨
주고 있었습니다. 그 위에 나란히 의자가 놓여 객석이 마련됐지요. 자
연의 들판에 악기 연주와 노랫소리가 화음을 이루면서 계절의 축복을
전하고 있었다고나 할까요.

"밤에 들려오는 자장노래 어떤가요/ 봄바람 휘날리며 흩날리는 벚꽃
잎이 울려 퍼질 이 거리를 둘이 걸어요."

드디어 저녁 7시, 경쾌한 선율이 울려퍼지기 시작할 즈음에는 저녁
해가 어느덧 기울어가며 마지막 햇살을 뿌리고 있었습니다. 아직 옛
모습 그대로인 교사와 느티나무들은 그 빛을 받아 한층 선명한 윤곽으
로 빛나고 있었지요. 어린 학생들이 천진난만하게 뛰놀던 지난 시절의
기억을 넌지시 말해주고 있었는지도 모릅니다. 1998년까지 학생들의
배움터였던 이곳 동초등학교의 왁자지껄하던 풍경 말입니다.

"아이들이 떠난 자리에 다시 웃음소리가 담장을 넘는 환경을 만들겠
다는 취지의 하나로 마련한 음악회입니다. 도시와 농촌의 마중물 공간
으로서, 지역 공동체를 만들어가는 데 조금이나마 보탬이 됐으면 좋겠
습니다."

음악회를 주선한 농업법인 (주)미실란의 이동현 대표는 인사말을 통
해 갈수록 어려워지는 농촌 현실에 대한 안타까운 생각을 나타냈습니
다. 서울농대에서 석사를 마치고 일본 규슈대에서 박사학위를 받은 그
가 문을 닫은 학교 교사에 들어와 발아현미 제품 개발에 매달린 것도

곡성군을 잘 사는 농촌으로 만들겠다는 뜻이었습니다.

야외 음악회도 이번이 벌써 12회째라고 합니다. 지난 2006년 비어 있던 이 학교에 입주한 뒤로 계속 음악회를 열어왔다는 것입니다. 사실은, 그가 음악회보다는 유기농업을 통해 지역사회에 기여하는 몫이 더 큰 것이 아닌가 생각됩니다. 꼭 그 한 사람의 노력 때문만은 아니겠지만 섬진강이 갈수록 정화되면서 강바닥을 기어 다니는 다슬기와 참게가 더욱 많아졌고 은어와 쏘가리의 헤엄쳐 다니는 모습도 더 자주 볼 수 있게 됐다고 합니다.

덕분에 이곳의 경제도 약간씩 활성화되는 분위기입니다. 관광객들이 몰려들어 레일바이크가 돌아가고 장미꽃 축제도 한창입니다. 과거 나무를 잘라 운반하던 임간철도도 미니 기차로 새로 탄생했으며, 섬진강천문대도 인기를 끌고 있습니다. 인접한 순천과 여수, 그리고 광양 지역과 더불어 새로운 '힐링 관광' 수요를 만들어내는 중입니다. 무엇보다 청정한 수풀과 강물, 공기가 그 재산입니다. 이런 환경이 아니라면 미실란 음악회도 의미가 없었을 테지요.

어둠이 깊어가면서 음악회 분위기는 더욱 무르익어 갑니다. 이 지역의 주민 가수인 MC용&뚝딱의 코믹한 노래에 이어 서울에서 내려온 팝페라 가수 주은 씨가 모차르트 〈마술피리〉 중의 아리아인 '밤의 여왕'을 불렀으며, 광주에서 활동 중인 가수 김상수 씨가 통기타 연주를 곁들인 노래로 관중들을 사로잡았습니다. 즉흥적으로 나선 어느 관객이 베사메무초를 멋들어지게 불러주기도 했습니다.

이 대표의 부인이자 미실란의 안주인인 남근숙 씨도 기타를 둘러메고 직접 무대에 올랐습니다. 아직도 대학 시절의 미련이 남아 있는 모양입니다. 그는 마이크를 들고 객석을 돌면서 이날의 손님들을 두루 소개하기도 했습니다. 관객들은 대략 200여 명. 이곳 군수를 지내며 고흥 출신인 이동현 대표를 붙들어 앉힌 고현석 씨도 부인과 함께 관람석에 앉아 박수를 치며 음악회를 즐기는 모습이었습니다. 노무현 전 대통령 당시 보건복지부 장관을 지낸 김화중 씨가 그의 부인이지요.

폐교된 학교에 대해서도 설명할 필요가 있습니다. 아니, 설명보다도 운동장 한켠에 세워진 '연혁비'를 들여다보면 내용이 그대로 적혀 있습니다. 일찍이 일제 시절인 1939년 개교한 이래 1970년에는 600명으로 12학급까지 이뤘으나 그 뒤로 학생이 계속 줄어들면서 끝내 문을 닫게 된 것입니다. 1998년 폐교 당시 전교생이 고작 58명이었다니까요. 이 대표가 마을에 정착하던 2006년 당시 3만 6,700명을 헤아리던 곡성군 인구가 지금은 3만 명 수준으로 떨어졌다고 하지요.

이농 현상 때문입니다. 이러한 사회적 추세에 따라 요즘 초·중·고교의 폐교 사태는 시골에서는 흔히 목격하게 되는 일입니다. 지난 5년 동안만 해도 통폐합 조치에 따라 사라진 초·중·고교가 전국적으로 모두 246개교에 이르렀다고 합니다. 그중에서도 곡성군을 포함한 전남 지역에서 가장 많은 68개교가 폐교됐다고 하니까요. 물론 동초등학교는 이들 학교보다 훨씬 이전에 문을 닫은 경우에 속합니다. 근처의 중앙초등학교로 통합됐습니다.

주변이 완전히 어둠에 잠기고 바이올린을 포함한 현악기 앙상블 팀이 무대에 오르면서 음악회 분위기는 더욱 절정을 이루고 있었습니다.

이곳이 지난날 학교 교정이었음을 말해주는 세종대왕과 이순신 장군의 동상도 어둠에 묻혀버렸습니다. 섬진강 물소리를 따라 선율이 번져가는 밤하늘에 크고 작은 별들만이 총총 빛나고 있었습니다. 아카시아 향기가 상큼한 초여름 밤의 축제였습니다.

살아 있는 모든 것들의 존중

안진의(2011. 2. 15)

고등학생들이 개를 훔쳐가 발로 밟고, 주먹으로 때리고, 벽돌로 치고, 날카로운 기구로 찌르는 등 집단적으로 구타하여 죽였다는 뉴스에 소름이 돋았었습니다. 생명 경시 풍조가 만연해지고 어린 학생들이 자신을 과시하고 싶은 심리 때문이라는 분석들을 내놓았지만, 재미로 동물을 살해했다는 것을 어린 마음에 저지른 실수라고 양해할 수는 없었습니다.

한 방송프로그램에서는 중국산 모피 제작의 불편한 진실이 보도되기도 하였습니다. 너구리 가죽을 벗기는데, 작업을 쉽게 하고 상품가치를 더 높이기 위해, 폭력을 가해 기절시킨 후 산채로 가죽을 벗기는 장면이 있었습니다. 가죽이 벗겨진 너구리의 의식이 남아 앞발을 움직이는 장면은 차마 눈을 뜨고 볼 수가 없었습니다.

전국에 퍼진 구제역으로 소·돼지 등이 살처분되기도 합니다. 마취제나 안락사 시킬 비용도 감당하기 힘들 만큼 처분할 가축들이 많으니, 주로 산 채로 땅속에 묻는 매몰 방법을 사용합니다. 산속에서는 죽음에 내몰린 가축이 비명을 지릅니다. 축산 농가뿐 아니라 죽이는 일을 해야 하는 공무원·군인·수의사들도 심리적 상처로 제정신일 수가 없습니다.

이처럼 동물들의 의도된 비명횡사에 마음이 불편하기 그지없습니다. 모든 죽음의 이유에 인간이 있기 때문입니다. 동물들이 태어났을 때는 그 어린 새끼들을 보며 얼마나 환호하고 기뻐했을까요. 그런데 그들이 맞이하는 죽음 앞에서는 차마 고개를 들지 못하겠습니다. 학창 시절 개구리 해부를 마치고 뒷산에 무덤을 만들어주던 예의는 행방을 잃은 듯합니다.

마음속이 답답해지는 가운데 인간과 따뜻한 마음을 나누었던 동물, 그 가운데에서도 반려동물인 개를 소재로 한 영화가 생각났습니다. 개 소재의 영화들을 보노라면 가슴이 뛰고 눈물이 맺힙니다. 개는 가족이 되어 우리의 순수성을 깨워주는 아름다운 존재로 함께합니다. 이런 따뜻한 영화를 본다면 동물학대는 상상할 수가 없을 것입니다.

개에 관한 좋은 영화는 많지만, 실화를 바탕으로 하는 영화는 더욱 감동을 자아내기 마련입니다. 먼저 잘 알려진 〈하치이야기 Hachiko-Monogatari〉는 1923년부터 1935년까지 살았던 아키타 견의 이야기입니다. 서 있는 모습이 앞에서 보면 일본어로 하치八의 모습이라 그렇게 이름 지어진 충견인데, 이 영화는 리처드 기어Richard Gere의 주연으로 리메이크되기도 했습니다.

일본판에서 하치는 우에노 교수가 시부야역을 통해 통근할 때 늘 그를 배웅합니다. 그러던 중 교수가 학교에서 갑자기 쓰러져 죽고, 하치는 어느 곳으로도 떠나지 않고 역에서 늙어죽을 때까지 내내 그를 기다린다는 이야기입니다. 생전에 교수와 하치가 나누는 살가운 교감과 죽음 후에도 하치의 애끓는 충절을 보자면 눈과 가슴이 뜨거워지지 않을 수가 없습니다.

또 다른 실화는 1983년 일본의 〈남극 이야기〉를 리메이크한 영화〈에이트 빌로우Eight Below〉입니다. 남극을 배경으로 시베리안 허스키와 알래스칸 말라뮤트 썰매개들이 등장합니다. 미국인 지질학자는 탐사대원 제리와 숙련된 여덟 마리의 썰매개들 덕분에 죽음의 고비를 넘기고 운석을 찾습니다. 그러나 지질학자의 다리 부상과 제리의 손가락 동상으로 급히 남극을 떠나게 됩니다.

팀원들은 개들을 곧 데리러 오겠다고 약속했지만 갑작스런 기상악화로 갈 수가 없게 됩니다. 악천후와 배고픔에 버려진 개들은 서로를 의지하며 175일이라는 생존 불가능의 시간을 버티고 주인을 기다립니다. 마침내 탐사대원 제리의 노력 끝에 늙은 개와 추락사로 죽은 두 마리의 개만 제외하고, 여섯 마리의 개와 재회하는 가슴 뭉클한 영화입니다.

〈퀼Quill〉이라는 영화는 일본의 베스트셀러《맹인안내견 퀼의 일생》을 영화화한 것입니다. 맹도견 훈련을 배우는 것은 더디지만, 멈추라고 하면 언제까지나 믿고 기다릴 줄 아는 재능을 가진 래브라도 리트리버가 주인공입니다. 퀼이 맹인안내견으로 키워지면서 이름처럼 앞을 못 보는 사람의 '날개 깃털'이 되어 무한한 애정과 신뢰를 주는 아름다운 이야기입니다.

맹인안내견이 된 퀼은 고집불통 시각장애인 미츠루와 함께 파트너로서 호흡을 맞추는데, 어느 날 미츠루가 지병으로 쓰러져 입원하게 되고, 3년의 시간 동안 퀼은 미츠루를 기다리며 훈련을 쌓게 됩니다. 그리고 미츠루가 퀼과 재회했을 때, 퀼은 미츠루의 냄새를 맡으며 반기고 미츠루는 퀼과 30미터의 짧은 보행을 마지막으로 죽습니다.

남은 퀼은 제 소임을 다하고 나이가 들어 조용히 죽음을 맞이합니다. 이런 퀼은 그야말로 고마운 존재입니다. 여덟 마리의 버려진 개를 뜻하는 〈에이트 빌로우〉나 〈하치〉나 〈퀼〉이나 그 영리함과 인간에 순종하는 끝없는 미더움을 보면 "고마워"를 속삭이지 않을 수 없습니다. 그리고 이런 영화를 본다면 동물을 대하는 태도나 생각도 사뭇 달라질 것입니다.

우리 곁에서 기쁨이 되고 도움을 주었던 개가 주연을 맡은 영화들을 훑어보니, 많은 영화 속 개들은 대부분 10살 조금 넘어 수명을 다하고, 조용히 죽음을 맞이하는 자연사로 묘사되어 있었습니다. 그렇게만 보내줄 수 있다면 얼마나 다행일까요. 동물들의 탄생을 기뻐했던 만큼 죽음에 대한 예도 다하는 세상이길, 살아 있는 모든 것들을 존중해주는 마음이길 바랍니다.

4·3 여전히 불편한 진실인가?

정달호(2015. 11. 16)

　　4·3, 아직도 많은 사람들에게 생소한 숫자요 날짜입니다. 새 천년으로 접어들어 이 사건을 전면적, 공식적으로 다루기 위한 4·3 특별법이 제정, 시행되면서 3년 후인 2003년에 진상 보고서가 발표되었고 작년부터는 그날을 국가 기념일(4·3 희생자추념일)로 정하기도 했습니다. 그런데도 제주 바깥에서는 그날과 그 숫자를 입에 올리는 것이 여전히 불편한 모양새입니다. 추념일로 정한 당사자인 대통령도 제주인의 여망을 껴안지 못한 채 지난 4월 3일 결국 그 자리에 오지 못하고 말았습니다. 특별법이 시행된 지 15년, 이제는 이 '불편한 진실'을 편하게 이야기해야 할 때가 아닌가 하는 생각입니다.

많은 사람이 느끼는 불편함의 바닥에는 크게 두 가지의 진실이 놓여 있다고 봅니다. 첫째, 1948년 4월 3일에 남한 단독정부 수립을 반대하는 남로당 세력의 무장 봉기로 12개의 경찰지서가 동시에 습격을 받았습니다. 국가가 그 불법적인 날을 기린다는 게 이치에 맞지 않기에 그날을 정당화하는 어떤 시도도 받아들이기 어렵다는 것입니다. 둘째, 1948년 4월 3일의 사태로 촉발되어 1954년 종료될 때까지 2만 5,000 내지 3만의 생명이 희생되었습니다. 4·3 사건으로 부르게 된 이 어두운 시간 속에서 당시 제주도 사람 아홉 중 하나가 생명을 잃은 것입니다.

아직도 끊이지 않는 4·3에 대한 논란은 첫 번째의 진실에서 서로 갈등합니다. 한쪽에서는 "반국가적 사건이 일어난 그런 날을 왜 기념해야 하는가"라고 반발하며 다른 쪽에서는 "무려 6년간 지속된 거대한 상잔相殘의 참극이 그날 이래의 무장 봉기를 과잉 진압하는 과정에서 비롯된 것"이라고 맞섭니다. 우리 현대사에서 6·25 전쟁 이래 가장 많은 죽음을 가져온 이 엄청난 비극을 이렇게 몇 마디로 단순화할 수는 없을 것입니다. 그러나 이제 우리는 첫 번째의 불편한 진실에 대한 논란은 역사에 맡기고 두 번째의 불편한 진실과 진정으로 마주해야 한다고 봅니다.

전쟁도 아닌 상황에서 2만 5,000 내지 3만이라는 인명, 그것도 군경과 무장 봉기 세력을 제외하고는 거의가 양민인 사람들이 남녀노소 할 것 없이, 이유도 모른 채 죽어갔다는 사실이야말로 우리가 불편하게 생각해야 할 진실인 것입니다. 어쩌면 우리는 첫 번째 진실 논란의 와

중에 두 번째의 진실을 깊이 새겨볼 여유가 없었던 것은 아닐까요? 60, 70년이 지난 지금은 사고로 인해 그 1,000분의 일인 25~30명이 희생되어도 나라가 흔들릴 만큼 난리법석을 겪습니다.

오래전에 일어났기에, 또 언젠가 잊힐 일이기에 그 많은 인명의 살상이 있었다는 사실을 결코 가벼이 넘겨서는 안 될 것입니다. 한 사람이라도 억울함이 남은 죽음이라면 이를 밝혀주고 그 넋을 위로해주는 것이 살아 있는 자들의 마땅한 도리입니다. 세상에서 생명보다 더 소중한 것이 어디 있겠습니까. 아직도 희생자들을 가슴속에 담고 있는 유족이나 친지들에게 그 이상의 슬픔과 아픔이 어디에 있겠습니까.

이제 우리는 더 이상 4·3을 보이지 않는 곳에 밀쳐두어야 할 숫자로 보거나 더더욱 이념이라는 이미 탈색된 잣대로 보아서는 안 될 것입니다. 50년이 지나 뒤늦게나마 정부가 나서서 4·3 특별법을 만든 것은 아주 잘한 일입니다. 4·3 추모공원이 생기고, 4·3 평화재단이 설립되어 이런 일을 실제로 맡아 해오고 있지만 이젠 이를 제주의 일로만 치부해서는 안 됩니다. 우리 모두가 희생자들을 껴안아야 합니다. 이런 분위기를 만들기 위해서라면 대통령이 4·3 희생자 추념일追念日에 오지 못할 이유도 없을 것입니다.

6년 전 제주에 정착한 필자도 '외지인'으로서 4·3 사건에 대해서는 그야말로 피상적인 앎만 가져서, 처음에는 그 사건을 접하면 일단 부정적인 반응이 일었던 게 사실입니다. 4·3이 제주에서는 아직도 모두의 가슴속에 깊이 응어리진 아픔이란 걸 체감하고 또 틈틈이 찾아본 기록들을 보면서 차츰 생각이 바뀌게 되었습니다. 인간의 존엄성이란 보편적인 명제 아래, 스러져간 그 많은 생명들이 유족들뿐 아니라 우리의 가족이고 친지라는 생각을 하게 된 것입니다. 이제 이 아픔을 어떻게 치유하고 승화할 것인가가 남은 과제입니다.

지난 월말 4·3 평화재단이 다섯 해째 개최한 평화포럼의 한 주제가 '4·3, 문화로 소통하다'였습니다. 포럼의 기조강연 또한 문화를 통한 슬픔과 아픔의 승화를 내용으로 하였는데, 강연자는 "이 슬픔은 (중략) 인간 생명의 존엄성 위에서 자유와 행복을 추구할 권리를 가진 우리 모두에게 연결된 것"이라고 하면서 "제주의 넓은 초원에서, 평화로운 오름의 기슭에서 제주의 오케스트라가 연주하는 진혼과 화해의 음악을 유사한 아픔을 겪은 난징, 대만, 오키나와 그리고 세계에서 오는 청중들과 함께 감상할 수 있으면 좋겠다"고 말했습니다.

그렇습니다. 문화만큼 공감과 소통을 통해 슬픔을 극복할 수 있는 힘은 없을 것입니다. 이런 활동이 제주에서 이미 활발하게 벌어지고 있지만 전국적인 관심을 받을 수 있도록 더욱 격려하고 보다 많은 사람이 제주로 와서 같이 참여할 필요가 있다고 봅니다. 진혼곡鎭魂曲과 같은 음악뿐만 아니라 아픔의 흔적이 남아 있는 제주 곳곳에 미술, 설치, 무용, 뮤지컬, 연극, 영화 등을 통한 창작과 표현의 무대를 펼치는 것도 상처를 치유하는 데 좋은 수단이 될 것입니다.

최근에 4·3의 비극을 깊이 겪은 제주 어느 작은 마을에 '4·3길'이란 길 이름이 주어졌습니다. 오랫동안 억눌려 온 4·3이란 말이 이처럼 보다 쉽게 우리의 입에 오르내릴 수 있도록 앞으로 새로 생기는 제주의 큰 도로에 4·3이란 이름을 붙여 이 길을 자주 다니면서 가슴에 담아보는 것도 좋은 방안이 될 것입니다. 이렇게 함으로써 4·3은 더 이상 불편한 진실이 아닌 일상의 진실로 우리의 마음속에 남아 있을 것입니다.

박시룡(2007. 11. 20)

경제사회에서 모든 가치는 돈으로 환산됩니다. 그래서 생물체에 대해서도 값을 매깁니다. 얼마 전 국내 동물원에서 동물들의 몸값을 매긴 것을 보고 아주 흥미로웠습니다. 로랜드 고릴라가 10억 원, 오랑우탄 3억 원, 코끼리 2.5억 원, 황새 2억 원, 호랑이 1,000만 원, 사자 300만 원 등등이었습니다.

이 값은 멸종의 심각성 정도에 따라 1, 2, 3등급으로 구분하여 매겨졌다 합니다. 생각보다 호랑이와 사자의 몸값이 상대적으로 낮은 것은 아마 야생에 남아 있는 숫자를 감안했기 때문인 것 같습니다.

그렇다면 흔한 참새 한 마리의 몸값은 얼마나 될까요? 옛날 포장마차에서 먹었던 기억으로는 불과 몇백 원 정도였을 것 같은데. 그러나 참새 한 마리가 생태학적 관계에서 인간에게 가져다주는 가치를 평가한다면 얼마나 될지? 독일의 유명한 환경생태학자 프레데릭 베스터 Frederic Vester 박사는 참새 한 마리 값을 1,357유로(한화 180만 원)로 계산해냈습니다.

베스터 박사의 계산 방법을 알아볼까요? 우선 재료값으로 참새의 뼈와 고기 무게 값이 480원입니다. 그리고 정서적인 가치로 사람이 새들을 보고, 소리를 들으면서 즐거움을 주는데, 이것을 1년치 신경안정제 값으로 환산해보니 약 4만 원 정도 됩니다. 해충 구제 비용으로 새 한 마리가 1년에 10만 마리의 해충을 구제한다고 계산한 후 이중에 약 6만 마리는 사람이 방제해야 할 몫으로 계산해 6만 원 정도, 또 씨앗 살포자로 새 한 마리가 1년에 한 그루의 나무를 퍼뜨린다면 사람이 나무를 심는 데 드는 인건비를 계산해 보니 8만 원, 환경감시자, 공생파트너, 기술 개발과 생물 다양성에 대한 기여 등등의 값을 모두 합한 금액이 40만 원 정도 됩니다. 그리고 참새의 수명을 5년으로 봤을 때 참새의 몸값은 약 180만 원(고기와 뼈 값은 5년 곱한 값에서 제외)이라는 계산이 나옵니다.

골프장 27홀을 만들었을 때 148만 제곱미터 내에 사는 새들의 종수와 마리 수를 계산해 그런 셈법으로 한 마리 새의 몸값을 계산해보니 200억 원이 넘는 액수였습니다. 새들이 사는 나무 한 그루가 인간에 미치는 사회생태적 값이 연간 약 220만 원(목재값, 해독, 정화작용 등)의 가치를 지니고 있는데, 만일 이 나무 값까지 넣는다면 골프장 27홀 크기의 사회·생태적 가치가 적어도 수십조 원은 된다는 이야기입니다.

그러나 당장 눈앞의 이익만을 생각하니 아무도 그 가치를 평가하는 사람이 없고, 또 그 가치를 아는 사람도 없습니다. 새의 가치가 전체 구조 속에서 본래의 물질적인 가치보다 훨씬 크다는 인식, 그리고 나무를 나무 그 이상의 것으로 이해하려는 사회적 공감이 너무 아쉽습니다. 지금 우리는 아무런 죄책감도 없이 먼저 개발부터 하고 보지 않습니까?

최근 IPCC(유엔 기후변화위원회)는 지구 온난화로 인해 곧 지구 재앙을 맞게 될 것이라고 경고하고 나섰습니다. 우리나라도 예외는 아닌데, 여기저기서 숲을 마구잡이로 없애고 있습니다. 이 재앙을 막는 방법은 이산화탄소 배출을 줄이든지 아니면 지구 스스로 이산화탄소의 자정 능력을 갖출 수 있게 만들든지…… 아마 한 가지만으로 해결될 문제는 아닌 것 같습니다. 그래서 얼마 전 반기문 유엔 사무총장도 브라질을 방문하여 지구의 허파라고 불리는 아마존 지역 보존의 중요성을 역설한 바 있습니다.

기후 재앙을 막기 위한 행동의 실천은 화석 연료 사용을 줄일 수 있는 지혜와 당장의 이익 추구보다 생물 자원을 살리고 보전하는 일일 것입니다. 푸른 잔디가 깔린 골프장으로는 이 지구의 재앙을 막을 수 없습니다. 해마다 여의도 면적의 70배가 넘는 산과 들이 무분별한 개발로 없어져서는 이 재앙을 막을 수가 없습니다. 바로 숲이 있고, 건강한 숲과 들에는 다양한 생명들이 그물처럼 서로 얽혀서 살아갈 때 우리의 생명도 안전할 수 있습니다.

바
이
오
토
피
아

방재욱(2014. 11. 6)

　　　　　지상낙원 또는 이상향理想鄕을 의미
하는 '유토피아Utopia'는 1516년에 영국의 인문주의자 토머스 모어
Thomas More가 '좋다' 또는 '없다'라는 의미를 지닌 'u'와 장소를 뜻하는
'topia'를 합성해 만든 말입니다. 유토피아에서 'u'를 '좋다'는 의미로
받아들이면 인류가 갈망하고 있는 지상낙원을 뜻하지만, '없다'는 의
미에 초점을 두면 우리가 이룰 수 없는 허황된 꿈과 환상의 세상을 의
미할 수 있습니다.

　생명과학에 관련된 화두 중 하나인 '바이오토피아Biotopia'는 생명공
학Biotechnology의 어두인 'bio'와 지상낙원을 의미하는 유토피아Utopia
에서 'topia'를 근원으로 만들어진 용어로 생명공학 기술에 의해 열릴

수 있는 풍요롭고 행복이 넘치는 미래 사회를 지칭하고 있습니다. 그렇다면 생명공학 기술을 통해 개개인이 쾌적한 환경에서 평등을 누리며 사는 바이오토피아가 열릴 수 있을까요. 그 질문에 대해서는 쉽게 '예'라고 답하기 어렵습니다. 왜냐하면 바이오토피아가 새로운 생명공학 기술로 얻을 수 있는 부가가치에만 초점을 맞추어 논의된다면 우리 사회에 심각한 문제가 발생할 수 있기 때문입니다.

지금까지 인류는 홍역, 콜레라, 페스트, 인플루엔자, 광우병, 신종플루 등 많은 질병들과 전쟁을 겪어왔으며, 최근에는 에볼라바이러스가 전 세계적인 문제로 대두되고 있습니다. 또한 우리가 살고 있는 지구는 환경오염으로 몸살을 앓고 있으며, 지구온난화는 전 인류에게 커다란 위협으로 다가오고 있습니다. 이런 문제들의 해결에 대한 답을 바로 찾기는 어렵지만 그 기반에 생명공학기술이 자리하고 있는 것은 확실합니다.

복제동물이 속속 탄생하고 있고, 줄기세포를 이용한 유전자 치료, 유전자 감식, 장기 이식, 맞춤의학 등 생명공학 기술은 이미 우리 곁에 가까이 다가와 있습니다. 따라서 일반 대중이 생명복제나 유전자 치료 등에 대한 긍정적인 면과 부정적인 면에 대해 제대로 이해하며 대처하는 것은 매우 중요한 일입니다. 이는 생명공학 기술을 통한 바이오토피아의 실현이 우리가 희망하고 있는 시대적 요구라면 반대적 개념인 디스토피아dystopia의 위험성에 대해서도 알아야만 하기 때문입니다. 진정한 바이오토피아를 위해서는 생명윤리에 어긋나게 성행되고 있는 일부 첨단 의료에 대한 대중의 올바른 인식도 필요합니다.

인간은 정자와 난자의 만남을 통해 세상에 태어나 생장하고, 짝짓기를 통해 자신과 같은 후손을 만들며 노화 과정을 거쳐 죽음에 이르게 됩니다. 이런 삶의 과정에서 건강하게 오래 살고 싶은 공통된 소망에 부응하여 우리 사회는 이미 고령화사회로 진입해 있고, 인간의 생로병사生老病死도 생물과 무생물이 엄격한 자연 질서 속에 함께 어우러져 존재하는 세상에서 진화를 거듭하고 있습니다.

생명체를 구성하고 있는 생체분자나 세포는 일정하게 놓여 있을 수 있는 공간과 적당한 환경이 조성되면 안정적으로 존재합니다. 이와 같은 '생명의 원리'를 기반으로 일상에서 평등한 관계를 유지하며 만족과 행복을 느끼며 살아가는 바이오토피아의 세상은 미래 사회의 모델이 될 수 있습니다. 진정한 바이오토피아를 위해서는 유기체를 이루는 세포들의 상호 작용에서 볼 수 있는 것처럼 구성원 하나하나와 전체의 목적이 조화를 이루는 일이 선행되어야 합니다. 그와 함께 개개인의 독자성이 인정되며, 개인 간의 접촉(스킨십)을 통해 소유 욕심에서 벗어나 행복하고 따뜻하게 사는 진정한 삶의 모습이 강조되어야 합니다.

급변하는 디지털정보생명과학의 시대를 맞이하여 우리 사회의 근간이 되는 주요 원칙인 정치, 경제, 사회 그리고 문화의 모든 측면에서 사회를 바르게 이끌어갈 기본 질서가 정립되어야 합니다. 그 질서를 이끌어가는 기본 원칙은 바로 생명의 원리에 담겨 있고, 생명의 원리가 적용되어 이루어지는 이상적인 사회가 바로 바이오토피아입니다.

인간은 한 치 앞도 내다보지 못하는 존재이지만 현재를 바탕으로 미래를 예측할 수 있는 능력은 지니고 있습니다. 따라서 현재에 대한 정확한 분석을 기반으로 우리가 맞이할 미래를 예측하여 대비해야 합니다. 그것이 환경오염이나 기후 변화 또는 최근에 사회 문제가 되고 있는 에볼라바이러스 등에 대해 우리가 대응할 수 있는 최선의 방안이라 생각합니다.

그렇다면 쾌적한 환경에서 평등을 누리며 공평하게 분배받고 사는 희망을 상징하는 바이오토피아의 실상은 어떨까요. 미래 사회에서 가난한 자와 부자는 물질적 소유에서뿐만 아니라 과학기술 특히 생명공학기술의 측면에서 점점 더 차이가 날 가능성이 높을 것으로 생각됩니다. 강대국들이 생명공학기술, 디지털기술, 나노기술 등을 이용한 빠른 발전을 통해 약소국들을 식민 국가로 지배하는 일이 벌어질 가능성이 높습니다. 그리고 디지털정보생명과학 시대를 맞이하여 누구나 행복감을 느끼며 장수를 누릴 수 있는 참된 바이오토피아를 실현하는 나라가 강대국으로 우뚝 서게 될 개연성도 매우 높습니다.

생명체에서 '생명의 원리'를 순리로 따르는 세포들에서 보는 것처럼 우리 사회의 구성원 각자가 참되려고 노력하며 공평한 사회적 순리를 실현하는 바이오토피아를 기대해봅니다. '유토피아'나 '바이오토피아'는 멀리 있는 상상의 세계가 아니라 바로 각자의 머리와 마음속에 간직되어 있는 것이니까요.

지은이 소개

- 고영회

변리사 및 기술사(건축시공, 건축기계설비). 대한기술사회 회장과 대한변리사회장을 지냈으며, 현재 과실연 공동대표 및 성창특허법률사무소 대표변리사로 있다.

- 김수종

한국일보에서 32년 기자 활동, 주필을 역임했다. 현재 자유칼럼그룹 칼럼니스트, 뉴스1 고문, 국제녹색섬포럼 이사장으로 있으며 지은 책으로는 《0.6도》 등 4권이 있다.

- 김영환

한국일보, 서울경제신문에서 파리 특파원, 뉴미디어 부장, 인터넷 부국장 등으로 30년 근무했다. 뉴시스, 대한언론인회 편집위원을 역임하고 현재 자유칼럼그룹 공동대표다. 《순교자의 꽃들》을 편역했다.

- 김이경

출판·편집 일을 하다가 현재는 책과 독서에 관한 다양한 글을 쓰며 작가로 활동하고 있다. 지은 책으로는 《순례자의 책》, 《시의 문장들》, 《책 먹는 법》, 《마녀의 독서처방》 등이 있다.

- 김창식

대한항공 프랑크푸르트공항 지점장을 역임했다. 《한국수필》, 《시와 문화》 신인상과 흑구黑鷗문학상 조경희수필문학상을 수상했다.

- 김태승

연세대 의대 병리학 교수. 업무와 관련해 사진을 다루다 사진 촬영, 특히 역동적이면서도 정적인 기다림이 필요한 새 촬영에 몰입하게 되었다. 새 사진전을 개최, 호평을 받았다.

■ 김홍묵

동아일보 기자, 대구방송 이사, ㈜청구 상무, 서울시사회복지협의회 사무총장, ㈜화진 전무를 역임했다. 사회 병리 현상과 복지 분야에 관심을 갖고 있으며 《한국인진단》을 펴냈다. 현재 자유칼럼그룹 공동대표다.

■ 김홍숙

시인. 신문, 통신 기자를 거쳐 현재 tbs FM 〈즐거운 산책 김홍숙입니다〉를 진행 중이다. 지은 책으로는 한영 시집 《숲 Forest》, 에세이집 《밥상에서 세상으로》 등이 있으며 다수의 책을 번역했다.

■ 박대문

환경부에서 공직 생활을 하는 동안 과장, 국장, 청와대 환경비서관을 역임했다. 우리 꽃 자생지 탐사와 사진 촬영이 취미로 《꽃 따라 구름 따라》 등 시집 3권을 발간했다.

■ 박상도

SBS 아나운서 부장으로 있으며, SBS-TV의 'SBS 뉴스퍼레이드'를 진행하고 있다.

■ 박시룡

한국교원대 교수이며, 한국황새복원연구센터 소장으로 있다. 지은 책으로 《동물행동학의 이해》, 《과부황새 이후》 등이 있다.

■ 방석순

스포츠서울 편집국 부국장, 경영기획실장, 2002월드컵조직위원회 홍보실장을 역임했다. 스포츠와 미디어, 체육, 청소년 문제가 주 관심사다. 현재 자유칼럼그룹 공동대표로 있다.

■ 방재욱

한국생물과학협회, 한국유전학회, 한국양용작물학회 회장을 역임했다. 현재 충남대 명예교수이며, 한국과총 대전지역연합회 부회장으로 있다. 지은 책으로 《생명의 이해》, 《나와 그 사람의 이야기》 등이 있다.

■ 서재경

서울경제신문 기자, 대우그룹 기조실장과 부사장, 서울신용보증재단 이사장을 역임했다. 현재 아름다운서당 이사장, 남도학숙 원장으로 있다.

■ 신아연

호주동아일보 기자, 호주한국일보 편집국 부국장을 거쳐 현재 작가 및 인문학 강연자로 활동하고 있다. 자생한방병원, 중앙일보 등에 칼럼을 연재하고 있으며 《내 안에 개 있다》 등 5권의 저서를 펴냈다.

- 신현덕

몽골 국립아카데미에서 한국인 최초로 박사 학위를 받았으며. 국민일보 국제문제 대기자, 경인방송 사장을 역임했다.

- 안진의

한국화가. 홍익대학교 미술대학 동양화과 교수. 화폭에 향수, 사랑, 희망의 빛깔로 채색된 마음의 우주를 담고 있다. 지은 책으로는 《당신의 오늘은 무슨 색입니까?》 등이 있다.

- 오마리

미국 F.I.D.M.(Fashion Institute Of Design & Merchandising)에서 패션 디자인을 전공하고 25년간 레이디 웨어 디자이너로 활동해오고 있다. 현재 캐나다에 거주한다.

- 이성낙

프랑크푸르트대 피부과학 교수, 연세대 의대 교수, 아주대 의무부총장을 역임했다. 현재 가천대 명예총장, 의 · 약사평론가회 회장, (사)현대미술관회 회장, (재)간송미술문화재단 이사로 있다.

- 임종건

한국일보 서울경제신문 기자 부장, 서울경제신문 국차장 논설실장 사장, 한남대 교수, 한국신문윤리위원회 위원 등을 역임했다. 현재 대한언론인회 주필로 있다.

- 임철순

한국일보 편집국장, 주필 역임. 현재 자유칼럼그룹 공동대표이자 이투데이 주필 겸 미래설계연구원장, 한국언론문화포럼 회장, 시니어희망공동체 이사장을 맡고 있다.

- 정달호

외교부에서 국제기구국장, 주파나마, 주이집트 대사를 지냈다. 은퇴 후 UNITAR 제주국제연수센터 소장을 역임했으며 현재 월드컬처오픈(WCO) 대외협력단장으로 있다.

- 허영섭

이데일리 논설실장. 전경련에서 근무했고, 경향신문과 한국일보 논설위원을 역임했다. 미국 인디애나대 저널리즘스쿨 방문연구원을 지냈으며, 《일본, 조선총독부를 세우다》, 《대만, 어디에 있는가》 등의 책을 저술했다.

- 황경춘

AP통신의 서울지국 특파원과 지국장, TIME 서울 주재 기자를 역임했으며 Fortune 등의 프리랜서로 활동했다. 현재 최고령 칼럼니스트로 왕성하게 집필 중이다.